Stefano Massini

Das Buch der fehlenden Wörter

Aus dem Italienischen
von Annette Kopetzki

Mit Illustrationen
von Magda Wel

Carl Hanser Verlag

Die italienische Originalausgabe erschien 2018 unter
dem Titel *Dizionario inesistente* bei Mondadori in Segrate bei Mailand.

Questo libro è stato tradotto grazie ad un contributo alla
traduzione assegnato dal Ministero degli Affari Esteri e della
Cooperazione Internazionale italiano.
Dieses Buch wurde mit einer Übersetzungsförderung
des italienischen Ministeriums für auswärtige Angelegenheiten
und internationale Zusammenarbeit übersetzt.

1. Auflage 2020

ISBN 978-3-446-26567-7

Motto: Gabriel García Márquez
The quote is from the prologue al diccionario CLAVE

Umschlag: Peter-Andreas Hassiepen, München
Illustration: © Magda Wel, Königswinter
Satz: Greiner & Reichel, Köln
Druck und Bindung: Friedrich Pustet, Regensburg
Printed in Germany

FSC
www.fsc.org
MIX
Papier aus verantwortungsvollen Quellen
FSC® C014889

Die Wörter werden von den Menschen auf der Straße erfunden, nicht von Akademikern an einer Universität. Die Verfasser von Wörterbüchern fangen sie viel zu spät ein und balsamieren sie in einer alphabetischen Reihenfolge ein, wenn der wahre Grund ihrer Entstehung in vielen Fällen bereits verloren gegangen ist.

Gabriel García Márquez

Inhalt

A

Annonayiker
und
Attachose

Luftfahrt mit Ziege

Etwas verbindet alle Menschen – jeder von uns entwirft seinen Fluchtplan. Manche setzen ihn dann wirklich in die Praxis um, während andere sich ihr ganzes Leben lang damit begnügen, die Wände ihrer Zelle blau anzumalen, um sich grenzenlose Himmel und offene Meere vorzugaukeln. Na gut, eigentlich ist der Unterschied nicht so groß, denn was uns zu Menschen macht, ist weniger die konkrete Tat des Flüchtens, als die Sehnsucht danach und mit ihr das inständige Bedürfnis, zu wissen, dass es einen Fluchtweg gibt – es muss ihn geben! Unsere Ausbruchsfantasien haben letztlich immer mit einem Mangel zu tun: Wir ertragen es einfach nicht, dass wir nicht fliegen können. Diese Tatsache, mit der wir uns nie und nimmer abfinden werden, ist unser einziges echtes Problem. Denn mit Flügeln, o ja, mit Flügeln könnten wir uns überall und jederzeit dieser verfluchten Schwerkraft entziehen, die uns in jeder Hinsicht am Boden festhält. Wie gut also, dass es Dädalus und Ikarus gibt, Leonardo da Vincis fliegende Maschinen, dicke Bücher voller Mythen und Legenden, in denen Engel und Götter die Sterblichen mit einem Flügelschlag demütigen.

Nun bringen wir Menschen es aber fertig, uns sogar bei unserer Gier nach Eroberung des Himmels widersprüchlich zu verhalten. Davon erzählen zwei Franzosen, die Brüder Joseph und Jacques, die ihr ganzes Leben dem Vorhaben gewidmet hatten, das Reich der Vögel zu erstürmen. Doch kaum hatten sie – als Erste – eine Flugmaschine entwickelt, mit der sie vom Boden abheben konnten, bekamen sie Angst. Dabei war alles fix und fertig, entworfen und ausgeführt: Die an einem Ballon (den sie stolz auf ihren Nachnamen Montgolfier tauften) hängende Kabine wartete nur darauf, sie endlich nach oben, hoch und noch höher hinauf zu bringen, dorthin, wo nur Unsterbliche Zutritt hatten. Doch die Brüder machten einen Rückzieher, nicht sie, sondern eine Ziege, ein Hahn und eine Ente sollten die Ersten sein, die die Wege des Himmels erforschen würden. Man schrieb das Jahr 1783, als diese Arche Noah sich in die Lüfte erhob, verfolgt von den staunenden Blicken Tausender Menschen, die allesamt am Boden zwischen den Häusern von Annonay geblieben waren. Darum birgt der Name dieser lieblichen Ortschaft der Ardèche sowohl die Erinnerung an unseren Überfall auf den Himmel als auch an unseren Waffenstillstand. Aber warum nur verzichteten die Brüder Montgolfier auf das, was sie sich sehnlichst erträumt hatten? War es Feigheit? Oder ein Übermaß an Vorsicht? In beiden Fällen wohnt ein Joseph und ein Jacques in jedem von uns, sind wir doch alle hin- und hergerissen zwischen dem Wunsch zu fliegen und der Angst, es wirklich zu tun, also unser inneres Gleichgewicht in Gefahr zu bringen. Der Mensch versucht sich zu retten, doch gleichzeitig fürchtet er sich davor und überlässt das einzige Rettungsboot einer Ziege, einem Hahn und einer Ente, den Lufttouristen von Annonay.

Doch ich glaube, dahinter steckt noch etwas anderes.

Die Erde, wiewohl in Teilen noch unerforscht, ist ein Abstellkämmerchen, verglichen mit dem Himmel, und obwohl wir unsere Begrenzungen hassen, ziehen wir es doch vor, uns an ihnen festzuklammern. An den un-

ermesslichen Weiten der Luft erschreckt uns das, was uns anzieht: die totale, unendliche Freiheit, in der man sich verlieren und sich vergessen kann.

Ein gutes Thema für ein neues Wort: die Angst, sich selbst zu verlieren oder den anderen verloren zu gehen, so wie wir den Flug eines Vogels verfolgen und dann unvermeidlich aus den Augen verlieren. Doch wo – oder besser, bei wem – beginnen wir mit dem Aufbau des Wortes? Sofort haben wir die Qual der Wahl zwischen Malern, Dichtern und Wissenschaftlern, vielen von ihnen wird man auf den folgenden Seiten begegnen, und manche dieser Namen erinnern sofort an das ruhmvolle Schaffen ihrer Träger. Doch der Zufall will, dass uns hier ein unbekannter amerikanischer Marinesoldat mit Namen Charlie Bud Cowart zu Hilfe kommt. Und wer weiß, wie er an jenem berühmten Morgen des Jahres 1932 reagiert hätte, wenn man ihm gesagt hätte, dass er viele Jahre später nichts Geringeres als ein Substantiv ins Leben rufen sollte.

Wer war Charlie? Ein Heranwachsender von nicht ganz siebzehn Jahren, der allerdings um einiges älter wirkte. Korpulent, stämmig, ja elefantös mit seinem stets nach vorn gebeugten Gang, war Charlie ein lebender Beweis jenes seltsamen Naturgesetzes, demzufolge Jungen erst nach einem längeren Larvenstadium, in dem sie meist plumpen Gnomen ähneln und obendrein ein bisschen stumpfsinnig wirken, zur Reife gelangen. Darum sah der Rekrut Cowart, obwohl er bei der Marine der Vereinigten Staaten diente, eher wie ein draller Matrosenkobold aus. Sein Gesicht, ein einziges Wangenpolster, trug den vagen Ausdruck eines narkotisierten Menschen, wie er viele Heranwachsende kennzeichnet, als trennte ein mysteriöser Schleier sie von der Außenwelt. Womöglich eine Art Schutz? Nein, bei ihm nicht. Charlie fühlte sich einfach nur seit eh und je wie einer, der in der Tür stehen geblieben ist, ohne einzutreten oder wegzugehen, und aus diesem Limbus hatte er sein Zuhause gemacht. Wer ihn kannte, machte sich Sorgen. Offenbar konnte nichts und niemand ihn auch nur antasten, geschweige denn beeindrucken, so ein dickes Fell hatte er. Manchmal schien er nicht einmal wahrzunehmen, was um ihn herum geschah, er schwamm in der Wirklichkeit wie ein in der Strömung dahintreibender Körper. Schwäche? Eher Unsicherheit, würde ich sagen. Dabei fehlte es ihm nicht an körperlicher Kraft. Charlie trat bei Boxkämpfen an, wo er sogar ein gewisses Talent bewies. Aber außerhalb des Rings konnte er einfach keinen Treffer landen, im alltäglichen Durcheinander einen Gegner zu finden, war viel zu kompliziert für ihn. Beim Boxen dagegen kriegst du jedes Mal ein Gegenüber hingestellt, und obendrein bleibt dir die Mühe erspart, deine Schläge zu rechtfertigen. Also begnügte sich unser guter Charlie mit sporadischen Anfällen von Vitalität, wenn er seine Boxhandschuhe trug, aber alles andere lief um ihn herum ab, als ginge es ihn nichts an. Wenn er keine Uniform trug, sah man ihn immer in derselben Leinenjacke, ob es regnete, stürmte oder die unbarmherzigste Hitzewelle des Jahres nahte. Und so wie er nie die Kleidung wechselte, blieb auch sein Gesichtsausdruck stets derselbe, freundlich, aber distanziert, treuherzig gleichgültig.

Just in dieser gewohnten Form trat Charlie Cowart mit den anderen in Camp Kearney an, ohne im Mindesten zu ahnen, was ihn an diesem 11. Mai 1932, anderthalb Jahrhunderte nach dem Flug der Montgolfiere von Annonay, erwartete.

Während die Rekruten auf den Stützpunkt zufuhren, fiel ihnen die freudig erregte Menschenmenge am Weg auf. Was konnte an einem Militärgebiet solche Begeisterung erregen? Die Antwort erhielten sie von einem vierjährigen Jungen, der strahlend auf den Schultern seines Vaters saß. Charlie fixierte ihn vom Mannschaftswagen aus, als fragte er ihn nach dem Grund für sein glückseliges Lächeln, und der Junge hob nur die Augen zum Himmel, als hätten sich dort mindestens die Tore von Walhall geöffnet. Träge wie üblich, beugte Charlie sich gähnend nur so weit über die Plane hinaus, um nach oben blicken zu können … und was er sah, war tatsächlich nicht weniger beeindruckend als Walhall. Über ihnen schwebte die USS *Akron*, der Gigant der Luftschiffe und ganze Stolz der amerikanischen Luftwaffe. Ein fliegendes Ungeheuer von 239 Meter Länge, wahrhaft immens, in dessen Bauch, so erzählte man, mindestens fünf kampfbereite P26-Jagdflugzeuge Platz fanden, weshalb die *Akron* allgemein als »Flugzeugträger der Lüfte« bekannt war. Die *Akron*, der jüngste Nachfolger des Montgolfier-Patents, war der neueste spektakuläre Entwicklungsschritt unseres Aufstiegs zum Himmel.

Darum also hatte die Marine sie nach Camp Kearney beordert. Mindestens hundert Männer wurden nämlich zum Vertäuen dieses Luftschiffkolosses gebraucht, der gleichmütig, scheinbar harmlos, wie ein Pottwal mit Flügeln über ihren Köpfen wogte.

»Zum Glück weht heute kein Wind«, murmelte jemand, wurde aber sofort von seinem Nachbarn belehrt, der sich zum Priester der modernen Luftschifffahrt aufschwang: Es brauche schon weit mehr als bloß Wind, um dieses Ungetüm zum Zittern zu bringen.

Mag sein. Unterdessen hatte eine Mischung aus Begeisterung und Angst den ganzen Stützpunkt ergriffen. Denn die *Akron* war zwar ein Wunder der Technologie, sie konnte ohne Zwischenhalt von New Jersey bis nach Kalifornien fliegen, doch alle erinnerten sich noch an die vielen Zeppeline, die während des Ersten Weltkriegs jeder Art Unfall zum Opfer gefallen waren. Als wären Luftschiffe empfindliche Riesen, die aus dem kleinsten Anlass in einer Katastrophe enden konnten.

Während ringsumher der Adrenalinpegel stieg, wurden die Rekruten in ihre Aufgabe eingeführt. Gedruckte Handzettel mit Illustrationen erklärten ihnen, dass das Monstrum an einer Reihe gigantischer, in die Erde eingemauerter Eisenringe verankert werden musste. Jeder Matrose wurde einem nummerierten Seil zugewiesen, Charlie Cowart bekam die Nummer 14. Nur durch ein perfektes Mannschaftsspiel würden sie alle Seile gleichzeitig festmachen können, und zwar unmittelbar nachdem die Haupttrosse – dicker als eine Hand – am Ankermast vertäut war. Leichter gesagt als getan. Die Vorbereitungen dauerten mindestens eine Stunde, und als alles bereit war, gab ein Offizier das vereinbarte Zeichen. Sofort machten die jungen Matrosen sich eifrig ans Werk, legten die Taue um die Seilwinden und schrien sich gegenseitig den Rhythmus des Aufwickelns zu, damit die Landung der *Akron* schrittweise und gleichmäßig vonstattengehen konnte. Sie boten ein echtes Schauspiel, so dass die Menge der Neugierigen mehrmals in einen gerührten, zustimmenden Applaus ausbrach.

Nun hat auch jeder Applaus seine eigene Sprache, und wie im Tonfall menschlichen Sprechens kann man auch im Applaus unendlich viele Bedeutungsnuancen wahrnehmen. An diesem Tag wurde das allen klar, als die Menge langsam Zweifel beschlichen und der Beifall die leuchtende Färbung der Anerkennung verlor, um sich in ein Händeklatschen zu verwandeln, das höchstens als Aufmunterung gelten durfte.

Und die war nötig.

Denn der klare Himmel hatte sich mit weißen Wolken überzogen, und die imposante Masse des Luftschiffs zeichnete sich jetzt am Himmel ab wie ein Tintensee auf einem Blatt Papier. Wie um die Verankerung zu erschweren, hatte sich jetzt auch noch der Wind hinzugesellt, der urplötzlich aufgetaucht war, als wollte er am großen Fest teilnehmen, ein ganz und gar ungebetener Gast. Mehrmals driftete die *Akron* sichtlich zur Seite ab, doch das Geflecht der Seile konnte sie unter den Schreien der Offiziere am Boden in die richtige Position zurückbringen. »Die Hundeleine!«, brüllte der Aufseher über die Operation ins Megaphon. Mit diesem technischen Begriff war das Hauptseil gemeint, das die Spitze des Luftschiffs tatsächlich wie einen Hund an der Kette an dem hoch aufragenden, metallenen Obelisken festmachen sollte. Sofort ergriffen mindestens dreißig Matrosen das Ende der Trosse und vertäuten sie in ihrem Ring dort oben an der Spitze des Ankermastes, zur Freude ihrer Kollegen, die die anderen Seile kaum mehr festhalten konnten. Charlie Cowarts Hände brannten fürchterlich, trotz der Handschuhe, die er trug, und er fragte sich, ob der Grund für sein drückendes Angstgefühl der Schmerz oder der immer stärker auffrischende Wind war, der schon mindestens zwanzig Matrosen die Mützen vom Kopf gerissen hatte.

Kaum war die Hundeleine vertäut, breitete sich immerhin ein erleichtertes Lächeln in der Menge aus, als hätte der Mensch das Wüten der Elemente nunmehr bezwungen. Doch das Aufatmen währte nur kurze Zeit. Denn durch eine jähe, sehr viel stärkere Bö verloren fast alle Rekruten die Kontrolle über ihre seitlichen Taue, und das nur noch vom Hauptseil gehaltene Luftschiff stieg senkrecht in die Luft auf wie ein Kinderdrachen. Das Unvorstellbare war geschehen: Der ruhmreiche Nachfahre der Gebrüder Montgolfier war jetzt steuerlos, hilflos dem Wind ausgesetzt, und da er kopfüber in der Luft stand, verlor er sein gesamtes Ballastwasser, so dass er mit jeder Minute leichter und unkontrollierbarer wurde, zumal die letzten drei, vier Matrosen ihre Seile losgelassen hatten und auf die Erde hinabgestürzt waren. »Kappt die Hundeleine!«, schrie jemand, und in der allgemeinen Panik wurde das als ein Befehl verstanden, egal, wer ihn ausgesprochen hatte. Ein Matrose kam mit einer Axt gelaufen und hieb auf das Ankertau ein, das die *Akron* daran hinderte, sich in die Luft zu erheben. Und so verloren sie das Ungetüm wirklich: Das Luftschiff war nun endgültig außer Kontrolle, sie sahen es aufsteigen und wie ein Blatt im Wind hin und her schwanken.

Mindestens zwei Stunden vergingen, ohne dass man irgendetwas tun konnte. Der Sturm wütete mit voller Wucht, unmöglich, die herabhängenden Seile zu ergreifen, um die gedemütigte *Akron* an den Ankerplatz zurückzubringen. Die Zuschauer waren inzwischen verschwunden, hatten sich einer nach dem anderen zurückgezogen, weil ihnen bewusst wurde, dass es recht unpatriotisch war, zu bleiben, um dem Supergau eines Wunders der Aeronautik zuzuschauen, nachdem das Unglück schon mehrere junge Matrosen das Leben gekostet hatte. Und so gab es am kalifornischen Himmel von Camp Kearney bald nichts mehr zu sehen. Es wurde still am Stützpunkt, eine dünne, hilflose Stille, bis nach mehreren Stunden jemand durch ein Fernglas schaute und mit dem Finger auf einen Punkt unterhalb der *Akron* zeigte, die schon sehr hoch am Himmel schwebte.

»O Gott, nein, das darf doch nicht wahr sein …«, stammelte der Offizier, der offenbar erst jetzt erkannte, was dort oben Ungeheures geschah. Vor Schreck ließ er das Fernglas fallen und rief wie besessen um Hilfe, dort oben am Luftschiff gehe etwas Entsetzliches vor sich. Die Herbeigerufenen kniffen die Augen zusammen, um zu erspähen, was es dort Entsetzlicheres geben könnte als die zum Spielball des Windes gewordene *Akron* … Und schon bald begriffen sie, was es war.

Der Rekrut Charlie Bud Cowart war unbegreiflicherweise an seinem Seil hängen geblieben, er hatte es sich um die Hüften knoten können und kreiste nun wie die *Akron* seit Stunden dort oben in unfassbarer, himmelwärts führender Höhe, bis hinauf auf zweitausend Fuß, wohin keiner sich allein wagt. Zu winzig, um vom Boden aus mit bloßem Auge gesichtet zu werden, hing er seit geraumer Zeit unter dem Luftschiff, und an Bord war niemandem eingefallen, dass einer der Festmacher sich womöglich in seinem Seil verfangen haben könnte. Darum war Charlie wirklich stundenlang von der Welt vergessen worden, keiner hatte mehr nach ihm gefragt, keiner hatte seine Abwesenheit bemerkt, keiner hatte seine Schreie dort oben gehört, während er vom Wind in alle Richtungen gepeitscht wurde. Seltsames Schicksal: Ein junger Mann, der sich von der Realität treiben ließ, ohne ihr je als einer ernsten Angelegenheit entgegenzutreten, trieb jetzt in der Luft, ohne dass der Rest der Welt sein Verschwinden ernst nahm. Charlie erlebte am eigenen Leib, was Joseph und Jacques Montgolfier im Himmel zu finden fürchteten: die Abwendung der menschlichen Gemeinschaft, den Verlust des Selbstgefühls, vielleicht sogar eine extreme, an den Tod grenzende Erfahrung, da die Seelen ja in den Himmel fliegen. Im Grunde etwas zutiefst Menschliches, denn wir sind irdische Geschöpfe, geschaffen, um gemeinschaftlich zu leben und den Reflex unseres Selbst im Blick der anderen zu suchen. Es ist also ganz natürlich, Angst davor zu haben, dass die menschliche Gemeinschaft die Erinnerung an uns verliert, wodurch unser kleines Ich in einen endlosen Raum, in ein Niemandsland abdriftet. Von allen Geschichten, die ich gesammelt habe, erzählt Charlies Abenteuer am eindringlichsten von der wahren Bedeutung des Wortes *Einsamkeit*. Es bedeutet nicht, sich von den anderen abzusondern, nein, einsam ist, wer erkennt, dass er in einem anderen Raum lebt als dem gemeinschaftlichen Ort aller Menschen, dass er woanders ist, zweitausend Fuß hoch, an einem Seil hängend, und niemand scheint es zu bemerken.

Von dem Tag an erhielt Cowart den Spitznamen »the attached«, der *Angehängte*. Verrückt, wenn man bedenkt, dass Charlie während jener verzweifelten Stunden, in denen er, von der Welt vergessen, am Himmel umhergeirrt war, sich genau entgegengesetzt gefühlt hatte: nicht *angehängt*, sondern *abgehängt* von allem, vom Menschenvolk, das er von dort oben aus der Höhe betrachtet hatte. Und auch nachdem er wieder zum Stützpunkt zurückgekehrt war, verließ ihn das schreckliche Gefühl seines einsamen Fliegens nie mehr. Nur mit den Füßen am Boden sind wir menschliche Wesen.

Vielleicht vom Wunsch nach Flügeln erschöpfte Wesen.

Annonayiker [ʔan̥o:ˈna:jɪkɐ], *Subs.*, *der*, Ableitung aus dem Namen der Ortschaft Annonay, wo der erste Flug einer Montgolfiere stattfand (1783), allerdings unbemannt. Bezeichnet einen Menschen, der an einem inneren Widerspruch leidet, weil er auf jede erdenkliche Weise seine Befreiung gesucht hat, sich dann aber davor fürchtet, sie bis auf den Grund auszukosten, und verzichtet.

Attachose [ʔata:ˈço:zə], *Subs.*, *die*, abgeleitet vom Spitznamen »the attached« des amerikanischen Marinesoldaten Charlie Bud Cowart. Bezeichnet den Zustand des Menschen, der sich, hilflos an seinem eigenbrötlerischen Wesen hängend, von der Welt vergessen fühlt, weil er sieht, dass das Leben um ihn herum ungeachtet seines Leidens unverändert weitergeht.

B

Birismus und Bicherei

Die Murmel in der Pfütze

Wenn wir spüren, dass uns ein Unbekannter auf der Straße anstarrt, ist uns das wahrscheinlich unangenehm. Die Blicke fremder Menschen werden im Allgemeinen nicht geschätzt, wir empfinden sie als gierige Diebe auf der Suche nach Beweisen für die Überlegenheit unseres Beobachters. Wir sind meist so tief in unserer eigenen Galaxie versunken, dass wir es fast immer für einen unbedeutenden Zufall halten, wenn wir Lebenszeichen aus dem Universum empfangen wie derartige Blicke. Und falls wir sie nicht ignorieren, dann nur wegen des krankhaften Drangs, uns ebenfalls in den Mängeln der Mitmenschen zu sonnen. Kein Wunder also, wenn wir uns nicht nur ungebeten beobachtet fühlen, sondern damit auch beurteilt, angeklagt, bis in unsere entlegensten Abgründe durchforstet: Der junge Mensch weicht dem Blick des alten Menschen aus, weil er ihm irgendwelche Zügellosigkeiten vorzuwerfen scheint, ebenso wie der Alte in den Augen eines Jugendlichen schon die An-

kündigung seiner eigenen Karikatur wahrnimmt. Kurzum, zwischen Fremden herrscht ein prinzipielles Blickverbot.

Dabei hat die Beobachtung anderer Menschen manchmal unerwartete Entdeckungen zu bieten, man muss nur offen dafür sein, dass jedes vernachlässigte Detail eine Lehre enthalten kann.

Ein Beispiel ist die außergewöhnliche Geschichte zweier Brüder aus Ungarn, László und György. Wir sind in den wilden Zwanzigerjahren, und während Europa kurz davorsteht, sich von seiner schlechtesten Seite zu zeigen, verdienen die beiden Jungen ihren Lebensunterhalt mit allem, was die

Straßen von Budapest zu bieten haben. László ist eine schüchterne Bohnenstange mit so hellen Augen, dass man fast meint, man könne durch sie hindurchblicken und Lászlós Gedanken lesen wie man Ware in einem Schaufenster betrachtet, bis man im nächsten Moment erkennt, dass der Junge sich jedem vorschnellen Urteil entzieht. Bei ihm muss man immer auf plötzliche Stimmungswechsel gefasst sein, es ist dieses Aufzucken unvermuteter Vitalität, das die trügerisch Introvertierten mitunter entlarvt. Nicht ohne Grund ist László bei seinen Kumpanen in der Bierschenke berühmt – weniger für sein zähes Verstummen als für die schlagfertigen, treffsicheren Sprüche, die ihn urplötzlich nicht nur gesund und munter, sondern auch angriffslustiger und bissiger denn je zeigen. Es sind meisterhafte, unter den Helden des Pints legendär gebliebene Einfälle, mit denen sich unser Mann an der Theke den Ruf eines zwanzigjährigen Weisen erworben hat, was zumindest ein guter Grund ist, sich von Kumpanen, die in einer Lebenskrise stecken, abwechselnd ein Bier ausgeben zu lassen. Auf seine Art ist auch das ein Gewerbe, und in schwierigen Zeiten verschmäht man nichts. Nur schade, dass László in Gesprächen – wie in allem, sogar der Kleidung oder Rasur – rettungslos zerstreut ist. Nein, weit mehr: ein Flüchtender. Denn der Zerstreute hat nur keine Kontrolle über seine Aufmerksamkeit, der Flüchtende dagegen entzieht sich den anderen absichtlich. Wer weiß wem oder was noch. Vielleicht auch seinem eigenen Leben. László ist eben so, sein Geist fliegt immer weiter, er kann sich nicht auf einem Ast niederlassen und dort ein Nest bauen, darum bleibt ihm nichts anderes übrig, als unaufhörlich mit den Flügeln zu schlagen und sich immer wieder einzubilden, der nächste Baum sei endlich der, von dem aus er die Landschaft betrachten und den er seinen eigenen Baum nennen kann.

Keiner weiß das alles über ihn. László ist sehr gut darin, einfach nur unaufmerksam zu erscheinen. Allein sein Bruder György erspart ihm die Wahrheit nicht. Weder ihm noch den anderen, denn György ist ein scharfes Rasiermesser, einer von denen, die dummerweise jedes Mal ins Schwarze treffen, wenn sie provozieren wollen. Ihn mit am Tisch sitzen zu lassen, ist ein ziemliches Risiko, er wittert unweigerlich, was die anderen zu verstecken versuchen, vielleicht sogar vor sich selbst. Denn als promovierter Chemiker besitzt er die Formel, um Säuren mit Basen und die wiederum mit Salzen reagieren zu lassen, damit die Präparate sich entzünden. Was aus dem Experiment folgt? Sehr wenige Menschen reden mit György. Nur für seinen Bruder ist er (eben wegen seiner systematischen Boshaftigkeit) ein echter Spaßvogel. Die Leute sehen die beiden und denken: »Was für ein Paar, unterschiedlicher geht's nicht, die passen überhaupt nicht zusammen.«

Keiner kann sich erklären, dass die Brüder nie im Streit gesehen wurden, ja, sogar die Höhen und Tiefen eines durch und durch abenteuerlichen Alltags miteinander teilen. Es gibt keinen Beruf, den László und György nicht wenigstens ausprobiert hätten, vom Piloten bis zum Zollwächter, vom Makler bis zum Journalisten, selbst Hypnose und surrealistische Malerei verschmähten sie nicht. Mit den mageren Einkünften aus ihrem Jonglieren greifen die beiden sich gegenseitig unter die Arme, unterstützen einander in der Not und trinken auf ihre sporadischen Erfolge. Wenn die leeren Taschen zum Himmel schreien und jede Art Entgelt, das sich ins Weiterleben übersetzen lässt, willkommen ist, kann die Zukunft natürlich nicht mehr als eine vage Vermutung sein. Erst recht nicht, wenn du ausgerechnet in dem Moment ein ungarischer Jude bist, da dein Vaterland einem Hitler zuzwinkert, der ihm aus Berlin verspricht, die nicht verheilten Wunden des Ersten Weltkriegs zu rächen. Doch der unvermeidlich bevorstehende Sturm scheint die beiden tollkühnen Brüder nicht zu ängstigen. Sie verlassen sich weiter auf ihre Intuition und versuchen, sie in klingende Münze zu verwandeln, derweil sie den jeweiligen Machthabern keine kritische Spitze ersparen. László schreibt sogar Artikel für die sozialistische Zeitung, den Kontrahenten des auflagenstarken »Budapesti Hirlap«, Megaphon des aggressivsten magyarischen Nationalismus.

Und nun stellen wir uns vor, wie er an einem bleichen Morgen am Fenster sitzt, in seiner schlichten, noch gerade angemessenen Wohnung mit einem rußgeschwärzten Ofen und einem grässlichen Tapetenmuster aus roten Rauten auf grünlichem Grund. Es ist ein armes Viertel, auf der Straße herrscht eine undefinierbare Geruchsmischung aus Leckerbissen und Kloake, die Schlote einer Fabrik umhüllen alles mit Rauch, sobald der Wind aus Westen weht. Stille gibt es nicht: Direkt unter Lászlós Fenster vergnügt sich eine Kinderbande zwischen den Pfützen mit Murmeln, doch die Grenze zwischen ihrem Spiel und einer wilden Rauferei ist schwer zu ziehen. Auf der Suche nach Inspiration für seinen täglichen Artikel, heute über die Gewerkschaftsrechte der Minenarbeiter, hat László sich in seinen Gedanken verloren, und seit mindestens zehn Minuten starrt er auf seine Tintenfinger. In dieser Wohnung ist alles mit Tinte bekleckert: das Tischtuch auf dem einzigen Tisch, die Rücken sämtlicher Bücher, die Manschetten seiner Hemden, sogar die Ärmelaufschläge des heißgeliebten Wintermantels, der schon mehrmals ins Pfandhaus gebracht und zum Glück immer wieder eingelöst wurde. Doch was ist diese Tintenflut anderes als das Markenzeichen eines Menschen, der von Worten lebt? László ist stolz darauf. Besser: er war es. Bis heute. Denn so ist die menschliche Seele. Was dich bis gestern mit Stolz erfüllte, ist dir plötzlich verhasst. Und da haben wir es: Aus einem verwerflichen Anflug von bürgerlichem Snobismus kann unser Journalist vom »Avanti!« es keinesfalls länger dulden, dass er schwarz verschmierte Hände hat wie ein Bergarbeiter, und wen interessiert's, ob die Kohle dem Menschen in die Lungen dringt und die Tinte des Füllfederhalters sich über die Fingerkuppen nicht hinauswagt. Muss man denn wirklich, wenn man von Worten lebt, zwischen diesen ekelhaften Pechbatzen umhertappen und noch auf seinem eigenen Kopfkissen dunkelblaue Abdrücke finden? Es heißt, dass stets der Moment kommt, in dem der Handwerker sein Werkzeug verflucht: der Schmied verflucht den Amboss, der Tischler den Hobel, die Hebamme die Geburtszange. Und so fühlt sich László – der hundertmal den Beruf gewechselt hat – an diesem schicksalhaften Tag plötzlich wie ein altgedienter Schreiberling und erklärt dem Federhalter, der ihm die Hände, das Leben, die Garderobe und das Heim schwärzt, den Krieg. Und dies ist der Moment, in dem die Beobachtungsgabe unseres Helden den bekannten Unterschied ausmacht, denn im Augenblick des größten Zorns fällt Lászlós Blick auf die Kinder, auf ihre Murmeln. Er folgt einer Murmel mit den Augen, sieht sie durch die Pfützen rollen, wieder herauskommen und auf dem Boden eine gleichmäßige Spur aus dreckigem Wasser hinterlassen.

Beobachten. Beobachtung ist wirklich alles. An diesem Tag beobachtete László.

Und diese Murmel auf einer Straße in Budapest inspirierte ihn zur Erfindung des Kugelschreibers. Man musste nur eine winzige Kugel in eine mit

Tinte gefüllte Kartusche stecken, und sie würde rollend eine perfekte Linie auf dem Papier ziehen. Schluss mit dem Füllfederhalter und seinen unverzeihlichen Leckagen – ein jüdischer Journalist und Faktotum würde die Geschichte, wenn schon nicht der Literatur, so doch wenigstens des Schreibens für immer verändern. Natürlich brauchte man eine für diese Erfindung geeignete Tinte, weniger flüssig und vielleicht schneller trocknend … Aber war sein Bruder György nicht immer noch Chemiker, wenn auch einer, den die Gnadenlosigkeit eines undankbaren Charakters ruiniert hatte? Dem tiefen Einverständnis der beiden Brüder verdanken wir, dass am 15. Juni 1938 das Patent für den Kugelschreiber ausgestellt wurde.

»Welchen Namen wollt ihr eurer Erfindung geben?«, fragte der Beamte hinter dem Schalter, während er sich die Finger von Tintenflecken säuberte. »Biro-Schreiber«, antworteten die beiden lächelnd, die mit Nachnamen Biró hießen, wie Tausende anderer Ungarn. Nachdem die erforderlichen Steuern und Stempel bezahlt waren, gingen sie wahrscheinlich einen trinken. Wer hätte das an ihrer Stelle nicht getan? Das Patent auf diesen revolutionären Stift konnte sie zu Millionären machen – ein paar Gläser Pálinka waren das Mindeste, was sie sich erlauben durften.

Wohl wahr.

Wenn ihre Begeisterung über die Erfindung sie nicht ein wenig von den Bedrohungen der Zeitläufte abgelenkt hätte, die sich für das auserwählte Volk nicht zum Guten wendeten. Man erzählt, dass Kinder, die während des Schawuot-Festes unverwandt in den Himmel blicken, einen Augenblick lang sehen können, wie er sich in all seiner Herrlichkeit öffnet. Wer weiß, ob die Biró-Brüder ihn je sahen. Fest steht, dass es nicht der Himmel war, was sich mitten im »Dritten Reich« für sie auftat, sondern unter ihren Füßen die Grauen der Hölle. Gerade hatten sie ihr Patent angemeldet, schon mussten sie dem Rabbiner gehorchen, der ihnen zu fliehen befahl. Fliehen? Für einen geborenen Flüchtling wie László war das eine Tautologie, als würde man einem Fisch befehlen, baden zu gehen. Aber der Rabbi meinte es ernst – merkten die beiden denn wirklich nicht, was vor sich ging? Sie mussten verschwinden, noch im Morgengrauen, bevor es zu spät war, und pro Nase höchstens ein Koffer mit den wichtigsten Dingen! So sei es. Wir sehen sie förmlich vor uns, die beiden von allen verspotteten Brüder, als der Rabbiner, sprachlos vor Staunen, entdeckt, dass ihr Gepäck nur Prototypen von Schreibgeräten, Fläschchen mit mehr oder weniger dicker Tinte, Kartuschen und Röhrchen jeder Form enthält. »Hatte ich euch nicht gesagt, ihr sollt nur die wichtigsten Dinge mitnehmen?« Diese Frage werden die Biró, voller Stolz auf ihre Ausrüstung, mit einem Kopfnicken bejaht haben.

Die Flucht verstanden sie als eine geschäftliche Entscheidung von höchstem Nutzen. Um eine geniale Idee einträglich zu verwerten, mussten sie fortgehen, möglichst weit weg, weit genug, damit kein Führer ihr Leben je beschmutzen konnte wie irgendein dummer Füllfederhalter.

Sie entschieden sich für Argentinien.

Was eine sehr lange, ewig lange Überfahrt mit dem Schiff bedeutete. Sei's drum, der Ruhm verlangte es. Das Patent verlangte es.

Am Tag der Ankunft, sie standen ungeduldig an Deck, schon so postiert, dass sie als Erste von Bord gehen konnten, warf László seinem Bruder einen hastigen Blick zu, voller Angst, György könnte in seinen Augen lesen, was er dachte. György begriff nicht, er lächelte ihn an und dachte, die Überfahrt müsse wohl selbst seinen rastlosen Bruder ermüdet haben. Nie wäre ihm eingefallen, dass László gerade – einfach so, aus heiterem Himmel – ein schrecklicher Gedanke gekommen war: »Wenn am Horizont das Festland auftaucht, erwartet dich immer ein Hinterhalt, eine Täuschung. Du glaubst, du hättest das Land schon berührt, du seist angekommen, ein Sprung würde genügen, und du könntest die Reise endlich für beendet erklären. Aber so ist es nicht, das Festland spielt dir einen Streich, lacht dich aus, weil es genau weiß, dass zwischen dir und ihm noch Berge aus Wasser liegen. Ob das Ziel nah ist, schon sichtbar, ist völlig egal. Das Einzige, was zählt, wirklich zählt, ist der Moment, in dem du deinen Fuß auf die Mole setzt und einen Augenblick lang das Schiff hinter dir betrachtest. Denn nur dann darfst du dir sagen, dass du von Bord gegangen bist.«

Ungefähr so sah der Geistesblitz aus, der László Biró ein paar Stunden bevor er sich vom Atlantik verabschiedete, durch den Kopf schoss. Es war einer jener beeindruckenden Fälle, in denen man – ob auf die richtige oder falsche Fährte geführt – in Sekundenbruchteilen den gesamten Ablauf dessen vor auf Augen hat, was einen zukünftig erwartet. Das ist etwas Erhabenes und Schreckliches: Unsere Aufteilung zwischen Jetzt und Später ist zunichte, wir sehen schlicht und einfach den Sinn von allem, und er ist so gleißend hell, dass er uns blendet. Wenn das Licht dann erlischt, geht alles genauso weiter wie zuvor. Aber nur äußerlich, denn etwas in uns hat sich für immer verändert, weil es alles weiß, alles gesehen hat und sich dessen bewusst ist. Von nun an wird ein seltsames Licht in unseren Augen sagen, dass ohnehin alles klar war (und ist).

Dies ist mein Eindruck, wenn ich die Fotos von László József Biró betrachte, der unter dem Namen Ladislao José Biro fast ein halbes Jahrhundert in Buenos Aires verbrachte. Er lächelt in die Kamera, er lächelt immer und zeigt stolz seinen Kugelschreiber, dem er all seine Kräfte widmete, auch als er allein zurückblieb. Die Wahrheit aber ist, dass es Biro sein ganzes Leben lang erging wie an diesem Tag auf dem Schiffsdeck: dem Festland sehr nah und doch fern, kurz vor dem Aussteigen, doch tatsächlich noch auf dem Meer. Die Täuschung durch das Festland war eine Folter für ihn. Er hatte das Patent auf eine geniale Erfindung in der Tasche, sah Reichtum und Ruhe in greifbarer Nähe, aber unbegreiflicherweise erreichte er sie nie. Dass er dazu verdammt war, immer weiter zu fliegen, ohne sich je auf einem Ast niederzulassen, machte ihn zu einem einzigartigen Beispiel für einen Flüchtling vor sich selbst, vor seinem Talent, vor seiner Intuition. Er war unfähig, sich selbst nutzbringend zu verwerten. Er konnte sich nicht genießen, und der Streifen Ozean zwischen ihm und dem Hafen blieb immer unüberwindbar. Zwölf Jahre nach seiner Ankunft in Argentinien war die großartige Idee des

Biro-Kugelschreibers trotz aller Bemühungen und Investitionen noch immer ein glänzender Geniestreich ohne praktische Umsetzung. Zu viele Fehler. Zu hohe Kosten. Doch es war vor allem jenes irgendwie Verkehrte im Geist seines Schöpfers, der mit Müh und Not bis zum Monatsende kam – genau wie dreißig Jahre zuvor in Budapest.

Eines Morgens erhielt er einen Anruf aus Europa. Ein sehr wohlhabender Unternehmer schlug László vor, ihm das Patent zu verkaufen, er wollte dafür sorgen, es gewinnbringend zu verwerten, er wusste, was zu tun war. Jenes »wissen, was zu tun war« unterlegte er mit einer merkwürdigen Betonung, als gäbe er diskret zu verstehen, dass die chemische Formel des Erfolgs nicht allein das *Wissen*, sondern immer auch das *Tun* als ein Ganzes enthalte. Und es war, als winkte ein Matrose auf der Mole spöttisch dem Schiff zu, das nicht anlegen konnte und noch immer den Fluten ausgesetzt war. Biro überlegte, ob er nicht besser auflegen sollte. Hier ging es um etwas Existenzielles, um viel mehr als ein einfaches Patent. Es für Geld aus der Hand geben? Das bedeutete, sich selbst ein für alle Mal zum ewigen Verlierer zu erklären, zu einem, der nichts zustande bringt, und es wäre ein grausames Verdikt gewesen. Er versuchte, die Sache aufzuschieben, erzählte, dass er bereits viel Geld mit seinen Kugelschreibern verdiente. Aber er war kein guter Lügner oder wollte es vielleicht nicht sein, jedenfalls wurde seine Stimme brüchig, und das blieb nicht unbemerkt. Die Stimme aus Europa schlug eine Zahl vor. Die andere lachte fast empört. Die Stimme antwortete mit einer kleinen Erhöhung.

Im Grunde aber war die Verhandlung nicht schwierig. Sie wurden sich einig.

So ging der Kugelschreiber aus den Händen des Señor Biro in die des Marquis Marcel Bich über, der ihn in den frühen Fünfzigerjahren zu einem weltweiten Phänomen machte. Und als Biro 1985 starb, verbreiteten sich die BIC-Kugelschreiber, waren fruchtbar und mehrten sich überall nach dem biblischen Gebot. Und niemanden interessiert, dass der Mann, der sie in Budapest erfand, als er Kindern beim Murmelspiel zusah, in einer bescheidenen

Wohnung in Buenos Aires starb. Neben vielen verschiedenen Berufen hatte er auch jahrelang in der Fabrik seines früheren Zulieferers gearbeitet.

Dort wurden Kugelschreiber hergestellt.

Birismus [biːˈʁɪsmʊs], *Subs.*, *der*, Ableitung aus dem Namen László József Biró (1899–1985). Bezeichnet den Gemütszustand von Menschen, die das Leben, das sie sich verdienen und sich wünschen, in greifbarer Nähe vor sich sehen. Trotzdem wird dieses Leben immer wie ein Schiff sein, das nicht in den Hafen einlaufen kann.

Bicherei [ˈbiːçəʁa͡ɪ], *Subs.*, *die*, Ableitung aus dem Namen des Marquis Marcel Bich (1914–1994). Bezeichnet die nicht notwendigerweise illegale Aneignung der Idee eines anderen, um sie selbst gewinnbringend zu nutzen. Das Substantiv benennt insbesondere Situationen, in denen der Pragmatiker über den genialen Menschen siegt, der unfähig ist, sein Talent zu verwerten.

C

Caransebisch/ Caransebiker

Sturm und Schnaps entscheiden die Schlacht von Caransebeş (1788)

Wer keinen Feind hat, ist ein Niemand. Alles scheint heutzutage darauf aufzubauen, dass jede Art Identität sich durch Entgegensetzung, per Negation bildet. Es ist, als wären wir unfähig, zu erkennen, wer wir sind, und hätten uns darum für die einfachere, naheliegendere Frage entschieden, wer wir *nicht* sind. Andererseits ist *behaupten* ein schwieriges Wort, es impliziert eine Verantwortung, während *erwidern* nicht nur bequemer, sondern auch äußerst befriedigend ist. Wir alle sehen uns gern als Teil einer Auseinandersetzung, als Unterstützer einer Causa, die uns als ihren bewaffneten Arm benötigt. Und so werden munter weiter Schützengräben angelegt. Tatsächlich fehlen auf unseren Visitenkarten mittlerweile die wichtigsten Informationen, die ein soziales Wesen definieren: wem wir widersprechen, gegen wen wir kämpfen, wen wir in der großen Herde der Verschiedenheiten mit dem Brandmal F für Feind markieren.

Doch was sind unsere geliebten Kriege wirklich? Häufig eine Schachpartie gegen uns selbst. Wir glauben, jemanden zu bekämpfen, ohne zu bemerken, dass das Schlachtfeld uns ganz allein gehört. Im labyrinthischen Stimmengewirr, das in der menschlichen Seele widerklingt, lassen sich unsere Wesenszüge nur schwer benennen. Jeder von uns ist ein Chor widerstreitender Gefühle und Meinungen, zwischen denen sich kaum ein Zusammenhang finden lässt. Wir leben von Widersprüchen, nein, wir *sind* unsere Widersprüche, die wir fortwährend, einer absurden Verpflichtung zur Konsequenz gehorchend, verbergen und verkleiden. Der Mensch kann nicht konsequent sein, das ist gegen seine Natur, die sich glücklicherweise mit den Traumata der Erfahrung weiterentwickelt. Leben heißt sich verändern, sich anpassen, sich wandeln, indem man bereitwillig akzeptiert, dass das Ich von gestern sich im Ich von morgen wiederentdeckt. Jedes Mal wenn wir in einen Spiegel schauen, verführt die Illusion unserer Wiedererkennbarkeit uns zu der Annahme, dass in einem immer gleichen Körper zwingend ein ebenso unwandelbares denkendes (und empfindendes) Wesen wohnen muss. Nun, das ist völlig falsch: Wir sind nicht dieselben wie gestern, aus dem einfachen Grund, weil unser Körper jeden Tag zwischen 50 und 100 Milliarden seiner Zellen erneuert. Mehr noch: Immer wenn ein Jahr zu Ende geht, haben wir eine Zellenmenge ausgetauscht, die unserem eigenen Gewicht entspricht. Kein Wunder also, wenn hinter dem ständigen unangenehmen Appell an den inneren Frieden der Kampf zwischen gegensätzlichen Faktionen unseres Selbst unaufhörlich weitergeht.

Etwa so wie während der berühmten Nacht in Caransebeş.

Man schrieb den 17. September des Jahres 1788. An der Grenze zwischen Ungarn und Rumänien wurde wieder einmal eine Schlacht zwischen dem Habsburgerreich und seinem ewigen Feind, den osmanischen Türken, geschlagen. Dieses Mal sollten die beiden Armeen bei Tagesanbruch an den schlammigen Ufern des Temesch aufeinandertreffen. Denn die Geschichte sucht sich manchmal die unbedeutendsten Orte für ihre Schlüsselszenen aus. War York-

town, wo über die amerikanische Unabhängigkeit entschieden wurde, etwa keine nichtssagende Ebene aus Heuwiesen mit einer Küste, die plötzlich steil zum Meer abfiel? Und war Waterloo nicht im Grunde eine endlose, von Wind und Regen gepeitschte Niederung zwischen den dunklen Kiefern von Charleroi? Caransebeş machte da keine Ausnahme, es empfing den Waffenlärm zwischen unwirtlichen Wäldern und armseligen Zigeunersiedlungen.

Bevor ich von den unglaublichen Ereignissen jener Nacht erzähle, möchte ich euch kurz in die Vorgeschichte zurückbringen, um genau zu sein, in das Jahr zuvor, als alles begann.

Der Krieg war im August ausgebrochen und trug alle Anzeichen einer endgültigen Abrechnung, aus der die Armee des Sultans endlich besiegt hervorgehen würde, niedergeworfen, gedemütigt, und was der Adjektive mehr sind, die einen hundertprozentig absehbaren Triumph bezeichnen. Übertriebener Optimismus, werdet ihr sagen. Keineswegs, reiner, reinster Realismus, militärische Algebra, da das russische Zarenreich und Österreich-Ungarn diesmal ihre Streitkräfte vereinigt hatten. Auf dem Papier war das eine unschlagbare Allianz. Ihr könnt euch vorstellen, mit welchen Erwartungen man sich zur ersten Schlacht rüstete. Wir können sie förmlich hören, die Donnerworte der russischen Admiräle, während sie ihre Flotte im Schwarzen Meer in Stellung bringen. Ja, die Russen, denn diesmal fällt ihnen der Auftakt zu; die Österreicher werden erst im zweiten Akt auf die Bühne treten.

Gut. Alles ist bereit. Banner und Standarten mit dem doppelköpfigen Adler und dem heiligen Georg, der den Drachen durchbohrt, so wie wir bald den Sultan durchbohren werden. Ein Schiff neben dem anderen, alle können es nicht erwarten, zum Angriff überzugehen. Auf dem Festland genießt ein reizendes Terzett aus Tänzern historischer Höhepunkte den Anblick, und ja, sie werden für uns die Troika tanzen, einen traditionellen Tanz des alten Russland. Doch dieses Mal wird die Troika nicht in der typischen Formation aus einem Kavalier und zwei anmutigen Damen getanzt, sondern umgekehrt: Die Zarin lässt sich von zwei würdevollen Herren in Galauniform begleiten.

Ah, wie entzückend, diese Tanzschritte! Oh, wie groß ist die Ausgelassenheit! Lächelnd tanzt die Zarin Katharina II. die Troika, mit ihr lächelt der überaus mächtige Fürst Potemkin, es lächelt sogar der Generalissimus Suworow, von dem man sagt, er bestehe nicht aus Fleisch, sondern aus Eisen, und er fühlt sich schon ein bisschen wie der heilige Georg mit dem Drachen.

Doch haben sie Grund zum Lächeln, während sie die Troika tanzen?

Anfangs scheint ihnen alles recht zu geben: Die türkische Flotte ist alt, übel zugerichtet, von jahrelangen, ununterbrochenen Kriegen schwer angeschlagen. Sieg folgt auf Sieg, überall wird gelächelt, die Troika zu tanzen, macht wirklich Spaß. Ja, wenn man es recht bedenkt, kündigt sich dieser epochale Krieg sogar als ein viel zu leichtes Spiel an – war es nicht ein Drachen, den wir durchbohren sollten? Dieser Sultan Abdul Hamid scheint aber eher eine Eidechse zu sein. Ein Salamander. Wollen wir wetten, dass unsere österreichischen Verbündeten nicht einmal zu Felde ziehen müssen? Hier und heute erledigen wir alles allein. Wollen wir ihnen den Kopf der Eidechse auf einem Silbertablett bringen?

Doch dann trifft eine Nachricht ein.

Unerwartet. Verheerend. Wir sehen ihn vor uns, den armen Offizier, dem der versiegelte Brief für Ihre Kaiserliche Majestät anvertraut wurde. Nennen wir ihn Iwan. Er zittert vor Angst, steht steif im Hintergrund und hat nicht den Mut, die Augen zu heben, um zu sehen, wie die Mächtigen reagieren. Lieber schaut er nicht hin, unser Iwan, er musste den Umschlag ja nur überreichen, weil das Los auf ihn fiel, verflucht sei diese Münze. Er hat die Augen gesenkt, starrt zu Boden, auf seine Stiefelspitzen. Er hört, wie der Umschlag geöffnet und das Papier entrollt wird. Jetzt schließt Iwan die Augen ganz. In der Stille, die kristallen geworden ist, entgeht ihm das erhabene Schauspiel, eines von denen, die mit vollem Recht in die Geschichte Russlands eingehen. Es sollte ein Triumph der Waffen werden, und es war ein Triumph, aber einer der Frustration. Hätte Iwan die Augen doch halb geöffnet! Er hätte sich weiden können am Anblick des langsam verblassenden Lächelns auf den Gesichtern der drei, das dann zu einem Zähneknirschen entartete. Fest und fester aufeinandergepresste Kiefer, zunehmend verkrampfter das fleischige Oval von Katharinas Gesicht mit den roten Bäckchen. Ein heimlicher Beobachter schwört, dass er sah, wie Potemkin am Nagel seines kleinen Fingers kaute und sogar Suworow Anzeichen von Rost zeigte. Die Erste, die einen Laut herausbrachte, war die Zarin: »Wie ist es möglich, dass …«

Sie beendete den Satz nicht.

Die Zarin konnte nicht. Aus Würde. Verständlich.

Denn ward je eine kaiserliche Flotte gesehen, die mitten im Krieg versinkt, ohne dass der Sultan Abdul Hamid einen einzigen Schuss abgibt? Ward je ein heiliger Georg gesehen, der sich anschickt, den Drachen zu durchbohren, aber wegen der kalten Winde an Bronchitis stirbt? Das war in jener Nacht geschehen, und alles hatte der Sturm besorgt.

Wie bitte? Der Sturm?

»O gewiss, Eure Hoheit! Blitze, Donner, so gewaltig, wie man sie nie zuvor erlebt. Und ein Sturmwind, der die Hauptmasten zerbrach …«, so drückte Iwan es aus, und noch während er sprach, wurde ihm bewusst, dass kein Sturm, wie immer legendär, diese Schmach je hätte rechtfertigen können. Denn sogar nach der Sintflut hatte sich etwas über Wasser gehalten, am Steuer war ein gewisser Noah gewesen. Wohingegen die russische Flotte in diesem Fall vollständig vernichtet war, von den tobenden Fluten versenkt. Und zweifellos dankte Abdul Hamid gerade Allah für seinen wertvollen meteorologischen Beitrag.

So viel, um uns daran zu erinnern, unter welchen Vorzeichen der Krieg begonnen hatte. Doch kehren wir jetzt nach Caransebeş zurück, in den September des darauffolgenden Jahres.

Dieses Mal sind die Russen nicht mit von der Partie. Die Genugtuung, Abdul Hamid ein für alle Mal zu bezwingen, wird dem österreichischen Kaiser Joseph II. vorbehalten bleiben, der – so stellen wir uns genüsslich vor – die Blamage seines russischen Verbündeten vermutlich mit einer Mischung aus

Verwunderung und sadistischer Befriedigung aufgenommen hat: Wie um alles in der Welt konnte man denn wegen ein paar lächerlicher Sturmböen eine ganze Flotte im Schwarzen Meer verlieren? »Uns Habsburgern wäre das nie passiert, wir werfen uns feurig und stolz in den Kampf, dessen darf sich das österreichisch-ungarische Heer seit jeher rühmen. Sieg oder Tod. Sieg oder Tod. Es soll ihnen eine Lehre sein, wie wir in Caransebeş triumphieren.«

Eben: In Caransebeş ist an diesem Abend des 17. September nämlich noch keine Menschenseele zu sehen. Als Erstes trifft ein Bataillon Husaren ein, sozusagen die tapfere Vorhut des Heeres Seiner Kaiserlichen Majestät. Der Truppenführer – ein ehrbarer Mann, seit Jahren ganz dem Soldatenleben und der peniblen Pflege seines echt österreichisch-ungarischen Schnurrbartes hingegeben – befiehlt eine Erkundung des Geländes. Sollten die Türken sich schon diesseits oder jenseits des Flusses postiert haben, ist unverzüglich Rapport zu erstatten. Jawohl, Herr Kommandant, Sieg oder Tod. Sieg oder Tod.

Eine knappe Stunde später Seufzer der Erleichterung: Keine Spur von Osmanen, alles still. Mag sein. Aber für den Heerführer, würdiger Erbe des legendären Graf Nádasny, ist das noch kein Grund für Heiterkeit: Die Umgebung überwachen! Jawohl, Herr Kommandant. An den Flussufern patrouillieren! Jawohl, Herr Kommandant! Die Einheimischen unter scharfer Beobachtung halten! Jawohl …

Die Einheimischen?

An den Ufern des Temesch gibt es nur Zigeuner.

Der Truppenführer glättet seinen buschigen Schnurrbart: Einheimische oder Zigeuner, da machen wir keinen Unterschied. Nachlässigkeit wird nicht geduldet. So sei es: Jawohl, Herr Kommandant, Sieg oder Tod! Sieg oder Tod!

Und da bricht die Nacht herein. Ah, was für eine Nacht!

Köstlich und schrecklich. In beiderlei Sinn unvergesslich.

Denn der Zufall wollte, dass die Husaren den Befehlen ihres Anführers nur allzu gewissenhaft gehorchten. Sie patrouillierten an den Ufern und verloren keinen einzigen Zigeuner aus den Augen. Nun waren diese »Einheimischen« aber Menschen mit einer ganz eigenen Neigung zum Trinkgelage, und als sie sich in Gesellschaft von Fremden sahen, war es ihnen ein Herzensbedürfnis, diese in die heiligsten Riten der Zigeunergastfreundlichkeit einzubeziehen. Zu denen zwar auch Tanz und Fleisch am Spieß gehörten, vor allem aber ein wohlschmeckender Schnaps, der buchstäblich verrückt machte. Und sie schenkten ihn freigiebig aus, um nicht zu sagen, er floss in Strömen. Und ließ gleich beides, den Sieg wie den Tod, vergessen. So gründlich, dass ein hinzukommendes Bataillon der Infanterie die Husaren überraschte, die sich, sämtlich sturzbetrunken, an den lokalen weiblichen Schönheiten delektierten. Empört liefen die Offiziere zum Truppenführer, um ihm die Heldentaten seiner Untergebenen zu melden. Inzwischen aber waren auch die Infanteristen der Versuchung der hervorragenden Spirituosen erlegen, und das Fest erlebte eine maßlose Steigerung, proportional zu den ausgeschenkten Gläsern. Aus denen dann Flaschen wurden und aus den Flaschen Fässer. Doch da ein Zigeunerdorf im Allgemeinen keine ganzen Bataillone aufnimmt (und sie gewöhnlich auch nicht zum Abendessen einlädt), verbreitete sich irgendwann das Gerücht, Bacchus habe die Zapfhähne zugedreht, was zu einer recht lebhaften Missstimmung unter den Soldaten führte. Ein Handgemenge entstand, das in eine Schlägerei ausartete, und von der Schlägerei bis zu Schüssen war es nur ein kleiner Schritt.

Als die habsburgische Kavallerie in ihren ganzen Imposanz die Bühne betrat, war Caransebeş bereits in jeder Hinsicht ein Schlachtfeld. Barrikaden. Rauch. Flammen. Getümmel. Ein Krieg tobte: österreichisch-ungarische Husaren töteten österreichisch-ungarische Infanteristen, eine österreichisch-ungarische Apokalypse, die die Kavalleristen kaum glauben konnten, hätte sie nicht vor ihren Augen stattgefunden. Inmitten des Getümmels, umgeben von Schreien und Schüssen, machte der Truppenführer der Husaren mit dem markanten Schnurrbart verzweifelte Versuche, die blindwütige Horde zur Vernunft zu bringen. Alles vergebens. Der Kavallerie blieb nichts anderes übrig, als sich in das entsetzliche Durcheinander zu werfen, um ihren Landsleuten ein »Halt!« zuzurufen, das jedoch sofort Ursache weiterer tragischer Missverständnisse wurde. Ein vom Alkohol im Blut schwer angeschlagener Husar glaubte *Allah!* statt *Halt!* verstanden zu haben. Also war die Kavallerie, die sie bedrängte, eine mit habsburgischen Uniformen verkleidete, blutdurstige osmanische Meute, kein Zweifel. Zum Angriff! Das Chaos brach aus: An den schlammigen Ufern des Temesch wurde die ganze Nacht lang erbittert mit dem feurigen Stolz gekämpft, dessen das österreichisch-ungarische Heer sich seit jeher rühmen darf. Sieg oder Tod. Sieg oder Tod. In Wirklichkeit mehr Tod als Sieg, denn die Geschichtsbücher berichten, dass der Eigenbeschuss mindestens einen ganzen Tag lang tobte und sogar Seine Kaiserliche Majestät Joseph II. aus dem Sattel geworfen wurde und in einem Kanal landete.

Neuntausendachthundertvierzig Tote blieben auf dem Schlachtfeld zurück. Dann herrschte Stille. Die wahrscheinlich peinlichste Stille der Militärgeschichte.

Und in ebendieser Stille traf am 19. September die Armee von Abdul Hamid in Caransebeş ein. Zum Kampf bereit, stießen sie in geschlossener Formation vor, die glänzenden, scharfen Krummsäbel gezückt. Und der Feind? Nicht da? Wo war er? Sie sahen sich von einer unerwarteten Totenstille empfangen: überall Fliegenschwärme und die Luft verpestet von einem ekelerregenden Gestank. Stolz und kämpferisch wehten die Flaggen mit dem Halbmond an den Ufern des Temesch, und dort erblickten Osmans Enkel das Gemetzel. Manche lachten, andere waren ein wenig enttäuscht. Abermals, wie ein Jahr zuvor gegen die russische Flotte, hatten sie die Schlacht gewonnen, ohne einen einzigen Schuss abgegeben zu haben.

Allah ist groß.

Caransebisch [ˌka:ʁanˈbe:zɪʃ], *Adj.*, abgeleitet aus der Schlacht von Caransebeş (1788). Bezeichnet die psychische Verfassung eines Menschen, der einen äußeren Feind zwar über die Maßen fürchtet, sich aber daran hindert, ihn anzugreifen, indem er gegen sich selbst aufbegehrt. Der caransebische Mensch (oder **Caransebiker** [ˌka:ʁanˈbe:zɪkɐ] unterscheidet sich vom Selbstverstümmler, weil er seine Kräfte jedes Mal sinnlos vergeudet, wenn das Leben von ihm verlangt, einer äußeren Bedrohung oder einem sogenannten Feind entgegenzutreten. Damit wird der Caransebiker faktisch zu dessen Komplizen und Verbündeten.

D

Dottienz

Eine Stufe vom Paradies entfernt

Ich bedauere, dass es mir aufgrund meines Geburtsdatums verwehrt war, das Genie Dorothy Parker, genannt Dottie, persönlich kennenzulernen. Jedes Mal wenn ich auf ein Vorurteil stoße, denke ich, dass Dottie da sein müsste, um es zu vernichten. Ihr Humor war eine ätzende Säure, die jede Voreingenommenheit zersetzen konnte. Das mag daran liegen, dass Dottie in einem so düsteren Obskurantismus aufwuchs, dass das Leben selbst sie gelehrt hatte, sich zu verteidigen. Am Ende des 19. Jahrhunderts in einer jüdischen Familie geboren (sie hießen Rothschild …), sah sie sich einer protestantischen Stiefmutter ausgeliefert, doch die steckte Dottie in ein katholisches Internat. Danach bescherte ihr ein gnadenloses Schicksal in rascher Folge eine Reihe von Katastrophen, die sogar den unbesiegbaren Achilles niedergestreckt hätten: Vater und Stiefmutter starben beide jung kurz hintereinander, und der geliebte Onkel, der sie adoptiert hatte, gönnte sich 1912 eine Überfahrt mit der Titanic. Kurz, das Mädchen wuchs mit einem erbarmungslosen und unwiderstehlichen schwarzen Humor heran, denn sie hatte den Tod von Kindesbei-

nen an um sich und wusste genau, dass man ihn auslachen muss, immer. Darum wurde sie in den Dreißigerjahren die teuflischste Feder von New York. Das Publikum wusste, dass Dottie nichts und niemanden fürchtete und nicht einmal vor ihren eigenen Albträumen haltmachte, ja, sogar ihre Selbstmordversuche schilderte und verspottete. Sie schoss auf jedes Ziel: die Mode der Psychoanalyse, ihren eigenen Alkoholismus, ihre desaströsen Ehen mit despotischen oder bisexuellen Männern. Es schien wirklich so, als sei Mrs. Parker unverwundbar, gefeit gegen die Dramen des Daseins, und als hätten die Götter des Olymp sich gegen sie verbündet, um ihr jede Art von Unglück zu schi-

cken und dann gespannt zu beobachten, ob sie auch diesen Schicksalsschlag wieder ironisch kommentieren würde. 1938 wurde sie gefragt, ob sie glücklich sei: Sie war reich, geschätzt und mächtig, sie arbeitete in Hollywood, hatte eine Oscarnominierung als Drehbuchautorin bekommen, und die angesehensten amerikanischen Zeitungen rissen sich um sie. Nun? Was fehlte ihr? Dottie schoss einer ihrer fulminanten Pfeile ab. Sie sah dem Journalisten in die Augen und sagte: »Eine glückliche Frau ist immer ein bisschen weniger glücklich als ein glücklicher Mann. Mir fehlt nur noch diese eine Stufe, dann wird es das Paradies sein.«

Eben: diese eine Stufe.

Springen wir um genau ein Jahrhundert zurück und schauen uns in Europa die Gräfin Henriette d'Angeville an, eine Person, die Dottie sicher gefallen hätte.

Es war im Spätsommer 1838. Am 21. Juli hatte Seine Hoheit Ferdinand von Bourbon per Dekret Duelle zwischen Kavalieren verboten. Er wusste nicht, dass just in diesem Moment zu Füßen des Mont Blanc das erbittertste Duell des Jahrhunderts begann. Doch es handelte sich nicht um zwei Kavaliere, sondern um einen Kampf auf Leben und Tod zwischen einer ganzen Dorfgemeinschaft und einer bezaubernden adeligen Dame von beeindruckender Statur, die vierundvierzig Jahre zuvor in den majestätischen Wäldern des Jura geboren war.

In dieser Nacht Anfang September, in der ein kühler Wind dem Tal den Herbst ankündigte, beobachtete eine zu dieser Stunde ungewöhnlich große, bunte Menge im Licht der Laternen die Vorbereitungen für einen erneuten Aufstieg zum Gipfel. Nicht weniger als sechs Bergführer umarmten ihre Frauen und Kinder und ermahnten die Heißsporne in ihrer Brut, die Pferde nicht scheu zu machen und kein Feuer in den Heuschobern zu legen. Ein wenig abseits schärfte Gräfin Henriette die eisernen Spitzen ihrer Bergstöcke mit Bimsstein. Vielleicht hatte irgendetwas sie abgelenkt, denn plötzlich fuhr sie sich mit dem Stein über das Handgelenk, das zu bluten begann. Sofort bemerkte ein Junge in kurzen Hosen den roten Fleck auf ihrem Ärmel, er stürzte auf die anderen zu und schrie: »Sie hat sich schon verletzt! Sie hat sich schon in den Arm geschnitten!« Wie ein Schwarm lief die ganze Meute mit Fackeln herbei, begierig zu sehen, ob die Pionierin (so hatte der Wirt von Chamonix sie genannt) ihre Unternehmung schon selbst vereitelt hatte, noch bevor sie den ersten Schritt getan hatte. Henriette tat, als sähe sie die anderen nicht, riss mit den Zähnen einen Stoffstreifen von ihrem karierten Rock, band ihn fest um ihr Handgelenk und fuhr ungerührt fort, die Eisen zu schärfen. Niemandem entging das zufriedene Grinsen, mit dem sie in den Saum des

Rocks gebissen hatte, und allen war klar, dass dies eine Antwort auf den Bürgermeister war, der ihr zwei Tage zuvor nach einer langen Litanei auf die weibliche Würde unter Androhung einer Gefängnisstrafe befohlen hatte, den Gletscher (»wenn es denn unbedingt sein muss, wenn sie denn unbedingt will«) in einem anständigen Kleid, also in »femininer Gewandung« zu besteigen. Feminine Gewandung? Verlangte er, dass sie im Rock den Gipfel des Mont Blanc bestieg?

Der Bürgermeister hatte nicht den Mut zu nicken, er begnügte sich damit, das Substantiv »Würde« zu wiederholen, obendrein langsam buchstabiert. Die Gräfin überlegte wirklich, ihr Vorhaben aufzugeben, aber nur einen Moment lang. Denn zum Glück war ihr die Kellnerin eingefallen, die sich Jahre zuvor teils aus Spaß auf den großen Berg gewagt und – allerdings auf den Schultern der Männer – den Gipfel erreicht hatte. Hatte diese Kellnerin, eine gewisse Maria, nicht auch einen Rock getragen? Es blieb also zu beweisen, dass eine Evastochter imstande war, den Gipfel zu besteigen, ohne von einem Adam getragen zu werden. Das war die Aufgabe, und sie würde sie meistern. Auch in femininer Gewandung? Auch in femininer Gewandung.

Vom Kirchturm über den Schieferdächern schlug es zwei.

Da drängte sich eine Frau aus dem Dorf, wegen ihres Verhaltens allgemein als »der Holzfäller mit Zöpfen« bekannt, mit Ellenbogenstößen durch die Menge und pflanzte sich vor Henriette auf. Henriette hob nicht die Augen, ließ sich beim Schärfen des siebten ihrer zehn Bergstöcke nicht stören. Die Frau trank aus einem Krug einen Schluck frischgemolkener Milch und strich sich mit dem Unterarm vom Ellenbogen bis zum feisten Handrücken über die Lippen. Dann sprach sie die Gräfin an: »Du bist mir egal, aber hast du auch an die da gedacht, he?«, und sie wies mit dem Kopf auf die sechs Bergführer, die gerade vom Priester gesegnet wurden. Henriette blieb stumm und gab kein Anzeichen der Betroffenheit von sich, weshalb der anderen nichts übrig blieb, als mit einem Fuß auf den Boden zu stampfen und einen Schnalzlaut von sich zugeben, wie man einen Hund zurückruft und ihm mit Schlägen droht. Die Amazone blieb ruhig, an derartige Szenen war sie gewöhnt, sie hatte immerhin schon die höchsten Gipfel bestiegen, vom Mont Joly bis zum Jardin de Talèfre, und stets den langen Gesichtern derer getrotzt, die Frauen nur auf dem Marktplatz sehen wollten, um mit Blumenkränzen im Haar abgeschmackte Gedichtchen vorzutragen, wenn ihre Ehemänner und Väter siegreich vom Gipfelsturm zurückkehrten. Nun, diesmal würde *sie* den Mont Blanc bezwingen, sagte sie sich im Geist mit starker Betonung des weiblichen Pronomens, und wen kümmerte es, ob der Priester ihr den Segen verweigerte. Doch das ungeschlachte Weib, das auf eine Antwort wartete, schien nicht nachgeben zu wollen und fixierte sie wie ein Falke seine Beute. Als Henriette mit ihrer Arbeit fertig war und die Bergstöcke zu den Seilen legte, hörte sie abermals die Frage: »Ich hab dich gefragt, was du tun wirst, wenn wegen deiner Heldentat einer von ihnen draufgeht. Du hast sie bezahlt, aber sie gehören dir nicht, die sind nicht wie du, für wen hältst du dich? Denn sie haben eine Familie …«

Nichts Neues. Der Einwand war immer derselbe: Eine Frau von vierundvierzig Jahren, die den heimischen Herd verschmähte, hatte man in diesem Bergdorf noch nie gesehen. Wirklich unerhört aber war, dass diese ketzerische Mademoiselle im kritischen Alter dann auch noch Familienväter bis hinauf auf viertausendachthundert Meter Höhe über Felsspalten mitschleifen wollte, wodurch sie überdies ihre Gebärfähigkeit verlieren würde (wenigstens tönten so die Doktoren, überzeugt, dass die Unternehmung sie unfruchtbar machen würde). Aber ganz wie unsere Dottie war auch die Gräfin nie um eine schlagfertige Bemerkung verlegen. Sie bohrte ihre Augen in die des Riesenweibs, wie ein Bergsteiger einen Nagel in den Felsen schlägt, und sagte: »Umso besser für euch. Wenn eine Lawine uns alle umbringt, wird es keine Bergführer mehr geben, die eine Verrückte wie ich gegen Bezahlung anstellen kann. Gott schütze den Berg vor den Nymphen.« Und mit einem Achselzucken ging sie ihren Rucksack schließen. Das Schweigen war so drückend geworden, als wäre dies der letzte Gruß für einen Marsch von Todeskandidaten. Während die Bergführer sich auf den Weg machten, knotete Henriette die Schnürbänder einer gewaltigen Haube aus rotem Pelz unter ihrem Kinn zusammen, die wie eigens gemacht schien, um mit ihrer Löwenmähne zu verschmelzen. Sie griff nach einer Fackel, holte tief Luft und machte den ersten Schritt. Sofort blieb ihr Rock in einem Gebüsch hängen. Zur Hölle mit der femininen Gewandung! Henriette riss an dem Stoff, als müsste sie ein störrisches Kind zur Schule zerren, und setzte sich mit Riesenschritten an die Spitze der Bergführergruppe, dort, wo ihr Platz war, wo sie die Unternehmung anführen würde.

Wenigstens musste Gräfin d'Angeville sich weder verkleiden noch ihren Namen ändern. Denn der Fortschritt bringt nicht immer Verbesserungen: Etwa neunzig Jahre später musste Alfonsina Morini die Haare kurz tragen wie ein Mann und auf den Endvokal ihres Namens verzichten, um sich als Alfonsin Morini aus Castelfranco für den Giro d'Italia einzuschreiben. Was aber war falsch daran, dass eine Frau beim Giro d'Italia mitmachen wollte? Ist Italia nicht ein weiblicher Name? Und ist das Sinnbild dieses Landes nicht eine anmutige Dame mit einer turmbewehrten Kopfbedeckung? Alfonsina hatte alles Recht, in die Pedale zu treten, so wie Henriette, den Mont Blanc zu besteigen.

Denn wie dort oben unterhalb des Gletschers ist eine Frau, die die Männer herausfordert, auch in Castelfranco nichts Alltägliches. Erst recht nicht, wenn sie eine Tochter von Tagelöhnern ist, Feldarbeitern mit einer großen Kinderschar. Doch Alfonsina fuhr schon als kleines Mädchen leidenschaftlich gern Fahrrad. Und sie bekam große Angst, als sie ihren Vater, den Carletto, eines Abends zur Gina sagen hörte: »Deine Tochter, dieser Wirrkopf, wann hört die mit dem Radfahren auf und bringt endlich Geld nach Haus?«

Carletto hatte recht, mit zwölf Jahren kommt der Moment, da ein Mädchen Geld verdienen muss. Natürlich mit dem Rad, ist doch klar, wie denn sonst? Auch Dottie Parker bemühte sich zur selben Zeit auf der anderen Seite des Ozeans, mit ihrem Talent zum Schreiben Geld zu verdienen. Alfonsinas

Talent aber steckte in ihren Beinen, ganz einfach. Und es musste doch einen Weg geben, sich mit Radfahren ein paar Groschen zu verdienen. Den gab es.

Und so wurde sie eine Betschwester. Nicht in dem Sinne, dass sie in ein Kloster eintrat – wenn schon eine Frau nicht Rad fahren durfte, dann erst recht keine Nonne. Nein. Die Sache war die, dass sie einen Vorwand brauchte, um ein paar Stunden von zu Hause zu verschwinden, und was ist besser als die heilige Messe? Der Plan war kriminell genial, einer Dottie Parker würdig: Alfonsina hängte ein Bild des Papstes Pius X. ins Haus und kniete jeden Abend vor dem Schlafengehen eine Viertelstunde murmelnd davor, als würde sie Gebete herunterleiern. Carletto Morinis sozialistischer Seele widerstrebte das anfangs sehr, dann ging ihm durch den Kopf, dass eine fromme Tochter besser war als eine Verrückte auf dem Rad, und er schwieg. Alfonsina legte sich mächtig ins Zeug, sie ließ sich von Heiligenbildchen inspirieren und machte fortan ein Gesicht wie eine Märtyrerin unter der Folter. Außerdem erzählte sie allen langweilige Litaneien von wundertätigen Heiligen, die die Augen schließen, und wenn sie sie wieder öffnen, ist alles um sie herum voller Lilien. Dank dieser Inszenierung wunderte sich niemand mehr, dass das Mädchen jeden Sonntag pünktlich zum Gottesdienst in die Kirche eilte. Sie ging im dunklen Rock und mit einem Schleier auf dem Kopf aus dem Haus, zog nach einem Kilometer Fußweg alles aus und versteckte es hinter einem Bildstock, der außerdem nützlich war, um den lieben Gott um Verzeihung zu bitten und ihn aufzufordern: »Segne meine Beine, lass mich aufs Siegerpodest steigen!«

Richtig geraten: Alfonsina Morini hatte die Wettrennen entdeckt.

Die immer am Sonntagvormittag stattfanden. »Guten Tag, schreibt man sich hier für das Wettrennen ein?«, fragte sie beim ersten Mal einen Riesen, der an einem Tischchen saß. »Na klar, der Name des Fahrers genügt. Bist du die Schwester?«

Sie schüttelte den Kopf. »Gibt es ein Gesetz, das Frauen nicht Rad fahren dürfen?« Und weil es so ein Gesetz nicht gab, begann sie, Rennen zu fahren.

Zugegeben, Geld gab es nicht. Aber für den Sieger gab es Schinken, große Flaschen Wein, Parmesanlaibe. Mal angenommen, Carletto würde es nicht genügen, die hungrigen Mäuler der Familie Morini zu stopfen, konnte man das Zeug dann nicht auf dem Markt verkaufen? Nur schade, dass beim Rennen mitzufahren noch lange nicht hieß, zu gewinnen. Sie musste sich anstrengen, und eine Zeitlang kam sie nicht weiter als bis zum zehnten Platz. Aber sie wurde sie besser. Dann noch besser. Immer besser.

Für ihren ersten Sieg gab es eine Kiste voller Kirschen aus Vignola, in Alfonsinas Augen die schönsten Kirschen der ganzen Emilia Romagna, so leuchtend rot, da konnten ja nicht mal die Bolschewiken in Russland mithalten. Leider hatte sie das Zielband mit ihrem Blut zerrissen, und das nicht im übertragenen Sinne, denn am Ziel war sie ins Schleudern geraten, durch die Luft geflogen und hatte sich beim Aufprall am Brunnen der Piazza das Gesicht vom Ohr bis zum Wangenknochen aufgerissen. Darum standen ihr die Kirschen auf dem Siegerpodest gut: Alfonsina, die Verrückte, Alfonsina, die Rote.

Und mit dieser Kiste in der Hand kam sie nach Hause, noch immer nass geschwitzt, im Gesicht den Schnitt, aber wieder als fromme Frau gekleidet und mit dem Blick der heiligen Agata. Doch sie traf nicht aufs übliche Durcheinander, alles war still. Man erwartete sie sitzend: ein Tribunal.

»Wie kommt es, dass du dir in der Kirche das Gesicht zerschnitten hast?«, fragte Carletto, die Hände auf dem Tisch, mitten zwischen den anderen sitzend, so wie das nicht mal der Ministerpräsident Giolitti auf der Regierungsbank tat.

»Aber sie hat Kirschen mitgebracht ...«, wandte Onkel Maso ein, der Spinner der Familie, aus Gründen des Anstands sofort von jemandem zum Schweigen gebracht.

»Wie kommt es, dass du dir in der Kirche das Gesicht zerschnitten hast?«, wiederholte Carletto mit sorgfältiger Betonung. Ahnte Alfonsina, das brave Töchterlein, noch immer nicht, dass jemand sie gesehen haben musste? Nein.

Von allen möglichen Ausflüchten griff sie zur schlechtesten: »Ich habe mir den Kopf am Bildstock vom heiligen Damasus gestoßen, und als ich die Augen aufgemacht hab, war wie durch ein Wunder alles voller Kirschen …« Obendrein bemühte sie sich, beim Sprechen zu weinen wie die Heiligen in Ekstase. Dottie Parker hätte diesen Auftritt zu schätzen gewusst, keine Frage.

Aber es klappte nicht, niemand rührte sich. Carletto wurde zu Signor Morini, eine Verwandlung, die im Allgemeinen das Schlimmste befürchten ließ. Er schlug mit der Faust auf den Tisch, wie immer in entscheidenden Momenten, und nun begann für das Mädchen eine sehr lange Fastenzeit, eine erzwungene Abstinenz von den Pedalen.

Doch die heilige Alfonsina, Schutzpatronin der Radfahrer, ließ den Mut nicht sinken, ebenso wenig wie ein Jahrhundert zuvor die heilige Henriette, Schutzpatronin der Alpinisten – Hartnäckigkeit ist nicht zufällig ein weibliches Substantiv.

Alles stand ihr klar vor Augen: Wenn der Vater ihr das Fahrrad verbot, dann blieb nur, den Vater durch einen Ehemann zu ersetzen, egal wen, Hauptsache, er hatte nichts gegen eine Fahrrad fahrende Gattin. Sie begann mit der Suche nach einem Gemahl. Kreuzte ein Jüngling zwischen sechzehn und einundzwanzig ihren Weg, gab es nur ein Verfahren, immer dasselbe: »Hallo, ich bin die Alfonsina der Morini, du wirst mir später sagen, wie du heißt. Kannst du dir eine Ehefrau vorstellen, die Fahrrad fährt, oder nicht?« Und so weiter, einer nach dem anderen, alle wurden gestrichen. Wenn jemand ja sagte, präzisierte sie zur Vermeidung von Missverständnissen: »Mein Lieber, ich meine eine Frau, die auf dem Fahrrad kämpft, eine, die Rennen fährt, eine, die schwitzt, ausspuckt, die Fäuste ballt, der die Adern anschwellen, die sich die Knie, das Kinn, die Hände zerkratzt, und es kann sogar sein, dass sie einen dieser Stürze hat, wo nur Gott weiß, ob sie wieder aufsteht.«

Viele wechselten dann das Thema.

Sie wollte sich schon geschlagen geben, da stieß sie auf diesen Luigino Strada. Es passierte in der Osteria, wo Alfonsina für sechs Lire Gläser spülte, die Tische wischte und, kurz bevor geschlossen wurde, die Ehefrauen zur Prozession rief, damit sich jede ihren Betrunkenen abholte. Es passierte zufällig. Am Abend vor dem großen Jahrmarkt. Es passierte, und gut, dass es passierte, denn die Beine eines Radfahrers müssen in die Pedale treten. Unbedingt. Die Osteria war voll, Nebel draußen auf der Straße und Nebel drinnen, von brennenden Zigarren. An einem Tisch ganz hinten in der rechten Ecke, neben dem Ofen, zerbrach jemand ein Glas. »He, verrückte Alfonsina! Los, komm hergeradelt, mit einem Lappen!«, denn sie war die Einzige der drei Schankmädchen, zu der man »komm hergeradelt« sagte. Einer der Gäste, der von außerhalb war, hatte die Szene beobachtet. »Signorina, wenn ich mir erlauben darf, gehört das Fahrrad draußen an der Ecke zur Kirche zufällig Ihnen?« Alfonsina drehte sich nicht einmal um, ihr Fahrrad hatte der Herr Vater beschlagnahmt, wie sollte sie das erklären? Der junge Mann fuhr fort: »Wenn es Ihr Fahrrad ist, biete ich Ihnen fünfzig Lire, denn es ist ein Bianchi von 1895, eins von denen mit dem Wappen des fünfundzwanzigsten Jahrestags der Bresche an der Porta Pia. Bitte entschuldigen Sie, dass ich frage, aber ich bin der Sohn eines Bersagliere. Und außerdem Fahrradliebhaber. Meine Werkstatt liegt in derselben Straße in Mailand, in der sich auch die Fabrik des Cavalier Bianchi befindet.«

Alfonsina lief ein Schauer über den Rücken. »Das heißt, Sie kommen von dort, genau von da her, wo die Fahrräder geboren werden?«

Darauf der vom Zigarrenrauch umhüllte Mann: »Du lieber Himmel, nein, die Fahrräder bringt Bianchi nicht mit einer Hebamme zur Welt! Obwohl, im Vertrauen gesagt, manchmal können Fahrräder schöner sein als Kinder.«

Alfonsina Morini zuckte zusammen. Sie hatte also einen Fahrradenthusiasten im heiratsfähigen Alter vor sich, und obendrein einen Untertanen Seiner Majestät Edoardo Bianchi. Sie beschloss, dass der Moment gekommen war, sich vorzustellen, sprang auf, rutschte auf dem Lappen aus und landete buchstäblich an seiner Brust, was es ihr leichter machte, direkt zum Punkt zu kommen: »Kann man in Mailand eine Ehefrau haben, die Fahrrad fährt?«

Dann wartete sie auf den Urteilsspruch, wie ganz Italien nach der Schlacht von Adua.

»Warum? Kann man das hier bei euch nicht?«

Das Mädchen schüttelte den Kopf. Darauf er: »Das ist idiotisch. Ich bin Luigino Strada, Graveur. Und Sie?«

»Alfonsina Morini, Schankmädchen und Radrennfahrerin, aber mehr Radrennfahrerin als Schankmädchen. Ich bin nicht verheiratet, nicht verlobt, habe eine sehr kleine Aussteuer, und trotzdem ermutige ich den, der willens ist, die notwendigen Schritte zu unternehmen, natürlich in den Grenzen des Anstands, na ja, ich weiß nicht, ob ich mich verständlich machen kann, Signor Strada, also eigentlich möchte ich zwei Dinge, beide sehr wichtig, ich möchte einen Mann und ich möchte ein Fahrrad.«

Luigino Strada gab ihr beides.

Er war immer ihr glühendster Anhänger, wäre er nicht gewesen, hätte Alfonsina sich nie und nimmer die wahnwitzige Idee in den Kopf gesetzt, beim Giro mitzumachen. Aber sie tat es, stolz und kämpferisch wie die Gräfin d'Angeville bei ihrem Sturm auf den Gletscher.

Schade, dass die beiden Geschichten nicht nur den Anfang, sondern vor allem auch das Ende gemeinsam haben.

Als Henriette wieder ins Tal hinunterstieg, nachdem sie auf den Gipfel des Mont Blanc geklettert war – obendrein in femininer Gewandung –, empfing sie kein Fest. Im Gegenteil: eine Grabesstimmung. Doch das Schlimmste sollte noch kommen. Wie die Chroniken berichten, wurde sie beim Betreten des Gasthauses der Bergsteiger – wo man Rehbock, Polenta und Testosteron in Wildsoße servierte – vom König der Seilschaften empfangen, der sich erhob, als begrüßte er eine Königin. Diesen Eindruck widerlegte er allerdings sofort mit den Worten: »Mademoiselle, Ihr denkt, Ihr hättet den Berg besiegt, doch heute hat der Berg vor allem deswegen verloren, weil es nun, da eine Frau auf dem Gipfel angekommen ist, keinen Reiz mehr haben wird, ihn zu besteigen.«

Etwas Ähnliches geschah in Genua nach der ersten Etappe des Giro d'Italia von 1924, als herauskam, dass Signor Alfonsin Morini eigentlich eine Alfonsina war. Die Sportlerin wurde disqualifiziert, weil ihre Anwesenheit den Radsport beleidigte. Beleidigte? War sie nicht schneller gewesen als viele andere? Einwänden wurde nicht stattgegeben. Also fuhr Alfonsina ihren Giro außerhalb des Wettbewerbs, als eine Zirkusattraktion, wie das Hündchen, das im Ballettröckchen zwischen den Clowns herumfährt.

Und das ist der einzige wirkliche Unterschied zwischen Dottie Parker und den beiden Sportlerinnen unserer Erzählung: Den beiden fehlte die Schlagfertigkeit, die aus einem Vorurteil einen Bumerang machen kann. Die Gräfin d'Angeville hätte ein wenig von Dotties Esprit gebrauchen können, denn dann hätte sie dem Herrn Alpinisten entgegnet: »Wenn das Gebirge nur euch Männern gehört, nennt es doch *der Gebirge*.« Und ebenso hätte Alfonsina der Accademia della Crusca vorschlagen können, *das* Fahrrad zu *der* Fahrrad zu machen. Von Frauen wie Dottie kann man immer etwas lernen: Sie lehren dich, dass das Gewehr immer geladen sein muss. Vor allem, wenn jeder Tag wie ein Krieg ist.

Dottienz [ˈdɔṭi:ɛns], *Subs.*, *die*, gebildet nach dem Spitznamen »Dottie« der Kritikerin Dorothy Parker (1893–1967). Bezeichnet den überwältigenden Vorteil eines Menschen, der jede Art Drama, Unglück oder Vorurteil in eine komische Szene verwandeln kann und somit immer triumphiert.

Korrelate:

Henriettesk [hɛnˈʁi̯ɛtɛsk] oder **Alfonsinalisch** [alfɔnsi:ˈna:lɪʃ], *Adj.*, Ableitungen aus den Vornamen von Gräfin Henriette d'Angeville (Bergsteigerin, 1794–1871) und Alfonsina Morini (Radsportlerin, 1891–1959). Die Begriffe kennzeichnen die Situation eines ungleichen Wettstreits zwischen Männern und Frauen, bei dem der Sieg der Frauen für nichtig erklärt, geringgeschätzt oder annulliert wird.

Eastmanie

Showdown in Downtown Manhattan

Es gibt Werke, die dank ihres Zartgefühls ins Schwarze treffen, darum sieht man sich erschüttert und versenkt, ohne den Torpedo überhaupt gespürt zu haben. Und es gibt andere, deren Wirkung im Gegensatz dazu auf einer unverhohlenen, ätzenden Bosheit beruht. Zu Letzteren würde ich ohne Zögern *Gullivers Reisen* von Jonathan Swift zählen, eines der gnadenlosesten Bücher, die ich kenne, was das zeitlos aktuelle Thema des Vergleichs zwischen Menschen betrifft. Im Verlauf der Ereignisse verändert sich die normale Körpergröße der Hauptfigur um keinen Millimeter, und dennoch empfindet sich Gulliver erst als Riese (umringt von winzigen Liliputanern) und dann als Zwerg (die Bewohner der Halbinsel Brobdingnag sind über zwanzig Meter groß). Wie sehr ich mich in diesem Wahnsinn der Relativität wiedererkenne!

Die Manie des Vergleichens scheint wirklich ein endemisches Übel unserer Zeit zu sein, vor allem die sozialen Medien bieten uns ständig Bilder und Beispiele anderer Leben, die dazu verführen, unwillkürlich Rangordnungen aufzustellen. Und die Frustration, die daraus entstehen kann, ist vollkommen verständlich, ja, wissenschaftlich erklärbar: In der sehr langen Zeit der Menschheitsentwicklung hat sich unser Gefühlshaushalt noch nicht an das Leben in den großen Städten angepasst, wo die Bahnhöfe von Pendlern gestürmt werden und man von morgens bis abends den engen Körperkontakt mit Hunderten unbekannter Mitmenschen ertragen muss. Zehntausende von Jahren hat der Mensch in kleinen Gemeinschaften gelebt, in denen die sozialen Rollen genau aufgeteilt waren und ausdrücklich nur dem gemeinsamen Interesse dienten. Darum brauchte jeder Stamm nur einen Zauberer, nur eine von Dämonen besessene Prophetin, eine größere Gruppe Jäger, einen Anführer im Kampf und so weiter. Ein Wettstreit konkurrierender Medizinmänner um den Posten war nicht vorgesehen, der Vorrang unter den Kriegern wurde dagegen durch einen Kampf mit gleichen Waffen in Anwesenheit der ganzen Stammesgemeinschaft entschieden. So geschah es unendlich viele Jahre lang, und so ließen sich Minderwertigkeitskomplexe mit all ihren Folgen weitgehend vermeiden. Doch dann schaltete die Menschheitsgeschichte sozusagen in einen höheren Gang und machte sich die zahlreichen Vorteile der gegenseitigen Verteidigung und effizienteren Aufteilung von Dienstleistungen zunutze, welche die städtische Zusammenballung bot. Kein Zweifel: Wenn schon das Dorf besser funktionierte als der Familienverbund, würde die Stadt solche Vorzüge noch mehren. Alles richtig. Leider vollzog sich der Übergang mit unerhörter Geschwindigkeit, viel zu schnell für unser langsames Anpassungsvermögen, und niemand ahnte, dass die massenhafte Konzentration von Individuen in einem begrenzten Raum unvermeidlich ein Netz von Vergleichen erzeugen würde, einen Widerstreit der sozialen Rollen, eine krampfhafte Neigung, überall einen Ansporn zum Wettkampf zu erblicken. Gar nicht zu reden von einer Situation wie heute, da die ganze Welt sich dank Internet anschickt, ein einziges globales Dorf zu werden, wo der Unternehmer in Neukaledonien erleben muss, dass ihm der Auftrag von einem norwegischen Konkurrenten abgejagt wird. Eben: Riesen und Zwerge, um es mit Swift zu sagen. Und wenn ihr bedenkt, dass in der Anatomie unseres Steißbeins noch

immer der knöcherne Überrest des Schwanzes steckt, der unsere ältesten Vorfahren auszeichnete, könnt ihr ermessen, wie plötzlich der gewaltige gesellschaftliche Wandel der letzten zweitausend Jahre kam. Tatsächlich fühlen wir uns entblößt, gelähmt, wie die Enkel eines Medizinmannes, der bis vorgestern noch der Einzige weit und breit war, der Zaubertränke brauen konnte, und sich nun schlagartig in einen interkontinentalen Wettbewerb katapultiert sieht. Vielleicht werden wir, wenn noch einmal zweitausend Jahre vergehen, nicht nur den Rest des Schwanzes endgültig losgeworden sein, sondern uns auch unter diesem Bombardement an Vergleichen wohlfühlen können. Vielleicht. Derzeit ist es jedenfalls noch verdammt schwierig, und das besessene gegenseitige Kräftemessen ist krankhaft geworden. Mag sein, dass ich es darum notwendig finde, die Geschichte des Gangsters Monk Eastman und seines aufreibenden Wettkampfs mit Paul Kelly um den Thron von Manhattan wieder auszugraben. Stellenweise könnte sie an Conrads Erzählung *Das Duell* erinnern, wäre der Kampf zwischen Eastman und Kelly nicht äußerst erbittert gewesen, hätte er nicht unzählige Menschenleben gekostet und die Stadt nicht viele Jahre lang in Angst und Schrecken gehalten. Aber was stand eigentlich auf dem Spiel? Im Grunde nichts, da die beiden Fürsten der Unterwelt von New York sozial und ethnisch völlig verschiedene Gruppierungen vertraten, die unabhängig vom Ausgang der persönlichen Fehde ihrer Anführer jede ihr eigenes kriminelles Feld weiter beackert hätten, ohne einander in die Quere zu kommen. Es ging also nur um den Rang: Wer steht über wem, gewinnt Eastman oder gewinnt Kelly.

Dabei hätten die beiden Gangster unterschiedlicher nicht sein können. Zur Zeit des Krieges, der Manhattan in Blut tauchte, war Eastman noch keine dreißig und Kelly eben fünfundzwanzig geworden – zwei junge Männer, denen das Leben, statt sie als Verkäufer in eine Drogerie oder als Lastenträger in den Hafen zu schicken, eine Krone auf den Kopf gesetzt hatte, allerdings eine mit Kugeln verzierte Krone.

Doch erzählen wir von Anfang an, denn es lohnt sich.

Monk Eastman war Jude, aber auch Amerikaner, am Hudson geboren, Sohn derer vom Stamme David, die Mitte des 19. Jahrhunderts im Big Apple an Land gegangen waren, um ihr Glück zu machen. In seinen Adern floss das Blut der Ostermans – die angesehensten aschkenasischen Köche von ganz Lower Manhattan – doch schon mit zwanzig legte der Junge seinen Nachnamen ab und machte einen großen Bogen um die familiären Kochtöpfe, damit ihm für alles andere freie Hand blieb. Denn Papa Osterman hatte natürlich versucht, ihm eine Kochmütze auf den Kopf zu setzen, diesem ungebärdigen Sohn, den die Chroniken als ein übergewichtiges Wildschwein mit pausbackigem und andauernd zu einer schweinsrüsseligen Grimasse verzogenen Gesicht beschreiben. Das Problem war, dass der junge Osterman wirklich einem Schwein ähnelte. Er war dreizehn, als ihn jemand bei einer Prügelei auf der Straße mit dem Beinamen *pork* beleidigte, der fortan als größtmögliche Schmähung im Patronengürtel derjenigen steckte, die ihn provozieren wollten. Doch man erzählt auch, dass am Tag jener Prügelei ein Ladenjunge, angelockt von den Schreien des Dreizehnjährigen, ihn zusammengekauert an der Hauswand hockend fand und verteidigte, indem er laut rief, es sei wirklich eine Gemeinheit, ihn als Schwein zu beschimpfen. Dann wischte er dem Jungen das Blut aus dem Gesicht, betrachtete ihn und präzisierte, man hätte ihn höchstens als Affen bezeichnen können. Es soll ja diese entscheidenden Momente im Leben geben ... Osterman jedenfalls würde von nun an für immer einen Namen zwischen Schwein und Affe tragen. Denn natürlich war ein mit dem Namen »the pork« gebrandmarkter Sohn nicht unbedingt von Vorteil für ein koscheres Restaurant, das erkannte der Erbe als Erster und verließ sein Elternhaus, sobald er konnte, um sich mit dem Namen Monk, der tatsächlich ein Mittelding zwischen *pork* und *monkey* ist, unabhängig zu machen. Ja, er hatte sich mit seiner Bestialität abgefunden, beginnend beim Namen. Heißt es nicht, anmutige Gesichtszüge könnten Leben retten? In Monks Fall war es wahrscheinlich seine objektive Hässlichkeit, was den Widerwillen gegen ihn hervorrief. Nie nahm ein Mädchen seine Aufforderung zum Tanz an, sogar die Jungen verschmähten seine Gesellschaft, wussten sie doch, dass ihre Eltern sie nicht gerne mit einem derart animalischen Spielgefährten sahen. Aus der menschlichen Gemeinschaft verstoßen, suchte Monk sich in den Tieren ein passendes Verhaltensmuster. Und steckte als guter Jäger zuerst einmal sein Revier ab. Er würde sich der Bowery widmen, der verrufensten und daher für unmenschliche Raubzüge geeignetsten Gegend. Man schrieb das letzte Jahrzehnt des Jahrhunderts, und das große Business der New Yorker Kriminalität erschien dem jungen Eastman wie eine eben erschlossene, noch voll und ganz auszuschöpfende Goldmine. Das Viertel bot verlockende Möglichkeiten an Spielhöllen, Bordellen und Räubereien jeder Art, da musste sich einer nur entschließen, wirklich das Kommando zu übernehmen. Monk tat es und setzte dabei auf die Angst, die sein verlässlicher Ruf als Tier ihm garantierte. Und da der Mensch von allen Spezies, die Linné klassifiziert hat, das opportunistischste Tier ist, genügten ihm wenige Jahre, um die jüdischen Jungen, die ihn noch vor Kurzem beleidigt hatten, sämtlich um sich versammelt zu sehen. Der Affe Eastman mochte auch ein Schwein sein, aber in seinem Bowery-Schweinestall konnte man ordentlich abkassieren. Ein Nichts genügt, damit der Wind umschlägt. Und so konnte keiner, der sich an den Jungen mit dem missgebildeten Gesicht erinnerte, es fassen, dass diese viehische Visage jetzt eine durch und durch jüdische Bande anführte, die vielleicht am Sabbat auf Schießen verzichtete, an den anderen Tagen aber ausgesprochen umtriebig über dieses Gotham zwischen dem Fluss und dem Broadway herrschte. Eastman brachte es schließlich auf gut tausend Soldaten: *baruch HaShem*! Das war der mitreißende Geschäftsgeist der neuen Generationen. Der allerneusten sogar, denn Eastmans Statthalter – seine rechte Hand, bekannt als der blutrünstigste Wirrkopf der *Jewish gang* – war ein Sechzehnjähriger, ein schlaksiger Lulatsch mit den hellblausten Augen des Viertels, Max Zweifach, der in die Verbrechermythologie eingegangen war, weil er seinem Lehrer eine Gabel in den Handrücken gerammt hatte, eine Episode, die das Ende seiner schulischen Laufbahn und den Beginn einer fulminanten kriminellen Karriere markierte.

Bloß schade, dass die Fülle an glänzenden Aussichten in dieser Gegend seit Längerem schon die Aufmerksamkeit anderer Kandidaten geweckt hatte. Mit Sicherheit waren die Iren darunter, rote Haare und rot von Blut, da sie vor allem bei Messerstechereien brillierten. Ihre erste Bande war nicht zufällig als Schlägertruppe entstanden, doch mit der Zeit hatten sich die sogenannten »Toten Kaninchen« (wir bleiben im Tierreich) den Respekt der Einwohner erworben, weil sie das gesamte Geschäft der Bowery in der Hand hatten und bei ihrer Arbeit von zuvorkommenden Polizisten geschützt wurden. Doch Eastman interessierte das nicht, denn die Kaninchen hatten sich zuletzt vor allem in die Politik eingemischt, sie streckten ihre Pfoten nach bestimmten öffentlichen Aufträgen aus, mit denen die jüdische Gang nichts zu tun haben wollte. Eine andere irische Bedrohung, die Monks Schlaf etwas empfindlicher störte, waren die Whyos, unangefochtene Herrscher über mindestens zwei Dutzend Saloons am Hudson. Viel Verhandlungsspielraum gab es nicht, da die Whyos wenig Neigung zum Dialog hatten. Ein Annäherungsversuch wurde nicht einmal erwogen – ihren Soldaten genügte eine vage unangebrachte Bemerkung, um von verbalen Auseinandersetzungen zur Sprache der Messer zu wechseln. Nicht zufällig erzählte man von einem ihrer gefürchteten Killer, einem gewissen Pike oder »der Hecht« (ja, der Fisch, denn das an der Fauna orientierte Namensspektrum der Gangster verschmähte den Bereich der Ichthyologie nicht), bei dessen Verhaftung eine Preisliste seiner Dienstleistungen gefunden wurde, die vom Biss in die Ohren bis zum Abschneiden der Genitalien reichten und in extremen Fällen den Schnitt durch die Kehle vorsahen. Es war dieses Ritual, das Eastman zum Nachdenken brachte, da für Schweine bekanntlich das Abstechen vorgesehen ist. Darum kam er mit seinen Leuten zum besonnenen Schluss, dass man den Iren die Kontrolle über ihre Lokale am Fluss durchaus lassen konnte, vorausgesetzt, man vermied, sich gegenseitig die geringste Reibungsfläche zu bieten. Nach dieser weisen Entscheidung richtete sich der jüdische Expansionsdrang auf die entgegengesetzte Seite des Viertels, nämlich jene schicksalsträchtige Kreuzung von fünf Straßen, wo die

Crème de la Crème der Verderbtheit zwischen Marihuana, Prostitution und Spieltischen gedieh. Das Vorhaben hatte nur einen kleinen Makel: Die Gegend reizte auch einen anderen, rasch aufsteigenden Boss, einen gewissen Paolo Antonio Vaccarelli, der seine italienischen Vorfahren aus der Lucania hinter dem Künstlernamen Paul Kelly versteckte. Während Monk von Mutter Natur mit besagtem aufgedunsenen Schweinsgesicht gezeichnet war, rühmte sich Kelly, das gewinnende Flair des Latin Lovers zu verkörpern: immer von erlesener Eleganz, ein Meister der Raffinesse und Liebhaber des Melodrams, der aber kein Geheimnis aus seiner eingefleischten Grobheit des verhinderten Boxers machte. Im großen Boxkampf des organisierten Verbrechens stieg er unter dem Namen *Orefice*, Goldschmied, in den Ring, obwohl er nie und nimmer ein einziges Gramm Gold eingeschmolzen hatte. Doch er liebte es, auf seiner herrlich mediterranen, olivdunklen Haut glänzende Ketten, Ringe und Armreifen aus Gold spazieren zu tragen, die ihn zu einer Heiligenstatue bei Prozessionen machten. Das Gegenstück zur animalischen Brutalität, der Eastman seine Führerrolle verdankte, bildete bei Kelly also eine ehrerbietige, geradezu religiöse Furcht, wusste er doch genau, dass unser Herrgott unendlich vieler Gnadenbeweise fähig ist, wie zum Beispiel das Volk der Ägypter zu zerschmettern. Abgesehen von diesem Unterschied der Methoden, brauchte Kelly genauso wenig Zeit wie Monk für die Gründung seiner jüdischen Bande, um einen extrem gewalttätigen Kreis ganz aus Italienern um sich zu scharen. Wer weiß, ob ein größerer Altersunterschied zwischen den beiden diesen wahnsinnigen Wettlauf verhindert hätte. Bleibt anzumerken, dass die beiden Könige des Verbrechens jahrelang keinen besseren Grund für ihr Dasein hatten, als einander zu übertreffen, freilich ohne Ergebnis, denn ihre Kämpfe endeten immer mit Gleichstand. Es wäre eine Komödie geworden, wenn sie nicht so schwerwiegende Konsequenzen gehabt hätte. Wagte der lumpigste Blumenhändler zu sagen, er fürchte den einen mehr als den anderen, sah er seinen Laden in Flammen aufgehen. Eastman und Kelly überwachten einander ohne Unterlass. Zeigte sich einer in Gesellschaft von zehn Männern, ging der Rivale sofort mit fünfzehn Kumpanen auf die Straße. Jahrelang lagen ihre Wohnungen sehr nah beieinander, nicht mal einen Häuserblock entfernt, so dass sie sich in einem endlosen Duell, von ihrer Garderobe bis zum Essen in ihren Küchen, andauernd gegenseitig kontrollieren konnten. Sie machten einander Köche, Diener und Buchhalter streitig, von denen viele mit dem Tod zahlten, kaum dass sie eine Wahl getroffen hatten. Der Barbier, den beide aufsuchten, wurde entnervenden wechselseitigen Verhören unterzogen und mehrmals mit den fürchterlichsten Quälereien bedroht, wenn er es wagen sollte, sich dem Kontrahenten gegenüber auch nur um eine Winzigkeit liebenswürdiger zu zeigen. Zahllos die Prostituierten, die aufgeschlitzt wurden, weil sie die sexuelle Potenz des Juden oder des Italieners gepriesen hatten. Am 17. September 1903 wurde aus diesem Wahn ein Krieg. Einen ganzen Tag lang war die Rivington Street Schauplatz einer Schlacht zwischen den Söhnen Abrahams und den Anhängern des heiligen Antonius, am Abend barg man viele Leichen auf der Straße. Hatte das Massaker wenigstens geholfen, einen Sieger hervorzubringen? Mitnichten, klarer Gleichstand an Toten und Verletzten bei Juden und Italienern. Die Situation war untragbar geworden. Dieselben Politiker, die von den beiden jahrelang bestochen worden waren, ließen Kelly und Monk vorladen, damit sie den Wettkampf beendeten. Ja, aber wie? Die erlösende Idee überraschte. Monk und Kelly würden endlich so gegeneinander antreten, wie sie es sich in Wirklichkeit immer erträumt hatten – sie würden in einem alten Schuppen auf der Bronx einen Boxkampf austragen.

Und so geschah das Unvorstellbare: Zwei der mächtigsten Gangster aller Zeiten stiegen mit nacktem Oberkörper und Boxhandschuhen in den Ring, um sich windelweich zu prügeln. Wer dabei war, erzählt, dass der Kampf über zwei Stunden dauerte und Paul Kelly sein Bestes als verkrachter Boxer gab, aber gegen den animalischen Furor eines buchstäblich tollwütigen Affen mit Schweineschnauze nichts ausrichtete. Als die beiden spätnachts zu Tode erschöpft umfielen, wurde es still in dem dreckigen Loch, das sich einen Abend lang ins Herz von New York verwandelt hatte. Ängstlich fragte jemand den Schiedsrichter: »Wer hat gewonnen?«

Der konnte nur den Kopf schütteln: Sogar im Boxring, erledigt und verbeult, waren Monk und Kelly einander ebenbürtig.

Eastmanie [ʔiːstmaˈniː], *Subs.*, *die*, abgeleitet aus dem Namen des Gangsters Edward Osterman, genannt Monk Eastman (1873–1920). Bezeichnet den wahnhaften Drang eines Menschen, sein Leben lang den zerstörerischen Vergleich mit anderen zu suchen und in jedem Menschen nur einen Vorwand zu sehen, ihn und sich in eine Rangordnung zu stellen.

Korrelat:

Gulliverose [ˌguḷɪvəˈʁ̞oːzə], *Subs.*, *die*, abgeleitet aus dem Namen der Hauptfigur in Jonathan Swifts Roman *Gullivers Reisen* (1726). Bezeichnet die krankhafte psychische Verfassung eines Menschen mit schwankender Selbsteinschätzung, der sich fortwährend entweder als Riese oder als Zwerg wahrnimmt.

F

Faradayisiert

Großer Kopf
und kleiner Mann –
was nun?

Der lange, gedeckte Tisch glänzte unter dem Kronleuchter in seiner ganzen kristallenen Pracht. Der junge Michael konnte seinen staunenden Blick nicht abwenden vom Tanz der Karaffen und Fläschchen zwischen den schmalen Fingern der Damen und den blütenweißen Manschetten der Herren Wissenschaftler. Jemand warf ein, dass das Jahr 1813 schrecklich regnerisch gewesen war. Sofort wandte sich eine der Damen an ihren Gemahl wie an ein Orakel und fragte ihn, ob so viel Regen nicht immer ein Meeresbeben ankündigte. Unterdrücktes Gelächter verbarg die allgemeine Verlegenheit angesichts einer so groben Dummheit. Danach ging es das ganze Abendessen lang zwischen den Mitgliedern der Akademie hauptsächlich um die großen Verdienste ihrer eigenen Forschungsarbeiten.

Michael war zum ersten Mal zu einem so opulenten Bankett zugelassen, eines von denen, wo der Genuss der Speisen an letzter Stelle zu stehen schien, weit hinter dem Prunken mit den jeweiligen Meriten. Seit mindes-

tens einer halben Stunde beobachtete der junge Mann diesen unerforschten Aspekt der wissenschaftlichen Gemeinschaft mit einer Mischung aus Belustigung und Enttäuschung, und es befremdete ihn sehr, zu sehen, dass diese mit Messer und Gabel bewaffneten, erhabenen Koryphäen ihre akademischen Erfolge anpriesen wie ein Kolonialwarenhändler in der Schenke seinen Klippfisch in Salzlake. Für Michael war es ein majestätisches und deprimierendes Schauspiel: Also unterschieden die Großmeister der Wissenschaft sich gar nicht so sehr von gewöhnlichen Menschen und erwiesen sich außerhalb der Hörsäle, wo sie die Materie bis auf den Grund erforschten,

als getreue Abbilder der Kunden mit den schmutzigen Fingernägeln, die in der Werkstatt seines Vaters ein und aus gingen. Manche ihrer vulgären Bemerkungen klangen sogar gewöhnlicher als die Perlen gewisser feuchtfröhlicher Zusammenkünfte, an denen er hatte teilnehmen müssen. Was für eine Entdeckung. Währenddessen wechselte unter dem Klappern des Bestecks das Wildbret von den Tabletts auf die Teller, und hin und wieder schien es wirklich, als müsste man den letzten Rest von Wissenschaftlichkeit an diesem Tisch im chirurgischen Sachverstand suchen, mit dem die Herren Tischgenossen Fasanen und Kaninchen entbeinten.

In solcherart Gedanken versunken, hörte Michael, wie die Hausherrin ihn fragte, ob ihm das Wildgericht womöglich nicht schmecke.

Und da wurde ihm bewusst, dass er noch keinen Bissen angerührt hatte, weil sein ganzes Interesse darauf gerichtet war, keine Sekunde des unglaublichen Geschehens in diesem anatomischen Theater zu verpassen. Er musste sich ins Gedächtnis rufen, dass auch er jetzt zu diesem erlauchten Kreis gehörte und ihn schlichtweg nichts befremden durfte, allemal nicht das Ritual des Zerlegens von Wildbret. Zwar kam er aus den Armenvierteln und war der Sohn eines Meisters am Amboss, dennoch hatte Michael sich in den letzten Jahren Schritt für Schritt Wertschätzung und Respekt erworben. Keine einzige Kenntnis in Chemie oder Physik, für die er nicht einen hohen Preis gezahlt hätte, mindestens dreimal mehr als die Sprösslinge aus gutem Hause. Also? Was hatte er noch zu befürchten, jetzt, da er Assistent eines der angesehensten Köpfe der Naturwissenschaften geworden war?

Mag sein. Trotzdem glaubte Michael immer noch, um Erlaubnis bitten zu müssen, hatte er die Hallen der Akademie doch nicht als Student betreten, sondern sich als Laufbursche einer Buchhandlung in der Blandford Street dort eingeschlichen. Darum hob er fragend die Augen zu Professor Davy am Kopfende des Tisches, der den Blick bemerkte und den Grund vermutlich nicht verstand, Michael aber zulächelte. Für Michael war es, als würde er sagen: »Was auch immer du tust, ich habe dich an diesen Tisch gebracht, du bist meine rechte Hand.«

Erst jetzt begann Michael zu essen und fand, dass das Fleisch viel fader schmeckte als das, was in bescheidenen Gasthäusern serviert wurde.

Er verdankte es einzig und allein Professor Humphry Davy, dass man im Tempel der Forschung auf ihn aufmerksam geworden war, auf sein großartiges Gedächtnis, seine herausragende Rechenfertigkeit, vor allem aber auf jene unersättliche Neugierde, die Michael gierig alle Bücher verschlingen ließ, die er für Mister Riebau ausliefern musste. Mit sechzehn hatte er schon mindestens zehn Handbücher der angewandten Wissenschaften auswendig gelernt und konnte mühelos Lehrsätze beweisen, Gleichungen lösen, physikalische Postulate entwickeln. All das, ohne ein einziges Buch zu besitzen, nur dadurch, dass er sie den Leuten ins Haus brachte. Anfangs behandelten ihn manche wie eine Zirkusattraktion, die jüngeren Forschungsgehilfen machten sich einen Spaß daraus, ihn auf die Probe zu stellen, da sie genau wussten, dass dieser spindeldürre Junge mit den umgekrempelten Hosenbeinen und Schuhen, die mit einer Schnur zugebunden waren, ihnen niemals Konkurrenz machen konnte. Wie weit konnte so einer es schon bringen? Zugegeben, er konnte die elektrostatische Kugel von Otto von Guericke besser erklären als sie und zitierte Grays Arbeiten auswendig, so dass er, der Laufbursche, von manch einem schon mal heimlich gebeten wurde, sein Vortragsskript über Benjamin Franklin zu korrigieren. Ja, alles was recht ist, der Junge war ziemlich gut. Vielleicht sogar mehr: mit einem gewissen Genie begabt. Na und? Selbst wenn er ein zweiter Kopernikus gewesen wäre, die Wissenschaften waren kein Spielplatz für den Sohn eines Handwerkers. Michael brauchte jemanden, der für ihn bürgte, aber niemand bürgt für einen, dessen Schuhe mit einer Schnur zugebunden sind. Michael wusste das alles. Intelligenz ist ein zweischneidiges Schwert, du kannst sie nicht nur auf das anwenden, was dir behagt, du musst immer mit ihr rechnen, auch wenn sie dich zwingt, einzusehen, was du nicht akzeptieren willst. Und er verstand, er verstand alles, wie bei einer Aufgabe in Trigonometrie, bei der sich die Summe zweier Winkel ohne Approximation berechnen lässt.

Doch zum Glück gibt es einen Zufallsfaktor, der das Leben der Menschen von dem der Theoreme unterscheidet. Und diese unerwartete Unbekannte wollte, das Mister Riebaus Laufbursche an einem unwirtlichen Regentag dem berühmtesten Musiker von ganz London, William Dance, eine Partitur ins Haus liefern musste.

Während der illustre Kunde nach ein paar Pennys für das Trinkgeld suchte, überflutete ein Blitz das Wohnzimmer mit Licht. Michael lief laut zählend zum Fenster, was den alten Herrn erstaunte, der nicht einzugreifen wagte, bis der Junge ihm erklärte, dass die Anzahl von Sekunden, nach denen der Donner auf den Blitz folgte, der Entfernung entsprach, in der dieser gefallen war. »Ach ja? Gut zu wissen. Wer hat dir das gesagt?«, fragte Dance.

»Ich habe es selbst erforscht, Mister. Außerdem ist es rein physikalische Deduktion. Wenn wir die Geschwindigkeit des Lichts kennen würden, könnte man es mit mathematischer Genauigkeit berechnen. Ich erkläre Ihnen das gerne, wenn Sie möchten. Möchten Sie?«

Und da William Dance ein von Natur aus neugieriger Mensch war, hörte er sich mit Vergnügen etwa zwei Stunden lang die großzügige Vorlesung in Physik an, die der Laufbursche des Buchhändlers in seinem Wohnzimmer hielt. Erstaunlich. Dance hatte Übung darin, das Talent frühreifer Violinisten oder Opernsänger zu entdecken, und war sofort begeistert davon, wie dieser Junge die Melodie der Wissenschaft anstimmte. Aber wie sollte er ihn für seine Mühe entschädigen? Ein einziges Honorar nur erschien ihm angemessen, er würde dem Jungen von nun an den festen Platz im Hörsaal überlassen, den er, Dance, bei den öffentlichen Vorträgen einer Leuchte der britischen Wissenschaft wie Professor Davy hatte. Die nächste Vortragsreihe würde in wenigen Tagen beginnen. Allerdings konnte der neue Schüler nicht mit diesen Hosen antreten – er würde ihm einen passenden Anzug finanzieren.

Und so rissen vom folgenden Donnerstag an nicht wenige die Augen auf, als sie den Laufburschen einer Buchhandlung in Southwark durch das majestätische Tor der Akademie eintreten und in der zweiten Reihe mitten zwischen dem Nachwuchs der hochrangigsten Familien Platz nehmen sahen. Und wer um alles in der Welt hatte ihm diesen erstklassigen Anzug besorgt? Hatte er ihn womöglich gestohlen? Oder steckte eine Erbschaft dahinter?

All diese Stimmen summten über Michaels Kopf hinweg, ohne ihn im Mindesten zu berühren. Sein Interesse galt allein den meisterhaften Vorlesungen von Davy, die er ein ganzes Jahr lang hörte, ohne eine einzige zu versäumen, und bis zur letzten Silbe mitschrieb, so dass er dem Professor zehn Monate später schüchtern über dreihundert veröffentlichungsreife Seiten überreichen konnte.

Dem großen Wissenschaftler war die konstante Anwesenheit dieses Jungen in der zweiten Reihe nicht entgangen, ebenso wenig wie die unermüdliche Aufmerksamkeit, mit der er all seinen Ausführungen folgte. Doch nie und nimmer hätte er eine so gut gemachte Arbeit erwartet. Sie wurde zum ersten Kapitel einer vertrauensvollen, intensiven Zusammenarbeit, die freilich umgeben war von der Missbilligung der gesamten Wissenschaftlergemeinschaft wegen der plebejischen Herkunft dieses stets nur als »der Laufbursche« gebrandmarkten Eindringlings. Mehrmals wurde Davy gefragt, ob er denn nicht auch andere Bewerbungen erwogen habe, bevor er einen auswählte, der im Schrank vielleicht noch das berüchtigte, mit einer Schnur zusammengehaltene Paar Schuhe aufbewahrte. Der Professor verteidigte ihn immer, vor allem nachdem ein Unfall während eines chemischen Experiments sein Augenlicht schädigte und ihn zwang, sich noch mehr auf einen tüchtigen Gehilfen zu stützen.

Damit ist die Vorgeschichte verraten, die Michael im Jahre 1814 zum Teilnehmer des besagten Banketts am Genfer See machte. Denn er begleitete Professor Davy sogar auf einer wissenschaftlichen Reise auf den Kontinent, bei der sie Universitäten besuchten und an den bedeutendsten Symposien Europas teilnahmen, einschließlich jener mit Gastmahlcharakter. Eine große Genugtuung, werdet ihr sagen, unvorstellbar für den Sohn eines Schmieds, es so weit zu bringen. Einverstanden.

Doch eine Geschichte zu erzählen, erfordert zuallererst die Entscheidung für einen bestimmten Weg: Worauf will man hinaus, das heißt, bei welcher Begebenheit will man den Vorhang zuziehen, um die Zuhörer lächelnd oder beschämt zurückzulassen? Das Ereignis zum Beispiel, das ich ausgesucht habe, könnte euch getrost als ein freundschaftliches Idyll zwischen einem großen Gelehrten und einem bescheidenen Laufburschen präsentiert werden, um die Geschichte an dieser Stelle zur allgemeinen Erleichterung abzuschließen. Aber dann wäre das Bild unvollständig. Um der historischen Genauigkeit willen müssen wir jetzt die schreckliche Gattin von Professor Davy auf die Bühne treten lassen, einen der abscheulichsten weiblichen Charaktere, der mir je begegnet ist.

Auch sie war bei jenem Bankett zugegen.

Mehr noch: Wenn diese Dame, die allen als Witwe Apreece bekannt war, nicht neben ihrem Mann gesessen hätte, würde sich heute, zweihundert Jahre später, wahrscheinlich niemand mehr daran erinnern, was in jenem Genfer Speisezimmer geschehen war. Doch lassen wir die Fakten sprechen.

Während der junge Michael von seinem Wildbret kostete und das Gefühl genoss, in den Kreis der Schüler des Aristoteles aufgenommen zu sein, wollte der Zufall, dass einer der Gäste die unselige Idee hatte, das schlechte Metall seiner Gabel zu verfluchen, die sich verbogen hatte und in der Entenbrust zerbrochen war. Mrs. Davy, Königin der Londoner Salons und Witwe von Ashby Apreece, einem der reichsten Männer der Erde, wahrte ihre angeborene Grazie. Ohne die Augen von den Fleischresten auf ihrem Teller zu erheben, wandte sie sich laut genug an Michael, dass alle sie hören konnten. »Du bist doch ein Fachmann für Eisen, wenn ich nicht irre ... erklär es dem Professor.«

»Ihr habt Forschungen zum Eisen angestellt?«, fragte sofort der Rektor der Genfer Universität.

»Nicht er, sein Vater«, ergänzte die Frau, nippte vom Wein und tupfte sich die Lippen mit der Serviette ab.

»In welchem Labor?«, fragte höchst interessiert der Älteste der Anwesenden.

Michael war wie gelähmt, er brachte kein Wort heraus. Doch wie viel besser wäre es gewesen, wenn er zu sprechen vermocht hätte, denn die Zunge kann diplomatischer sein als die Augen, und der Blick, den er der Witwe Apreece zuwarf, war eine beredte Bekundung der Verachtung. In diesem Moment wurde dem Jungen sonnenklar, dass er in einer derartigen Umgebung wirklich ein Novize war – kein Mensch auf der Welt hätte riskiert, ausgerechnet sie herauszufordern, die gefürchtetste Meisterin der gesellschaftlichen Vernichtung. Michael hatte Dutzende Bücher über die empirischen Wissenschaften studiert, doch in der bürgerlichen Wissenschaft erwies er sich als ein Anfänger. Und natürlich wurde er gedemütigt. Ein strahlendes Lächeln ging über das Gesicht der Witwe Apreece, als hätte sie sie nur auf diesen Moment gewartet, dann gab sie Michael mit der rechten Hand einen flüchtigen Wink, wies auf die Küchentür und fügte mit einem gespielten Gähnen hinzu: »Ich bin fertig, Mickey, bring meinen Teller fort.«

Ein Moment verwunderten Schweigens folgte.

Die Witwe lächelte der Gesellschaft zu, wie um den Anwesenden zu bedeuten, dass es sich um eine völlig normale Szene handelte. Dann forderte sie Michael mit einem Fingerschnippen zur Eile auf. Aber warum um alles in der Welt konnte Mrs. Davy den Assistenten ihres Mannes behandeln wie einen Diener?

Sie konnte.

Denn Jane hatte die Entscheidung ihres Mannes, diesen Laufburschen zu fördern, nie akzeptiert, und als sie London verließen, hatte sie den beiden unmissverständlich klargemacht, dass dieser Junge für sie – egal, was er jetzt war – immer ein Diener sein würde. Obendrein hatte ihr getreuer Hausdiener nicht mit ihnen auf die Reise gehen können, also diesem Sohn eines Schmiedes seinen Posten überlassen. Es passte alles zusammen.

Professor Davy wiederum hatte sie in jeder Tonlage angefleht, Michaels wissenschaftliche Leistungen gelobt und die breite Zustimmung ins Feld geführt, die er sich allmählich in akademischen Kreisen erwarb. Alles vergebens. Für die Witwe Apreece konnte der junge Mann allenfalls ein Chemiegehilfe oder ein naturheilkundlicher Assistent und, wenn er unbedingt wollte, sogar ein akademischer Gehilfe sein, immer aber strikt in den Grenzen einer dienenden Funktion. Ob es ihrem Mann passte oder nicht, sie würde ihn immer so behandeln.

Und da, einem schier unangreifbaren wissenschaftlichen Lehrsatz zufolge, wohlhabende Gattinnen – vor allem, wenn sie hübsch sind – die entschiedensten männlichen Absichten ganz nach ihrem Belieben lenken, ja, in willenlose Fügsamkeit verwandeln können, fand Michael dieses Mal keine Unterstützung im Blick des Professors. Er musste sich von seinem Platz erheben, dienstfertig den Teller der Witwe nehmen und sich zu den Köchen in der Küche gesellen. Während der ganzen Reise ging das so: Michael durfte nicht mit Gray und seiner Gattin in der Kutsche reisen, und in den Hotels schlief er im Dienstbotenzimmer. Mehrmals geschah es, dass Michael, just in dem Moment, als er lobende Anerkennung für seine wissenschaftlichen Arbeiten entgegennahm, von der Witwe für die gewöhnlichsten Dienste gerufen wurde, vom Suchen eines verlorenen Fächers bis zum Abstauben ihres Mantels. Man erzählt, dass die Schlange ihm in Gegenwart von Alessandro Volta sogar ein paar Münzen als Trinkgeld hinwarf. Es interessierte sie nicht im Mindesten, dass Michael Faraday sich unterdessen jeden Tag mehr das Ansehen eines der wichtigsten Physiker der Geschichte erwarb und schließlich sogar Professor Davy an Prominenz übertraf.

Viele Jahre später, er war bereits Honorarprofessor der Royal Society, blickte Jane Apreece ihm, wann immer sie sich auf den Straßen Londons in der Kutsche begegneten, starr ins Gesicht, schnippte mit den Fingern und warf ihm ein paar Pennys hin. Faraday war der Stolz der Königin Viktoria, er wohnte auf Kosten der Krone in einem Haus in Hampton Court mit Haushofmeister und Dienstpersonal.

Doch für sie blieb er immer ein ehemaliger Laufbursche, der zum Diener befördert war.

Faradayisiert [ˌfaːraːdai̯iːˈsiːɐt], *adjektivisch gebrauchtes Partizip*, abgeleitet aus dem Namen des Physikers Michael Faraday (1791–1867). Bezeichnet den Zustand eines Menschen, der sich ungeachtet all seiner Mühen und Verdienste von einem anderen Menschen herabgesetzt und unterschätzt sieht. Denn was auch immer wir leisten, im Leben gibt es immer jemanden, der es nicht lassen kann, uns als Untergebenen zu behandeln, also zu faradayisieren.

Gamainisch und Grantairial

Freundschaft überwindet jedes Hindernis, oder?

Begeben wir uns nun auf eine kleine Reise in das Gefühl der Freundschaft. Darüber lässt sich kaum mehr sprechen, zu dem Thema wurde schon alles gesagt und oft wiederholt, und das seit Aristoteles, für den ein Leben ohne Freunde fast zwangsläufig unglücklich sein musste. In seiner Theorie der Freundschaft schrieb der Philosoph allerdings auch, wie wichtig es sei, dass sich hinter einer Beziehung keine praktischen Interessen verbergen. Die Freundschaft des *Nutzens*, so nannte er sie, sei immer gefährdeter als diejenige, die nur auf das gegenseitige Wohl bedacht ist, also schlicht und einfach auf die Gemeinsamkeit. Und bis hier gibt es nichts einzuwenden, werdet ihr sagen.

Doch dann fügt Aristoteles etwas über den Unterschied der Herkunft und Ansichten hinzu. Seiner Meinung nach beruht die wahre Freundschaft auf Übereinstimmung, auf Eintracht, einer gemeinsamen Sicht auf das Leben. Darum warnt er davor, sich auf unerklärliche Sympathien zwischen Menschen zu verlassen, die einander dem Wesen oder der Herkunft nach fernstehen. Aha, ein Misston. Können wir Freundschaften nur schließen, wenn wir einander gleichen? In dem Punkt hätte Hollywood eine Menge einzuwenden, ist doch die Freundschaft zwischen Gegensätzen ein äußerst erfolgreiches Blockbuster-Sujet. Oder ist sie nur eine verkaufsfördernde Erfindung? Nun, genau darüber möchte ich sprechen – über die sozusagen asymmetrischen Freundschaften. Hatte der große Aristoteles recht, oder haben die letzten 2300 Jahre ihm unrecht gegeben?

In einer imaginären Gerichtsverhandlung würde der griechische Philosoph sicherlich die Rolle der Anklage einnehmen, und in seinem Plädoyer würde François Gamain nicht fehlen. Wie könnte man ihm widersprechen? Gamains Geschichte scheint tatsächlich wie gemacht, um die glühendsten Anhänger der Göttin Freundschaft zu enttäuschen. Urteilt selbst: Gamain war der Sohn eines gewissen Nicolas, einem Meister der Schlösser, der die Vorzüge und Mängel aller Türen und Schubladen der Versailler Königsresidenz kannte. Natürlich war der junge François in die Fußstapfen seines Vaters getreten und hatte sich auf Panzerschränke und Tresore spezialisiert, was übrigens perfekt zu unserer Betrachtung über das Wesen der Freundschaft passt. Wer hätte nicht schon einmal gehört, nur derjenige sei ein wahrer Freund, dem wir unsere intimsten Geheimnisse anvertrauen können, weil wir wissen, dass er uns nicht verrät? François war wirklich ein Fachmann auf seinem Gebiet, er verdiente sein Geld mit der Herstellung von Schreinen, die schlechterdings nicht aufzubrechen waren. Das Interessante an der Geschichte ist, dass unser einfacher Handwerker gegen Ende des 18. Jahrhunderts Freundschaft mit niemand Geringerem als Ihrer Königlichen Hoheit Ludwig XVI. schloss. Ein König und ein Schmied, fast gleichaltrig – eines der absonderlichsten Paare der Geschichte. Das wird etwas weniger verwunderlich, wenn man bedenkt, welch eigenartige Persönlichkeit der König war, ein wahrer Routinier der In-

konsequenz. Denn Ludwig XVI. ist uns immer als Verkörperung des Ancien Regime vorgestellt worden, ein Triumph aus Lockenperücke und Spitzenjabots, und das entspricht durchaus der Wahrheit. Doch wie sehr es auch erstaunen mag, ebenso wahr ist, dass Ludwig seit eh und je begeistert mit den Händen arbeitete. Er sägte Holz und schmiedete Eisen, bearbeitete jedes Material mit dem Enthusiasmus eines Lehrlings und scherte sich herzlich wenig darum, dass dieses Tun seinen Erziehern recht unschicklich erschien. In der Tat kann ich mir einen Herrscher von Versailles, unter dessen Rüschenärmeln Arbeitshandschuhe hervorschauen, nur schwer vorstellen. Aber so war es: Ludwig XVI. liebte die Werkstatt, sie war seine Leidenschaft. Und er scheint sogar ein recht tüchtiger Handwerker gewesen zu sein, ein echtes Talent vor allem in der Metallbearbeitung. Und wer hatte ihm das beigebracht? Genau, ebenjener François Gamain. Ich finde das Bild rührend: Der König, der mit seinem Freund Stunden zwischen Schraubstöcken, Fräsen und Ambossen verbringt, während seine Ratgeber sich unter ihren Perücken vor Verlegenheit winden und auf die Frage »Wo ist Ihre Hoheit?« die fantasievollsten Ausflüchte erfinden: »Er hat sich in den Saal der Weltkarten zurückgezogen, um die Lage in den Kolonien zu studieren ...« Alles, um nur ja nicht zuzugeben, dass der König von Frankreich im Souterrain wie ein Besessener den kleinen Metallarbeiter spielt. Ludwig und François verband eine innige Freundschaft. Kein Wunder, wenn man bedenkt, dass der junge Schmied der Einzige war, der sich beim König nicht einschmeichelte, um Ministerien oder Botschafterposten zu bekommen. Zwischen einer Schweißnaht und einer Runde Drechseln an der Drehbank hatten die beiden Dreißigjährigen einiges voneinander erfahren, und der König hatte sich sogar zu vertraulichen Bekenntnissen seiner Ängste hinreißen lassen: Der Schmelztiegel um ihn herum kochte, die Wut der Menschen würde bald überfließen wie ein Guss glühenden Metalls. Darum richtete der König eines Abends, während die Situation draußen sich zuspitzte, eine Bitte an den Freund: Er sollte ihm einen Tresor bauen, unbezwinglich wie kein Tresor je zuvor. Eingemauert im Herzen des Palais des

Tuileries, wenige Meter vom privaten Arbeitszimmer des Königs entfernt, würde dieser gepanzerte Schrank die Geheimnisse Frankreichs hüten, jene, auf denen das Schicksal des ganzen Königsreichs ruhte. Gamain musste nicht einmal nicken, er griff sofort zu den Werkzeugen, und das war das Zeichen, dass der Tresor binnen weniger Tage fertig sein würde.

So war es.

Doch unterdessen erwiesen sich Ludwigs Vorahnungen als nur zu realistisch. Die königliche Familie wurde der Bewachung der Revolutionäre unterstellt, und der Weg zur Guillotine schien bereits vorgezeichnet. Im dramatischen November 1792 wurde der König einem Verhör unterzogen, gleichzeitig stritt man schon darüber, ob er wegen eines Fluchtversuchs hingerichtet werden sollte. Doch etwas in den Argumenten seiner Ankläger irritierte den König, denn sie machten den Eindruck, als hätten sie eine Trumpfkarte in der Hand und seien bereit, sie bei der erstbesten Gelegenheit auszuspielen. Also wussten sie etwas, das war eindeutig. Aber was? In Gedanken ging König Ludwig seine engsten Ratgeber durch, er zermürbte sich in schlaflosen Nächten mit der Suche nach dem Menschen, der ihn verraten haben konnte, um vielleicht das eigene Leben zu retten. Er konnte sich einfach nicht vorstellen, dass ausgerechnet sein Freund, der Schmied, vor das Revolutionskomitee getreten war, um ihm die Schlüssel eines geheimnisumwobenen, im Palais des Tuileries versteckten Panzerschranks auszuhändigen …

Ich weiß, ihr werdet sagen, das war doch alles vorherzusehen, zur Freude von Aristoteles. Ein König und ein einfacher Schmied sind viel zu unterschiedlich, stehen sich viel zu fern, um echte Freunde und einig zu sein.

Doch wenn man sich die Weltliteratur ansieht, scheint es gerade so, als würde der große Aristoteles nicht recht behalten. Blättern wir durch den Katalog. Vergil ersann die Geschichte von Euryalus und Nisus, die sich an Jahren und militärischen Ehren unterschieden. Ersterer wird als ein Jüngling beschrieben, dem gerade ein wenig Flaum auf den Wangen sprießt, während Nisus ein Held ist, der von allen auf Händen getragen wird, ein wahrer Löwe im Kampf. Dennoch waren die beiden unzertrennlich, schreibt Vergil, und sie werden beim nächtlichen Überfall auf das Lager der Rutuler zusammen sterben wie zwei amerikanische Marines beim Angriff auf den Vietcong. Ergreifend. Da kann François Gamain nicht mithalten. Dasselbe Drehbuch bei Ludovico Ariosto, der im *Rasenden Roland* Cloridano und Medoro auftreten lässt, beides Sarazenen, doch der eine ein bulliger Krieger, der andere zart, rosig und blond wie ein Engel. Auch in diesem Fall blickt die Freundschaft dem Tod ins Auge, denn Medoro setzt sein Leben aufs Spiel, um dem Freund zu Hilfe zu kommen, leider vergebens. Doppelt ergreifend, weil es ein Vergil in multiethnischer Version ist.

Noch mehr wagt Victor Hugo in *Les Misérables* mit der Gruppe revolutionärer Studenten, die bereit sind, beim Pariser Juniaufstand von 1832 auf die Barrikaden zu steigen. Anführer der Rebellen ist ein gewisser Enjolras, den ich mir immer als einen dieser Menschen vorgestellt habe, die nicht still sitzen können, sie beben bis ins Knochenmark vor Unruhe. Enjolras ist ein geborener Motivator, einer von denen, die nicht mal Argumente brauchen, um zu überzeugen, es genügt vollauf, das Licht zu sehen, das in seinen Augen brennt. Er ist das Bollwerk eines alten Gerechtigkeitsempfindens. Doch während sich alle von seinem angeborenen Furor mitreißen lassen, scheint nur der zynische Grantaire immun gegen solcherart Ansteckung zu sein. Unter den Mitgliedern der Gemeinschaft wirkt er wie ein Eindringling, und manchmal irritiert seine Kälte die Zuhörer. So ist es in jeder politischen Gruppierung, im Allgemeinen gibt es immer einen, der seine Militanz in Form eines kosmischen Skeptizismus ausdrückt und dabei so weit geht, den Menschen ihren Status als vernunftbegabte Wesen abzusprechen. Darum hat mich immer beeindruckt, wie scharfsinnig Victor Hugos Einfall war, Enjolras' wahnhaften Eifer mit dem verheerenden Phlegma von Grantaire zu kombinieren. Die beiden sind die entgegengesetzten Pole des politischen Aktivismus, der sich, bis zum Beweis des Gegenteils, auf den Glauben an das natürliche Gerechtigkeitsempfinden des Volkes und seine Empfänglichkeit für Anreize gründet, die er nutzt, um das Volk zu sensibilisieren, aufzurütteln und zu mobilisieren. Zwei derart konträre Figuren werden wir in der politischen Diskussion nicht oft antreffen. Enjolras repräsentiert uns alle in unseren stärksten, aufrichtigsten Überzeugungen, er steht für unsere Bereitschaft, aktiv etwas zu tun, am Kampf teilzunehmen, einen Beitrag zu leisten, weil wir wissen, dass wir dringend gebraucht werden. Grantaire dagegen vertritt den nachgiebigen Part, der uns rät, loszulassen, die Anker zu werfen, auf Reede zu liegen und zu warten, dass die anderen (vielleicht auch keiner) an unserer Stelle etwas unternehmen. Zu unterschiedlichen Zeiten sind wir alle Enjolras und alle Grantaire.

Als am 5. Juni 1832 die Revolte auf den Barrikaden tobte, waren Enjolras und Grantaire in der Rue de Chanvrerie beide Helden, obwohl einer von ihnen zunächst durch dröhnende Abwesenheit auffiel: Während Enjolras auf die Uniformen des Königs Louis Philippe schoss, blieb Grantaire seinem illusionslosen Zynismus treu, indem er sich sturzbetrunken im Café Corinthe einem Schläfchen ergab. Läuft es nicht im Grunde auf unseren alltäglichen Barrikaden immer so ab? Sind wir nicht einen Augenblick zuvor noch entschlossene Kämpfer, um dann im nächsten Moment in finsterste Melancholie abzustürzen? Diese Wahrheit lässt das Ende des Romans in einem noch helleren Licht erscheinen. Die Aufständischen werden von der Nationalgarde besiegt, und die Rebellion verwandelt sich in eine Menschenjagd im Café Corinthe. Enjolras ist jetzt ganz allein, alle anderen sind geflohen oder tot, er ist der Letzte, der Widerstand leistet, und der Letzte, der seine Ideale herausschreit. Sein Karabiner ist zerbrochen, sein Rock zerrissen, doch es gebricht ihm weder an Kraft noch an Willen, sich denen zu stellen, die ihn tot sehen wollen, und er ruft wie ein homerischer Held: »Hier bin ich. Schießt!« Und siehe da, in diesem letzten Akt, in dem alles sich vollenden muss, taucht unerwartet Grantaire neben ihm auf. Er hätte fliehen, sich retten können, niemand hätte ihn gesehen, er war nur ein unbewaffneter Betrunkener ohne einen einzigen Blutfleck, der ihn hätte verdächtig machen können. Ja, Grantaire hätte sich davonmachen können. Aber das tut er nicht. Er geht zu seinem Freund, zu dem, der ihm wesensfremder war als alle anderen, zu dem, den er verachtet und geliebt hat, obwohl die beiden alles aus ganz unterschiedlichen Blickwinkeln sahen. Keine andere als die Hand des Freundes ergreift Grantaire. Er blickt die Soldaten an, schreit: »Ich bin auch da! Feuert!«, und so fallen die beiden gemeinsam, vereint, mit dem Gefühl, eigentlich niemals uneins gewesen zu sein.

In ebenjenen Jahren ging in Italien ein Dichter namens Giacomo Leopardi hart ins Gericht mit der flüchtigen Illusion der Freundschaft, einem Gefühl, das seiner Meinung nach unter Horden erbärmlicher Opportunisten unmöglich war. Mag sein. Doch das Leben behält sich so manche Überraschung vor.

1830 kann Leopardi dem grässlichen, erstickenden Gefängnis entfliehen, welches seine Heimatstadt Recanati für ihn war, und darf in den Straßen von Florenz wieder Sauerstoff atmen. Hier begegnet er abermals dem Neapolitaner Antonio Ranieri, den er zwei Jahre zuvor kennengelernt hatte. Stellt euch zwei junge Männer vor, die unterschiedlicher nicht sein könnten: Giacomo und Antonio. Der Dichter und der Dandy. Der Kränkliche und der Robuste. Der mutlose Zweiunddreißigjähre und der vierundzwanzigjährige Draufgänger. Der von Frauen abgelehnte Schüchterne und der Casanova, den alle Damen begehren. Genug, um Aristoteles entsetzt zurückschrecken zu lassen. Doch nein – wider alles bessere Wissen entsteht zwischen den beiden eine Freundschaft, die es wert ist, erzählt zu werden. Alles beginnt mit Leopardis Heidenangst, in seine Heimatstadt zurückkehren zu müssen: Recanati ist sein Alcatraz, allein die Vorstellung der Heimkehr lähmt ihn. Aber das Genie hat kein Geld. Seine Finanzen erlauben ihm nur noch einen letzten, ersehnten Ausflug vor dem Absturz. Könnt ihr euch vorstellen, wie es sich anfühlt, wenn der Leidensweg vorgezeichnet ist? Leopardi lebt mit der Aussicht auf unentrinnbare Qualen, da betritt Ranieri die Bühne. Mit dem typischen Fatalismus der Neapolitaner gibt sich der attraktive Bursche als großzügiger Gönner (in Wirklichkeit lebt er von Wechselbriefen) und lädt Leopardi ein, sein Gast am Vesuv zu sein, der bekanntlich therapeutische Wirkungen hat.

Vivat Ranieri, vivat Neapel. Was folgt, ist ein Zusammenleben gegensätzlicher Charaktere, die in unglaublich toleranter Weise miteinander umgehen. Leopardi verzeiht Ranieri all das, was er an der prahlerischen Menschheit hasst, sogar das Treiben von Fanny Targioni Tozzetti, die er selbst auch verehrte, in Ranieris Bettlaken. Mitunter hat es den Anschein, als verberge sich hinter dieser so inkohärenten Freundschaft der Neid des Dichters auf eine von Trieben und Leidenschaften pulsierende Welt, die ihm immer verschlossen war, und die Ranieri aufs Schönste verkörperte. Leopardis Leben als Gast in Neapel ließ ihn sogar gelegentlich vergessen, dass die bourbonischen Priester seine *Operette Morali* verboten hatten, denn viel wichtiger waren die Unterstützung und der Trost dieses so unternehmungslustigen, so gerissenen jungen Mannes, ein wahrer Freibeuter des Lebens, den Leopardi mit zitternder Ehrfurcht beobachtete. Natürlich. Denn wer von uns hat sich nicht schon ein bisschen wie Leopardi gefühlt? Manchmal suchen wir in der Freundschaft die Zuneigung eines Teils von uns, den wir nicht wahrhaben wollen, den wir fürchten oder einfach aus Feigheit nicht erforschen. Ich glaube, dass Antonio Ranieri – vom Freund Totonno genannt – der Leopardi war, den Leopardi an sich selbst nicht kannte, der unterdrückte Giacomo, der verborgene und unerhörte, darum verhasste Giacomo. Im Freund liebte er seinen inneren Feind, und das kann eine echte Freundschaft zusammenschweißen, ob es Aristoteles nun gefällt oder nicht. Denn im Grunde ist die Freundschaft ein Spiegel, der klarste und zuverlässigste Spiegel, in dem wir sehen, wer wir wirklich sind. So war es auch hier. Oder ist es ein Zufall, dass Giacomo, während er im Schatten Ranieris lebte, mit Bereichen seines Ichs Kontakt aufnahm, die sich nie zuvor gezeigt hatten? So wurde er beobachtet, wie er sich am bunten Durcheinander der Fischgeschäfte nicht sattsehen konnte, wie er sich als öffentlicher Ausrufer am Lottostand versuchte, nächtliche Streifzüge mitten zwischen dem niederen Volk wagte und sogar seinen unersättlichen Appetit auf Quarkkuchen, Cremetorten, Kringel und Süßigkeiten aller Art entdeckte. Dem Einfluss des Freundes ist es zu verdanken, dass Leopardi sich selbst verriet und sein anderes Ich gewähren ließ. Ob er sich ins Café am Largo della Carità setzte, um Sorbets zu verschlingen, oder seine täglichen Blätterteigtaschen bei Pintauro in der Via Toledo genoss, Leopardi suchte im Essen die lebendige Materie, die Substanz, die er gleichzeitig verachtete und heiß begehrte. Der Meister und Sklave seiner extremen Vergeistigung lernte endlich im Magen einen weiteren Magneten seines Lebens kennen, und obwohl er damit einen von Diabetes gezeichneten Organismus in tödliche Gefahr brachte, hörte er endlich einer leisen Stimme seines inneren Monologs zu. Doch ebenso erging es Ranieri, wenn wir seinen Aufzeichnungen über den ungewöhnlichen Freundschaftsbund jener Jahre Glauben schenken dürfen. Totonno wurde ein wenig zu Leopardi, indem er seine Unmäßigkeit zügelte, denn in jeder Freundschaft ist die Osmose wechselseitig, und auch Euryalus entdeckte den Nisus in sich, von dem er nichts wusste. Doch unterdessen verschlechterte sich der Gesundheitszustand des Dichters täglich. Antonio und seine Schwester Paulina unterstützten ihn als Schreiber und Krankenschwester, womit sie ihre Dienstmagd, für die »der Bucklige« ein tuberkulöser Giftsalber war, fast aus dem Haus jagten. In Neapel wütete die Cholera, Leopardis angegriffene Gesundheit gebot, ihn die reinere Luft von Torre del Greco atmen zu lassen. Am 14. Juni 1837 war alles bereit für die Abfahrt, doch die Kutsche verließ den Vico Pero im Viertel Santa Teresa degli Scalzi nie. Denn am Tag zuvor hatte Ranieri seinen Namenstag wie jedes Jahr mit Unmengen Mandelkeksen gefeiert, der berühmten Leckerei aus Sulmona. Leopardi hatte gut anderthalb Kilo verschlungen, dazu eine Tasse Schokolade und ein Zitronensorbet. Die daraus folgende Übelkeit brachte den schon stark geschwächten Organismus vollends aus dem Gleichgewicht, so dass es nach wenigen Stunden zum Kollaps kam und Leopardi, der sterbend in den Armen seines Freundes lag, um neun Uhr abends seine letzten Worte sprach: »Totonno, ich sehe kein Licht mehr …« Und obwohl das Erschießungskommando fehlte, war es ein wenig so, als hielten sich Enjolras und Grantaire am Rand des Abgrunds ein letztes Mal an der Hand.

Man erzählt, dass Ranieri, um den Leichnam des Freundes vor der Schmach des Massengrabs zu bewahren, ein aufwendiges Bestattungsspektakel mit leerem Sarg inszenierte. Legenden. Mit Sicherheit aber geht die Forderung, bald nach Leopardis Tod ein Ehrenmal zu seinem Andenken zu errichten, auf Ranieri zurück, außerdem sorgte er persönlich für die Veröffentlichung aller Werke des Dichters.

Wie immer man darüber denken mag, es war der Epilog einer großen Freundschaft und außergewöhnlichen Verbindung von Gegensätzen. Ähnlich wie die zwischen zwei anderen jungen Männern, Franz und Jizchak, im Jahr 1911.

Es war an einem regnerischen Herbstabend. In einem heruntergekommenen jüdischen Theater im Café Savoy in Prag sah der junge Kafka den fast gleichaltrigen polnischen Schauspieler Löwy die Bühne betreten. Löwy war eine lange Bohnenstange mit fanatischen Augen, stark hervorstehenden Wangenknochen und einer eckigen Gestik wie ein Satyr aus alten Zeiten, freilich ein mit elektrischem Strom angetriebener Satyr. Unmöglich zu sagen, ob er ein guter Schauspieler war, auf jeden Fall konnte die animalische Wildheit seines Spiels niemanden gleichgültig lassen, denn er führte auch der kältesten Seele das Musterbeispiel eines bewundernswert starken Willens vor. Mehr noch. Sagen wir, dieser junge Mann ging ganz in dem auf, was er tat, die Art, wie er sich hektisch auf den wurmstichigen Brettern der Bühne bewegte, war weit mehr als ein Beruf, sie grenzte an die dreiste Behauptung, dass er alles Recht der Welt habe, sich lebendig zu fühlen. Kafka, der mit seiner Büroaktentasche auf den Knien im Parkett saß, den Mantel aus Furcht vor Zugluft bis zum Hals zugeknöpft, beobachtete ihn von unten wie ein Schüler den Lehrer oder wie ein Leopardi seinen Ranieri. Denn auch in diesem Fall, es bedarf kaum der Erwähnung, haben wir zwei Charaktere vor uns, die gegensätzlich zu nennen ein Euphemismus wäre. Franz war ein unentschlossener, frustrierter Angestellter bei einer Versicherungsgesellschaft, ein hochbegabter Visionär, der seinem Leben noch keine Richtung hatte geben können;

Jizchak dagegen hatte sich mit Leib und Seele seiner Leidenschaft fürs Theater geweiht und daraus allen äußeren Einflüssen und weisen Ratschlägen zum Trotz einen Beruf gemacht. Das sind die Kräfte, die gegeneinander antreten: Kafka, der Gehemmte, als Herausforderer Löwys, des Fliehenden. Kafka, der vom Schreiben leben möchte, bewundert in Löwy das, was er nie besessen hat – die Seelenstärke, die Kontrolle über das Steuerruder seines Lebens, die sakrosankte Fähigkeit, in den entscheidenden Momenten, in denen sich alles ändern kann, ein endgültiges Ja oder Nein auszusprechen. Kurz und gut: Kafka leidet unter sich selbst, Löwy nicht. Löwy kann ein apathisches Dahintreiben in etwas verwandeln, was dem Schwimmen ähnelt. Das Freundespaar bei Victor Hugo kehrt im Lauf der Geschichte mit anderen Namen wieder. Wer weiß, ob Löwy seinerseits in dem schüchternen Jüngling das Genie sah, das er selbst gerne gewesen wäre. Wahrscheinlich, denn wir sind unvollständige Wesen, und nur die Freundschaft rundet uns ab. Kafka war für Löwy die Verkörperung der Kunst selbst, der wahre und belebende Grund für das, was Löwy ausdrücken und erschaffen wollte. Denn dieser junge Mann führte nicht die Gedanken und Visionen eines anderen auf, er brachte sie selbst mit einer unerschöpflichen, fruchtbaren Inspiration hervor, darum ergänzten die beiden sich perfekt. An jenem Abend entstand zwischen den angeschimmelten, morschen Paravents des Café Savoy eine Freundschaft, die beide für immer verändern sollte und beweist, dass wir stets auf der Suche nach jemandem sind, der unser inneres Gleichgewicht gerade dank seiner Andersheit ins Wanken bringt, so wie Stürme den Bäumen helfen, sich vom trockenen Laub zu befreien. Kafka, der Sohn eines erdrückenden, autoritären Vaters, fand im Freund den Hebel, um sein Zögern zu durchbrechen und endlich seinen Namen unter die Eigentumserklärung einer bisher nur geliehenen Existenz zu schreiben. Da jeder Lebensweg aber seinen ganz eigenen Gesetzen gehorcht, unterschied sich dieser Moment bei Kafka auf kuriose Weise von dem Leopardis: Während Giacomo seine partielle Befreiung mit der Völlerei bestätigte, beschloss Franz, seine Verschiedenheit vom Vater zu demonstrieren, indem er zum Vegetarier wurde (er wird mit leisem Stolz schreiben, das der Vater seine Augen hinter der Zeitung verbarg, um den mit Datteln, Zitrusfrüchten und Rosinen gefüllten Teller des Sohnes nicht sehen zu müssen). Und so wie die Gemeinschaft zwischen Leopardi und Ranieri bis zum letzten Moment andauerte, waren auch Kafka und Löwy unzertrennlich verbunden, allerdings nur brieflich. Zeitgenössischen Berichten zufolge weigerte sich Jizchak nur ein einziges Mal, auf die Bühne zu gehen, es war an einem Abend des Jahres 1924, an dem ihn die Nachricht vom Tod des Freundes erreichte und ein Teil von ihm selbst für immer verschwand. Wieder einmal stehen Enjolras und Grantaire am Abgrund, Hand in Hand.

Gamainisch [ga'maɪ̯nɪʃ], *Adj.*, abgeleitet aus dem Namen des Schmieds François Gamain (1751–1795). Bezeichnet jede Art Verbindung der Zuneigung, Freundschaft oder Zusammenarbeit, die wegen extremer, unüberbrückbarer Verschiedenheit der Partner zum Scheitern verurteilt ist. In erweiterter Bedeutung und mit sarkastischem Unterton weist das Adjektiv auf die Instabilität hin, die jeder wie idyllisch auch immer anmutenden Verständigung zwischen unähnlichen Menschen innewohnt: »Ich habe sie zusammen gesehen, aber sie gaben ein gamainisches Bild ab.«

Antonyme:

Grantairial [gʁɔ̃ŋtæʁɪ̯'al] (auch **totonnisch** [tõ:'tõ:n̩ɪʃ] oder **löwyesk** [løvɪ'ɛsk]), *Adj.*, abgeleitet aus der literarischen Figur Grantaire in *Les Misérables* von Victor Hugo (1862), weiterhin aus den Namen von Antonio Ranieri, genannt Totonno (1806–1888), und von Jizchak Löwy (1887–1942). Die Adjektive benennen jede Art Beziehung der Zuneigung, Freundschaft oder Zusammenarbeit, die sich durch intensive Verbundenheit auszeichnet und so die schärfsten Gegensätze zwischen den Partnern überwindet. In erweiterter Bedeutung kennzeichnet das Adjektiv das unangreifbare Einverständnis zwischen unterschiedlichen Menschen, das jeder Belastung standhält. Und Aristoteles widerlegt.

H

Hearstianer

Vom Wankelmut stolzer Menschen

Um die Mitte des 16. Jahrhunderts fand im Kolleg von San Gregorio im spanischen Valladolid scheinbar eine Disputation zwischen Theologen über theoretische Fragen statt. In Wirklichkeit aber war der Gegenstand des Disputs sehr konkret und sollte Folgen für die Wirtschaft der ganzen Welt haben. Es ging nämlich darum, zu klären, ob die Indios der Neuen Welt in jeder Hinsicht Gottes Geschöpfe waren, geschaffen nach seinem Ebenbild, oder ob sie nicht vielmehr dem Tierreich angehörten. Mit anderen Worten: Hatten die amerikanischen Indianer eine Seele oder nicht? Die Fragestellung implizierte natürlich einige Konsequenzen. Ein menschliches Wesen darf man nicht versklaven, es also nach Belieben der Folter unterwerfen, vergewaltigen oder töten. Umgekehrt hätte man keinen Vorwurf mehr gegen die Spanier und Portugiesen erheben können, wenn sich herausgestellt hätte, dass die Nachfahren der Inkas und Azteken enger mit den Affen verwandt waren als mit dem Homo sapiens. Vielleicht waren es genau diese heiklen Aspekte der Streitfrage, die dazu führten, dass der Konvent in Valladolid nach einem Jahr gelehr-

tester Erörterungen ohne konkretes Ergebnis beendet wurde. Die Parteien kamen überein, dass es gute Gründe für beide Positionen gab, doch de facto war es ihnen unmöglich, zu einem eindeutigen Urteilsspruch zu kommen.

Dieses Patt im Kolleg von San Gregorio halte ich für ein ziemlich interessantes Exempel der Verlegenheit, die uns immer dann lähmt, wenn wir erkennen, dass unsere idealen Überzeugungen uns zu praktischen Konsequenzen zwingen werden. Denn die Gedanken sind bekanntlich im privaten Kinosaal unseres Schädels eingeschlossen, dessen Sitzplätze sämtlich für den Eigentümer reserviert sind. Doch sobald Gedanken sich in Worte übersetzen, nimmt

alles sofort eine soziale Bedeutung an, weil es andere Menschen betrifft. Jedes unserer Worte wirkt sich auf andere Menschen aus, und wie Freud zeigte, gibt es keine Silbe, die nicht eine gefühlsmäßige Reaktion hervorriefe – Worte sind Zaubersprüche, die zum Lachen oder Weinen anregen, wütend machen oder ermutigen. Worte sind eine Verpflichtung, auf die Fakten folgen müssten.

Wenigstens theoretisch.

Denn das perverse Gesetz des Eigeninteresses erzeugt oft einen kritischen Zeitabstand zwischen unseren lauteren Vorsätzen und der tatsächlichen Bereitschaft, ihnen Folge zu leisten.

Darüber wollen wir jetzt sprechen, über unseren persönlichen Disput von Valladolid, der regelmäßig mit einer Urteilsenthaltung endet, denn in Wahrheit sind wir alle Geiseln, eingeklemmt im Hohlraum zwischen unseren Behauptungen und ihrer praktischen Umsetzung.

Die Geschichte, die ich zu diesem Thema erzählen möchte, handelt von dem bekannten Verlagsmagnaten William Randolph Hearst, der den jungen Orson Welles zu seinem Meisterwerk *Citizen Kane* inspirierte. Hearst war in einem Maße zum Profitmachen bestimmt, als hätte der mythologische König Midas die Vorlage für sein Leben geliefert: Offenbar musste alles, was Hearst anfasste, zu Gold werden. Allerdings war schon sein Vater George höchst erfolgreich beim Run auf das Gold in Kalifornien gewesen, mit dessen Gewinnung er sich ein legendäres Imperium aufgebaut hatte. Doch während Midas Sage damit endet, dass der von allen beneidete Goldfinger die Götter anfleht, ihm die Gabe wieder zu nehmen, weil seine Gier nach Gold sich gegen ihn selbst wendet, gab es bei Hearst keine Spur einer solchen Bekehrung. Gefräßig und unersättlich häufte er jahrelang Reichtümer an, die er mit einem schamlos luxuriösen Lebensstil zur Schau stellte. Sein Heim war eher eine Residenz als ein Haus, in der Schlossanlage gab es pompösgeschmacklose Nachbauten römischer Tempel und Schwimmbäder so weit das Auge reichte, außerdem einen zoologischen Garten mit Dutzenden afrikanischer Wildtieren. Und in diesem Versailles an der Westküste wurde Ihrer Majestät dem Sonnenkönig eines schönen Tages im Jahr 1941 der Film von Orson Welles vorgeführt. Die Filmrolle war direkt vom Vorstand der Firma RKO Pictures geliefert worden, die den Film produziert hatte und sich nun um die Reaktion des mächtigsten Mannes der amerikanischen Verlagswelt sorgte. In seinem privaten Kino hinter verschlossenen Türen auf dem einzigen Klappsessel mitten im Raum sitzend, ließ Hearst den Film in ehrfürchtigem Schweigen bis zum allerletzten Bild ablaufen. Im Nebenraum wartete ein Grüppchen Assistenten und Sekretärinnen betreten auf das Ergebnis der Feuerprobe.

Als die Tür aufging und Midas heiter und jovial erschien, seufzten viele vor Erleichterung. Hearst sagte nur einen Satz: »Vereinbart für morgen Vormittag einen Kaffee bei RKO.« Und ohne das geringste Anzeichen einer Missstimmung verschwand der reichste Mann der Welt im Garten, um hinter einigen neu angekommenen Pfauen herzulaufen, die seit drei Tagen die Vegetation schmückten.

Am nächsten Morgen begrüßte Hearst im hellsten Anzug seiner Garderobe höflich den Präsidenten der RKO Pictures, weigerte sich aber, auf dem großen Ecksofa Platz zu nehmen. Er blieb an der Fensterfront stehen, wo er sich in einem dramatischen Gegenlicht, das Orson Welles sehr gefallen hätte, vor der Morgensonne abzeichnete. Dann fragte er in unübertrefflich gelassenem Tonfall: »Seit wann kennen wir beide uns, George?«

»Seit Jahren, William«, lautete die stolze, gutmütige Antwort des Präsidenten, der sich freute, in dieses freundschaftliche Pingpong der Vornamen einbezogen zu werden.

»Und zwei Menschen, die sich seit Jahren kennen, George, wissen die ein paar Dinge voneinander?«

»Natürlich, William, sogar viel mehr als nur ein paar.«

»Darum weißt du genau, wer ich bin. Du weißt, dass mein Vater eine Goldmine besaß, du weißt, dass ich mich in eine Soubrette verliebt habe, du weißt, dass ich Zeitungen und Rundfunkstationen leite, dass ich Kunstwerke sammle und in einem Schloss wohne. Das alles weißt du, George.« Sein Lächeln war eine Mischung aus Narzissmus und Kälte, während er sich als guter Pfau im Bewusstsein seiner farbenprächtigen Federn spreizte. Der Präsident der RKO konnte nur nicken, ein merkwürdiges Hitzegefühl dörrte ihm plötzlich die Kehle aus.

Hearst dagegen sog mit einem einzigen Atemzug so viel Luft ein, wie er konnte, das war schon immer seine Art, die Truppen auf den entscheidenden Angriff vorzubereiten. »Du hast mich gebeten, mir die Arbeit dieses Jüngelchens anzusehen. Wie hieß er noch gleich?«

»Orson Welles«, flüsterte der Präsident, einen Einwand gegen die Bezeichnung Jüngelchen unterdrückend, die nichts Gutes ahnen ließ.

»Du hast mich gebeten, mir den Film anzusehen, George, ohne mir zu sagen, warum. Du hast mich einfach nur darum gebeten. Auf dem Zettel, den du mir mit der Filmrolle geschickt hast, steht geschrieben, dass ich mich darin vielleicht sogar wiedererkennen würde. Genau das waren deine Worte. Nun gut, ich habe den Film gesehen. Und weißt du, was dieser Film ist? Es ist ein Film über einen Jemand, dessen Vater eine Goldmine hatte, dieser Jemand verliebt sich in eine Soubrette, leitet Zeitungen und Rundfunkstationen, sammelt Kunstwerke und wohnt in einem Schloss. Jetzt frage ich dich, George. Wenn man dir einen Film zeigen würde, der von dem Präsidenten einer Produktionsfirma handelt, und dieser Präsident hat schüttere Haare, trägt ein dickes Brillengestell, ist ein Sohn europäischer Juden und ein passionierter Reiter, würdest du dich darin sogar wiedererkennen können? Oder würdest du nicht einfach sagen, dass es ein Film über dich ist?«

Im Zimmer war eine ziemlich unerträgliche Atmosphäre entstanden, die den Hausherrn nötigte, seinen obersten Hemdknopf unter der Krawatte zu öffnen. Er versuchte, etwas zu erwidern, aber dazu blieb ihm keine Zeit, denn auf das Tischchen vor seinen Augen fiel ein Umschlag mit Banknoten. Die gleißende Sonne hinter Hearsts Rücken blendete jetzt, er sah aus wie eine Statue des Baal, der auf das tägliche Menschenopfer wartet. Der Gott öffnete den Mund und erklärte: »Das sind achthunderttausend Dollar, sie entschädigen dich für die entgangenen Einkünfte an den Kinokassen und die Verlegenheit, das Jüngelchen zum Weinen bringen zu müssen. Er wird einen ordentlichen Wutausbruch als verkannter Künstler hinlegen, danach ist es vorbei. Du selbst kannst dich darum kümmern, alle Negative zu verbrennen, du bist immer noch der Produzent, das Zeug gehört dir. Schönen Tag, George.«

Er lächelte wieder und ging zur Tür wie ein Schauspieler, der am Ende des letzten Akts die Bühne verlässt, bereit, im nächsten Augenblick unter tosendem Applaus wieder hereinzukommen.

Das Bündel Banknoten, das William Randolph Hearst vor George Schaefer von der RKO hinwarf, stellt eine der gravierendsten Beleidigungen der Freiheit des künstlerischen Ausdrucks dar, außerdem einen – zum Glück gescheiterten – Versuch, ein Meisterwerk zu sabotieren. Schaefer schickte die achthunderttausend Dollar an ihren Besitzer zurück, doch Welles' Film wurde zum Gegenstand einer gigantischen Boykottkampagne durch die mächtigen medialen Netzwerke der Hearst-Gruppe. Der hatte beschlossen, das Werk zu vernichten, indem er es nicht wie die Meinung eines Andersdenkenden, sondern wie die Lehre eines Ketzers behandelte. Das war sein Ziel, und er verfolgte es mit gnadenloser Effizienz, skrupellos. Überrascht uns das? Nein. Hearst zeigte schlicht und einfach das Verhalten, das seit Menschengedenken den Tyrannen charakterisiert, ein Wort, das in seinem ältesten Ursprung einen Menschen bezeichnet, der brutal und eilig Macht ausübt. Ich betone: eilig. Die Beziehung zum Zeitfaktor wird bei Despoten oft vernachlässigt, sie empfinden die Zeit nämlich als ein lästiges Hindernis bei der Durchsetzung ihrer Herrschaft. Der Tyrann hasst die Zeit auf seine ganz eigene Weise, er verabscheut die Ruhe im Sinne einer Harmonie zwischen den eigenen Handlungen und der notwendigen Zeitspanne für ihre besonnene Abwägung. Er leidet an einer pathologischen Hektik, einer gierigen Hast, das Ergebnis seines Handelns einzufahren. Und da sich in jedem einzelnen Wort immer eine alte Wahrheit verbirgt, glaube ich, dass Macht in ihrer tyrannischen Entartung nicht nur Gewalt ist – sie ist auch vielleicht vor allem die fieberhafte Eile, zu Entscheidungen zu kommen, Unmittelbarkeit bei ihrer Durchsetzung und Hast, den Dissens für erledigt zu erklären. Nun, an jenem sonnigen Morgen 1941 im Büro der RKO war der Imperator Hearst fraglos tyrannisch.

So zumindest die Fakten. Doch die Worte? Gab es auch bei William Randolph Hearst einen Disput von Valladolid? Kaum zu glauben, aber es gab ihn. Denn nur sieben Jahre zuvor hatte der zukünftige Feind von Orson Welles an einer Pressekonferenz von Adolf Hitler teilgenommen, nach deren Beendigung der Führer auf Hearst zugekommen war. Er wusste um Hearsts große Bedeutung im amerikanischen Verlagswesen, darum kam er direkt (eilig, könnte man sagen) auf den Punkt, der ihn interessierte: »Warum denkt ihr in Amerika so schlecht über meine Politik?«

Hearst musterte Hitler wie ein Lehrer einen zerstreuten Schüler mustern könnte und erteilte ihm eine schulmeisterliche Lektion über den Wert der Demokratie, den Respekt vor der Pressefreiheit und allgemein über das tiefe Vertrauen der Amerikaner auf das Recht zum Dissens. Die anderen akkreditierten Journalisten hörten voll Bewunderung diesem Gott der Freiheit zu, der den deutschen Diktator demütigte, und dies in einem Moment, da Berlin jede dem Regime nicht genehme Idee unterdrückte. Hearsts Rede wurde als aufgeklärte und im Dunkel von Nazideutschland aufklärende Ermahnung bezeichnet. Dieser Mann verkörperte vor der Menschheit das reine Gewissen desjenigen, der Kritik toleriert und Konflikte grundsätzlich durch Diskussionen löst. Der gute Hearst, der vortreffliche Hearst.

Wer weiß, was Hitler gesagt hätte, wenn er gesehen hätte, wie Hearst achthunderttausend Dollar bietet, um den Film eines Fünfundzwanzigjährigen aus den Kinos zu verbannen. Vielleicht wären sie sich einig gewesen, was die eilige Abwicklung, die Notwendigkeit harten Vorgehens betrifft. Ich frage mich: Wer war William Hearst wirklich? Glauben wir an den liberalen Hearst, der Hitler demütigt, oder an den hitlerähnlichen Hearst, der Orson Welles kaltstellt? Bevor irgendein Urteil in der Sache gesprochen wird, sollten wir noch einmal auf Valladolid zurückkommen, auf jene unter den Bogengängen des Kollegs versammelten Theologen, die sich ein Jahr lang quälen, ohne zu einer Entscheidung zu kommen. Denn unsere Worte und ihre Konsequenzen entzweit ein vertikaler Bruch, und eine unüberbrückbare Kluft liegt auch zwischen dem Hearst, der Hitler verdammt, und dem, der *Citizen Kane* tolerieren müsste. Aber das kann er nicht, es würde ihn ungeheure Anstrengung kosten. Ich weiß nicht, ob Hearst versucht war, bei Welles dieselben Maßstäbe anzulegen, die er Hitler vorbehalten hatte. Ich glaube allerdings, dass er sich während der Vorführung des Films fühlte wie wir alle uns fühlen, wenn wir am Rand des Abgrunds unserer Triebe balancieren und der Rausch der Höhe uns verführt, niedrigen Wünschen freien Lauf zu lassen, statt Ideen aus Luft zu bekräftigen. Mein Gott, wie schrecklich ist es doch, erkennen zu müssen, wie hohl unsere Überzeugungen sind. Zu sehen, dass du selbst dich verrätst, und dass du wieder einmal nur Feinde hast, die dein Gesicht tragen. Ich fürchte, im Grunde gibt es einen verborgenen Hearst in jedem von uns, er nistet in dem grausamen Widerspruch, der uns gegen dieselben Überzeugungen ankämpfen lässt, auf die wir stolz sind. Die Erde ist kein Ort für Theorien, auch nicht für literarische Salons. Die Konfrontation mit der Wirklichkeit ist mit scharfen Glassplittern gespickt, nur selten kommt man heil davon. Diese Asymmetrie macht uns ständig zu Opfern und Henkern gleichzeitig, und wenn wir uns einbilden, Ordnung im Babel unserer Instinkte schaffen zu können, werden wir immer wieder mit den äußerst bescheidenen Ergebnissen unseres mühseligen Herumtappens konfrontiert. Wir sind nicht auf der Höhe unserer Ideale. Im Zwischenreich zwischen dem Glauben und dem Tun aber häufen sich jeden Tag Hunderte Gerippe, Tonnen von Schrott. Mit dem Bedauern über unendlich viele verpasste Gelegenheiten.

Hearstianer [hœːʁstɪˈaːnɐ], *Subs., der*, abgeleitet aus dem Namen William Randolph Hearst (1863–1951). Bezeichnet einen Menschen, dessen Handlungsweise den eigenen Prinzipien, Werten und festen Überzeugungen vollkommen entgegengesetzt ist. Der Hearstianer kann seine Ideen nicht mit seinen Taten in Übereinstimmung bringen, was zur Spaltung des Ichs und einer unkontrollierbaren Dichotomie führt.

I

Innesnis

Von Feinden,
die nicht aus ihrer
Haut können

Dies ist eine schlichte Geschichte, vielleicht die unkomplizierteste aller Geschichten in diesem Wörterbuch. Es war einmal ein Maler, der nicht malen konnte.

Und das ist alles.

In Wahrheit wäre James Dickson Innes höchstwahrscheinlich ein fantastischer Künstler gewesen, hätte er nur die Möglichkeit gehabt, sich weiterhin auszudrücken. Man sagt, dass die Reife eines Malers zumeist erst mit den Jahren eintritt, wenn seine künstlerische Ader sich mit einer ausgewogenen Sicht der Welt und des menschlichen Lebens versöhnen kann. Nun, James hatte keine Gelegenheit, in diese Phase einzutreten, weil ein hartnäckiger Gegner sich ihm früh in den Weg stellte, ihn besiegte und die Erinnerung an ihn faktisch auslöschte. Darum kennen vermutlich nur sehr wenige von euch den Namen Innes. Der dichte Nebel der Zeit hat ihn mühelos verschlungen, zur Freude seines Feindes.

Ja, die Vergangenheit ist voll von erbitterten Kämpfen. Und aus jedem geht generell nur ein Sieger hervor, manchmal freilich dank fragwürdiger Methoden. Im späten 16. Jahrhundert, um nur ein Beispiel zu nennen, wusste die englische Wissenschaftlergemeinschaft genau, wer Robert Hooke war, nämlich einer der berühmtesten Geister seiner Zeit, ein äußerst produktiver Erfinder und Universalgelehrter mit den vielfältigsten Interessen, der sich unter anderem der Astrophysik, der Physiologie und der Mechanik widmete, immer mit ausgezeichneten Ergebnissen. Hook hatte fraglos ein angeborenes Talent für die Wissenschaften, er war einer jener Menschen, die sich in jedem Fall Wissenschaftler nennen müssten, ganz unabhängig davon, ob sie diesen Beruf im Leben tatsächlich ausüben. Ja, auch wenn er seinen Lebensunterhalt nicht mit Einkünften aus wissenschaftlicher Arbeit bestritten hätte, wäre er ein Wissenschaftler geblieben, aus dem einfachen Grund, dass sein Gehirn seit der Geburt dafür geschaffen war, die Wirklichkeit im Namen der Vermessung zu zerlegen. Ebenso wäre Mozart in seiner Seele Musiker geblieben, auch wenn er Jurist geworden wäre, denn er betrachtete die Welt durch Notenlinien. Und natürlich wäre unser James Dickson Innes immer ein Maler gewesen, auch wenn er nie vor einer Leinwand gesessen hätte. Seine Augen nahmen die Welt als Linien, als Kontraste und Farben wahr, darum malte er auch, wenn er keinen Pinsel in der Hand hielt.

Doch kehren wir zu Hooke zurück.

Obwohl sich in Großbritannien kaum ein zweiter auf so natürliche Weise wissenschaftlicher Kopf finden ließ, ging sein Stern sehr bald unter. Warum? Zu wenig Entschlossenheit? Keineswegs, die Liste seiner Beiträge zur modernen Physik ist ungewöhnlich lang. Was dann? Machten Spielschulden oder eine Schwäche fürs schöne Geschlecht ihm den Garaus? Auch das nicht: Hooke widmete sich seinen Forschungen mit einer geradezu religiösen Hingabe. Nein, schuld an seinem Sturz in die Vergessenheit – bis heute, über drei Jahrhunderte später – war die Tatsache, dass er, wie Innes, einen Gegner hatte. Und in seinem Fall war das ein sehr mächtiger Gegner, der auf den Namen

Isaac Newton hörte. Zudem war der sieben Jahre jüngere Newton durch seinen Charakter recht empfänglich für den Wettstreit. Hohlwangig, durch seine Neigung zu Tobsuchtsanfällen abgemagert bis auf die Knochen, sammelte der berühmte Physiker im Laufe seines Lebens legendäre Händel und Feindschaften an, ja, er versuchte mitunter sogar, sich der Forschungsergebnisse anderer zu bemächtigen, um sie unter eigenem Namen zu veröffentlichen. Sein reizbarer und jähzorniger Charakter konnte auch den Mitgliedern des englischen Parlaments nicht entgehen, in deren Mitte er einige Jahre lang saß, ohne sich je herabzulassen, das Wort zu ergreifen, außer bei einer Gelegenheit, als er wutschnaubend zu Protokoll gab, dass es im Parlamentsgebäude zu kalt sei und man in Westminster endlich einmal etwas gegen die Zugluft unternehmen solle. Wirklich ein hassenswerter Mensch. So sehr, dass man sich fragte, woher ein derart zorniges Naturell kommen mochte, und vermutete, verantwortlich seien die bei seinen Experimenten ausströmenden giftigen Substanzen. Also eine Art chemisches Ungeheuer, einer, der bleibenden Eindruck hinterließ, wenn er in Harnisch geriet, so vehement waren seine Beschimpfungen. Das musste auch der Philosoph Locke erfahren, den Newton übrigens zeitlebens als seinen Freund bezeichnete. Eben: Kaum auszudenken, was er dann gegen Feinde vom Zaun brechen konnte.

Im Gegensatz zu Newton war Robert Hooke kein kämpferischer Charakter, er trat bescheiden auf, sprach meist leise, errötete leicht und nickte zu jeder Kritik, die an ihm geübt wurde. Etwa wie die Personen, die auf Zehenspitzen durchs Leben gehen und die Menschheit fortwährend um Entschuldigung bitten, weil sie Raum einnehmen, anderen im Weg sind. Jeder von uns hat mal einen Hooke kennengelernt und weiß, wie zerbrechlich und dünnhäutig diese Wesen sind, für die sogar die nur gelegentliche Gesellschaft eines Newton verheerende Konsequenzen haben kann. Von Feindschaft ganz zu schweigen.

Nun, trotz ihrer Gegensätzlichkeit waren Newton und Hooke am Ende des Jahrhunderts die bekanntesten Persönlichkeiten der britischen Wissenschaft. Ersterer hatte sich mit seinen Forschungen über die allgemeine Gravitationskraft Anerkennung in ganz Europa verschafft, doch auch Letzterer leuchtete aus eigener Kraft, da er als Erster den Begriff der Zelle geprägt und das hookesche Elastizitätsgesetz aufgestellt hatte. Ebendiese Zwangsgemeinschaft auf dem Olymp der Wissenschaft verdarb dem galligen Newton die Stimmung und den Schlaf. Newton, bei allen für seine gefährlich schwachen Nerven bekannt, machte nie ein Geheimnis daraus, dass er Hooke aus tiefster Seele hasste, was natürlich als sein privates Gefühl zulässig war, wenn seine Besessenheit vom Konkurrenzkampf ihm nicht den Verstand getrübt und ihn sogar zur Androhung körperlicher Gewalt getrieben hätte. Mehr noch: Newton hetzte die Mitglieder der Royal Society einen nach dem anderen gegen Hooke auf und diskreditierte dessen jahrelange Forschungen. Wir sehen ihn förmlich vor uns, den König der Physiker Ihrer Majestät, wie er puterrot im Gesicht über irgendeinen Pförtner schimpft, der es wagte, seinen Rivalen zu erwähnen, während die perückentragenden Kollegen hilflos versuchen, besänftigend auf ihn einzuwirken: »Du hast dich geirrt, Isaac, der Mann hat nicht Hooke gesagt, er hat Brooke gesagt! Ich hab's genau gehört, Brooke, wir alle haben Brooke gehört ... Beruhige dich doch, Isaac, wir werden ihn rauswerfen. Nun heule doch nicht, komm schon, Isaac, sei vernünftig, einmal tief durchatmen. Es wird nicht wieder vorkommen, versprochen. Nie wieder.«

Stimmt: nie wieder.

»Robert, mein Guter, wäre es vielleicht möglich, dass du nicht mehr ganz so oft in die Akademie kommst? Du weißt ja, es gibt Probleme mit Newton, ihm würde wirklich übel werden, wenn er dich hereinkommen sieht. Du kannst das verstehen, du bist ein vernünftiger Mann, du bist nicht wie er. Wir bitten dich auch darum, weil wir den guten Namen der Royal Society schützen müssen. Wie würden wir dastehen, wenn ruchbar würde, dass es hier solche Kriege gibt? Erst gestern hat er wie ein Besessener gebrüllt, ist handgreiflich geworden gegen einen Bibliothekar, der gesagt hat, Hooke käme im Alphabet vor Newton. Zu viert mussten sie ihn zurückhalten, er hatte dem

Bibliothekar schon die Kehle zugedrückt. Meinst du, wir können solche Szenen zulassen? Newton ist ein kranker Mann, wie du weißt. Die Quecksilberdämpfe haben ihm den Geist vernebelt. Alles hängt von dir ab, Robert, lass dich hier nicht mehr blicken, und es wird gut. Wir zählen auf dein Verständnis. Du wirst uns nicht enttäuschen, oder?«

Hooke nickte auch dieses Mal, wie immer. Fast siebzigjährig, obendrein von schwacher Gesundheit, hatte er nicht die Kraft zu opponieren und zog sich in seine Arbeitsräume zurück, wo er eine trostlose Prophezeiung hinterließ: »Nach meinem Tod erwartet mich das Nichts.« Und so war es wirklich. Das bevorstehende neue Jahrhundert wurde mit der triumphalen Ernennung Newtons zum Präsidenten der Royal Society eröffnet, während Hookes Leben in totaler Vergessenheit endete. Er starb, nachdem man ihm mitgeteilt hatte, dass auf Befehl des großen Newton sogar seine Porträts von den Fluren der Akademie entfernt worden waren, weshalb im Jahre 2018 keiner mehr weiß, wie der Entdecker der Zelle aussah.

So viel, um zu zeigen, was ein Feind gegen den Ruhm eines Menschen ausrichten kann, der seine ganze Kraft eingesetzt hat. Da verbringt einer Jahrzehnte mit Forschungen, verdirbt sich die Augen über den Büchern, zermürbt sich das Hirn, um eine Formel zu beweisen, und was nützt es ihm? Nichts, wenn es einen Newton gibt, der ihn anfaucht.

Für den jungen James Dickson Innes war es ebenso. Nein, es war sehr viel schlimmer, denn er trug seinen Newton in sich. Er war ein untrennbarer Teil von ihm, so dass Innes sogar die Genugtuung verwehrt blieb, seinen Feind zum Teufel zu jagen. Denn wer ihm verbot, so zu malen, wie er gewollt hätte, war sein eigener Körper. Davon handelt seine Geschichte, sie erzählt, wie es geschehen kann, dass unsere Sensibilität, unser Wille, unser Talent von dieser Maschinerie aus Haut, Fleisch, Knochen und diversen vermischten Säften gedemütigt und zunichtegemacht werden. Der Körper kann beschließen, sich querzustellen, sich nicht einbeziehen zu lassen, nicht zu kooperieren. Für James war das schon immer so, er fühlte sich in dieser seiner Hülle einfach nicht wohl. Den schmächtigen, blassen kleinen Jungen an kalten Wintertagen aus dem Haus gehen zu lassen, war fast wie eine Kampfansage. Und schon in seinen ersten Lebensjahren erkannte er, dass der eigene Körper sein Feind sein würde. Keiner von uns erinnert sich daran, welche Gedanken ihm durch den Kopf gingen, als er seine Nase zum ersten Mal in die Welt steckte. James aber war sich immer sicher, dass sein Debüt unter den Lebenden im Zeichen des Widerwillens gestanden hatte. Denn von dem Moment an sollten zwei Lungenflügel, eine Leber, ein Haufen Innereien und dieser rotsuppige Herzmuskel, der ihm Tag und Nacht, ohne zu fragen, Blut vom Schädel bis zu den Zehenspitzen pumpte, für ihn entscheiden. Und augenblicklich fühlte er sich in Geiselhaft, wie ein Hund an der Kette. Würde er für immer ein Gefangener seiner Galle, seiner Milz, seines Magens, seiner Abszesse und Beulen, seines Schweißes und der verfaulten Zähne sein? So war es. Flucht war unmöglich.

Und je mehr er in den Pinseln seine wahre Berufung entdeckte, desto unmissverständlicher kündigte sein Körper ihm an, dass er nie und nimmer stillhalten würde, nie und nimmer würde er ihm erlauben, auf der Leinwand andere Körper aus Farbe zu erschaffen, ohne mit seinem eigenen biologischen Gehäuse rechnen zu müssen. Es gibt Leben, in denen der Körper bereit ist, zu schweigen und dich sprechen zu lassen, und es gibt andere, in denen er mit seinem Monologisieren alles um dich herum betäubt.

Der Kampf zwischen Innes und seinem Newton begann sehr früh. Fieber, Übelkeiten, Ohnmachtsanfälle quälten ihn schon im Alter von zehn Jahren. Daran wird es liegen, dass er gegen Ende des 19. Jahrhunderts in der Slade School of Art alle durch seine sehr sonderbare, befremdlich andersartige Malweise überraschte. Was trennte diesen nicht einmal zwanzigjährigen Maler von seinen Altersgenossen? Eines vor allem: James malte keine Körper. Auf seinen Gemälden gab es fast keine Spur von Gesichtern, Händen und Beinen, die Erde erschien als eine herrliche, unbewohnte Weite, wo kein anatomischer Käfig reine Wesenheiten zwang, sich tagtäglich, in jedem einzelnen Augenblick, ihrer organischen Materie zu stellen. Erniedrigt von der eigenen unzuverlässigen Physis, malte James sich eine Welt ohne Körper aus, in der ein ewiger Sinn für Schönheit sich einzig und allein in der rauen Gebirgslandschaft seiner Heimat Wales ausdrückte.

Für alle wurde er zum Maler von Gipfeln, Tälern, Bergkämmen. Wenn Gestalten junger Mädchen auftauchten, hoben sie sich vor den gebirgigen Hintergründen nur als Nachbildungen der strengen vertikalen Geometrie der Landschaft ab. Mehr als alles andere liebte James die Reinheit dieser stürmischen, kalten, unwirtlichen Höhen, wohin kein kränklicher Körper wie der seine sich je hätte wagen können. Aber das betrübte ihn nicht, im Gegenteil, er schätzte seine Berge gerade weil sie sich gegen Angriffe wehrten, sich der raubgierigen Kolonisation durch eine anmaßende Menschheit entzogen. Auf Innes' Leinwänden häuften sich daher Felsen, Schluchten und Wasserfälle, und als James sich mit dem Maler Augustus John anfreundete, in dessen Gesellschaft er Stunden vor der Staffelei verbrachte, wurde der Gegensatz noch stärker: fröhliche Menschenmengen bevölkerten Augustus' Bilder, als wären sie allesamt geflohen, aus den Rahmen von James' Leinwänden gesprungen, während ihm sein Körper keine Ruhe ließ.

Mit nur dreiundzwanzig wurde Tuberkulose bei ihm festgestellt, was ihn nötigte, Erleichterung in Ländern mit mildem Klima wie Spanien oder Marokko zu suchen. Er erlebte diesen Zwangsaufenthalt wie ein Exil – erbarmungsloser denn je trennte sein Newton ihn von den geliebten walisischen Landschaften, und James' Stil, seine Eile, sein dringender Wunsch, der eigenen kurzen Frist auf dieser Erde einen Sinn zu verleihen, waren dem Feind völlig egal. Wer war James jetzt? Ein echter Maler? Oder war er nur der Sklave eines rebellischen Körpers, ein Diener, der hinter dem Rücken seines Herrn aus Liebhaberei heimlich malte?

Wie Hooke setzte James den Angriffen seines Rivalen nie wirklich etwas entgegen, er ertrug sie, sogar zu sehr, mit einer aufreizenden Ergebenheit. Er ließ seine Jahre wie ein unrechtmäßiger Mieter vergehen und fühlte sich andauernd den Schmähungen desjenigen ausgesetzt, der das Zimmer für sich selbst forderte. Er erlitt jede Art Affront durch diese faulige Hülle, die ihn keinen Augenblick lang in Frieden ließ, die er immer als etwas empfand, was ihm fremd und fern war.

Er war nicht sein eigener Körper, er bewohnte ihn nur. Das ist alles. 1914 schloss er im Alter von siebenundzwanzig Jahren für immer die Augen.

Der Feind hatte gewonnen. Und mehr gibt es nicht zu erzählen.

Innesnis [ˈɪn̩əsnɪs], *Subs.*, *die*, abgeleitet aus dem Namen des Malers James Dickson Innes (1887–1914). Bezeichnet das Gefühl hoffnungsloser Abhängigkeit vom eigenen Körper, seinen physiologischen Forderungen, seiner Veränderung in der Zeit, ein Gefühl, das alle Kraft aufzehrt und das Leben tiefgreifend prägt.

Korrelat:

Hookerie [huːkəˈʁiː], *Subs.*, *die*, abgleitet aus dem Namen des Wissenschaftlers Robert Hooke (1635–1703). Bezeichnet den psychischen Zustand eines Menschen, der in einen exzessiven, aggressiven Wettstreit gedrängt wird und sich einem felsenfest von seiner Überlegenheit überzeugten Gegner gegenübersieht.

L

Liaritis

Täuschen wie ein Opossum

Den Tieren wird gerne nachgesagt, dass sie unverstellt und aufrichtig sind, von Natur aus frei von jener Neigung zur Falschheit, die den Menschen kennzeichnet. Bedauerlicherweise trifft das nicht zu. Tiere lügen, und wie, vor allem, wenn sie sich bedroht fühlen. Es ist ein genialer Verteidigungsmechanismus, den die Wissenschaft *Thanatose*, Totstellreflex, nennt, und sehr viele Arten unter den Reptilien, Amphibien, den Vögeln und Säugetieren bedienen sich seiner. Die Thanatose ist reines Theater: Kaum sieht das Beutetier sich aufgespürt, lässt es von der Flucht ab und zeigt, dass es rundum und vollständig tot ist. Die Gliedmaßen werden steif, der Mund steht offen, die Zunge fällt seitlich heraus, manche Tiere, wie zum Beispiel das Opossum, gehen sogar so weit, mit Hilfe bestimmter Drüsen den typischen Gestank eines verwesenden Leichnams abzusondern. Das hat mich erstaunt, ich wusste nicht, dass das Opossum uns eine Lektion im gewieften Lügen erteilt. Eine Schlange der südlichen Hemisphäre (aber viele Insekten imitieren sie) vervollständigt das Schauspiel mit einer selbsterzeugten Blutung. Kurz: Verstellung ist keine Strategie, die uns Menschen vorbehalten wäre, sondern ein von Mutter Natur ersonnenes, ziemlich schlaues Mittel, um den Feind zu täuschen. Vielleicht erinnert sich manch einer an den griechischen Mythos von Achilles, der als Mädchen verkleidet wurde, damit er nicht in den Krieg ziehen musste. Es war seine Mutter, die ihn verkleidet an den Hof von Lykomedes schickte, wo der kühne Jüngling, mit Perücke und Röckchen ausstaffiert, in den königlichen Harem aufgenommen wurde. Aber auch die sexuelle Verkleidung ist kein Vorrecht des Menschengeschlechts, sogar die Pflanzen bedienen sich dieses Kniffs, sind sie doch stets bereit, bestäubende Insekten mit einer getreuen Nachbildung der Genitalien ihrer weiblichen Spezies zu täuschen. Eine auf dem Gebiet der Fälschung besonders geschickte afrikanische Orchidee bringt es sogar fertig, mit einem unverwechselbaren Aasgeruch Schwärme von Insekten anzulocken.

Dies nur, um das Thema der Täuschung in eine allgemeinere und von moralischen Urteilen freie Dimension einzuordnen – wie das Opossum und die Orchidee täuscht auch der Mensch, um zu überleben, vor allem, wenn er sich bedroht fühlt.

Eines der eindrucksvollsten Zeugnisse dieser notwendigen Maskeraden war die »Operation Fortitude« während des Zweiten Weltkriegs. Um die Nazis vor der geplanten Landung in der Normandie im Unklaren zu lassen, wurde eine ganze Heerestruppe simuliert, FUSAG genannt, ein Akronym der First United States Army Group, eine ungeheure Fiktion mit allem Drum und Dran, von künstlichen Panzern (aufblasbar oder aus Pappmaché) bis zu Bataillonen aus Soldatenpuppen. Und da es der imposanten FUSAG tatsächlich gelang, die Deutschen eine kurz bevorstehende Invasion in Norwegen oder einen Angriff auf Calais befürchten zu lassen, kam jemand auf die Idee, das erfolgreiche Experiment auch nach dem D-Day fortzuführen und die größte militärische Farce zu inszenieren, die die Welt je gesehen hatte. In diesem Fall stützte sich die Irreführung auf eine Armee von nur scheinbar bedeutenden Ausmaßen, denn ein mickriges Tausend Menschen aus Fleisch und Blut vervielfachte sich maßlos dank des Einsatzes von Geräuscheffekten und Büh-

nentricks. Nach dem Vorbild der FUSAG nutzte man die Größenverhältnisse von Theateraufführungen, indem man auf die psychologische Wirkung setzte: Riesige Lautsprecher beschallten die Truppen mit dem aufgezeichneten Lärm Hunderter Kettenfahrzeuge. Ihre Anzahl erhöhte sich in den Meldungen von Radiosendungen, die eigens hergestellt waren, um vom Reich abgefangen zu werden. Mit Theatertechniken schuf man mindestens ein ganzes Heerlager und einen Militärflugplatz. Doch der amüsanteste Aspekt war, dass alle Figuren in diesem Schauspiel mit entsprechenden Ausschreibungen unter Malern, Architekten, Schauspielern und sogar Zauberern rekrutiert waren. Ihnen allen wurde für den Beitrag zur Rettung der westlichen Demokratien gedankt. Wenn Hitler eine böse Erinnerung geblieben ist, verdanken wir das also zum Teil auch der FUSAG und ihren Meisterwerken militärischer Schauspielkunst, die die Söhne des Hakenkreuzes mit einem unwiderstehlichen Gaukelspiel, einem todernsten Karneval des Schützengrabens in Angst und Schrecken versetzen konnten. Darum muss dem Film *Der Soldat Ryan* früher oder später *Der gespielte Soldat Ryan* zur Seite gestellt werden, als unverzichtbare Ergänzung des Ersteren.

Europa durch das Theater gerettet? Es scheint unmöglich, aber so ist es. Zum Beweis dafür, dass die Lüge nicht immer schädlich ist. Es gibt Fälle, in denen die angeborene Gabe der Verstellung sogar zum Beruf werden kann, der einem den Lebensunterhalt bis zum letzten Tag sichert. Wie beim genialen Mister Grin, doch um ihn kennenzulernen, müssen wir einen Ausflug in das England des Jahres 1921 machen.

In jenem regnerischen Juni gab es auf den schlammigen Straßen von London wenig Lust zum Scherzen. Die Nachrichten aus Indien berichteten von kaum mehr einzudämmenden Turbulenzen, die ein gewisser Mahatma Gandhi erzeugte, und wer weiß, ob nicht die ganze Kolonie früher oder später aufgegeben werden musste. So lautete in etwa der Kommentar zu den Schlagzeilen des Tages, den ein gerade sehr schlecht gelaunter Beamter des Büros für Sterbebeurkundungen abgab. Der Mann war also nicht zu Späßen aufgelegt, als eine ungefähr fünfundsechzigjährige, in einen tropfnassen Umhang mit grässlichen braunen Fransen gehüllte Frau vor ihm erschien. Sie sprach mit einer Stimme, die leise zu nennen eine Untertreibung gewesen wäre, hielt die Worte zwischen den Zähnen fest, als wären es Edelsteine aus dem Taj Mahal, darum musste der Beamte sie mindestens dreimal nach dem Namen des Verstorbenen fragen. Erst beim dritten Versuch konnte er endlich verstehen: »Ich melde den Tod von Henry Louis Grin.«

Der Mann schob sich die Brille auf die Nase, um sie genauer zu betrachten.

Die Frau nickte. Und schon erfüllte ein schallendes, ansteckendes Gelächter das ganze Büro. Keiner wollte glauben, dass Grin wirklich tot war. Das konnte doch gar nicht sein. Das war mindestens wieder eine seiner Erfindungen.

Hatte der betreffende Herr denn je irgendetwas getan, das man getrost hätte glauben können? Also war auch sein Tod garantiert wieder eine dieser Lügengeschichten, die er dem britischen Königreich auftischen wollte.

Die Frau blieb ungerührt, sie schlug den regennassen Umhang zurück und legte eine zerknitterte Bescheinigung vor, auf der ein gewisser Banting, Arzt in Southbank, die tödlichen Folgen eines Herzstillstands schriftlich festgehalten hatte. Stimmte es also doch? Der König der Lüge hatte wirklich für immer die Augen geschlossen?

Der Beamte war versucht, ihr zu glauben. Dann überlegte er es sich noch einmal: Was kostete es jemanden wie Grin, einen Arztstempel zu fälschen? Vielleicht gab es diesen Doktor Banting gar nicht, vielleicht war das der Name eines Kerzengroßhändlers oder des hinterletzten Gemüseverkäufers auf dem Markt von Neal's Yard. Wahrscheinlich war es so. Der Beamte blickte ein zweites Mal über seine Brille und schüttelte den Kopf zum Zeichen der Verneinung. Er würde keine Sterbeurkunde ausstellen, bei der er Gefahr lief, sich vor ganz London zum Affen zu machen.

Die Frau schien offensichtlich damit gerechnet zu haben, denn wenn du mit dem Mann verwandt bist, der die Öffentlichkeit jahrelang hinters Licht geführt hat, darfst du nicht hoffen, dass man dir so ohne Weiteres glaubt. Sie steckte eine Hand in die Innentasche ihres zerschlissenen Mantels und zog ein grobkörniges Foto hervor.

Der Mann hinter der Glasscheibe erschauerte. Die Aufnahme verewigte – in jeder Hinsicht – einen perfekten Doppelgänger von Grin auf dem Totenbett, nicht einmal der halb geöffnete Mund und die weit aufgerissenen, starr zur Decke blickenden Augen fehlten.

Stille senkte sich über die beiden Kontrahenten.

Sie wurde von der Frau unterbrochen, die, durch den fotografischen Beweis ermutigt, in vage sakralem Tonfall erklärte: »Henry Louis Grin ist gestern Nacht verschieden.«

Sollte er ihr glauben?

Sicher, das Foto war sprechend. Die Augen dieses in den Kissen versunkenen Mannes wirkten leblos, ganz in einer kosmischen Leere verloren. Schwer, dem zu misstrauen. Umso mehr, als es niemanden gab, der sich nicht an Grins Gesicht erinnerte – es war in allen Zeitungen, als er sich Louis de Rougemont nennen ließ, denn sogar über seinen wahren Namen hatte er die Welt belogen. Kein Zweifel, das war sein Gesicht. Aber verflucht, es handelte sich immerhin um den größten Lügner, der je an den Ufern der Themse aufgetaucht war. Durfte er einem ärztlichen Totenschein und einem nicht beglaubigten Foto vertrauen? Und wenn es sich um einen Bruder handelte, der ihm aufs Haar glich? Oder um seinen Vater? Der Beamte kratzte sich die hohe kahle Stirn, die ihn im Spiegel jedes Mal ärgerte, weil ihn sie Gandhi so ähnlich machte. Er schenkte sich Wasser ein, dann ließ er in seiner Frage eine Art Ultimatum durchscheinen: »Wo befindet sich der Leichnam?«

Die Frau sah ihn erstaunt an, während sie eine Adresse bei den Docks jenseits der Brücke nuschelte.

»Nun gut, ich komme mit, ich will ihn sehen.« So die drastische Initiative des Beamten, der mehr denn je entschlossen war, sich nicht foppen zu lassen.

Im dichten Regen gingen sie ein gutes Stück Wegs, schweigend und ohne einander anzusehen.

Währenddessen musste der Beamte an einen Tag vor zwanzig Jahren denken, als der schamloseste Betrug ans Licht kam, den die englische Presse je erlebt hatte. Er erinnerte sich sehr gut, weil er selbst ein Bewunderer jenes Louis de Rougemont gewesen war, der durch die Welt fuhr, Wüsten und Urwälder erkundete, Gefangener der Hexenmeister der *Anangu* in Australien war und Auge in Auge mit wilden Bestien gekämpft hatte. Immerhin hatte ein so angesehenes Blatt wie das »WORLD WIDE MAGAZINE« seine abenteuerlichen Reiseberichte mit ihrer Mischung aus anthropologischer Seriosität und exotischem Reiz gedruckt. Rougemont war ein außergewöhnlicher Mann, einer von denen, die alle für sich einnehmen können, weil sie das graue Dasein der Menschen mit ihren leuchtenden Blitzen erhellen. Das ist kein unbedeutendes Talent: Was den Durchschnittsbürger im Allgemeinen beneidenswert oder hassenswert macht, ist bei manchen Grund für ihre Vergötterung. So war es bei Grin. Seine Heldentaten wurden zum Allgemeingut, sie befreiten kleine Angestellte und Grundschullehrerinnen von der erstickenden Banalität ihres Lebens, der Monotonie ihres Alltags, wo es keinerlei Nervenkitzel oder wohligen Schauder gab, der über den Unfalltod der Katze des Nachbarn hinausgegangen wäre. Wie konnte man ihn nicht lieben? Das unwirtliche Guinea seiner Tagebücher war zum aufregenden Paradies und Adrenalinstoß für eine narkotisierte Menschheit geworden, die sich mehr denn je danach sehnte zu erbeben, wenn ihr auch nur die Ahnung eines anderen Lebens vermittelt wurde, das pulsierte und durchtränkt war mit echten Gefühlen, die dieser Zeit zwischen Geburt und Tod, diesem matten Schleichen im Bezirksamt vom Schalter für Geburts- bis zu dem für Sterbeurkunden, endlich einen Sinn verleihen konnten. Rougemont aber, ja, der kostete das Leben bis auf den Grund aus und konnte unter anderem erzählen, dass er dreizehn Jahre lang Geisel eines gottlosen Stammes gewesen war. In dieser Zeit hatte er dessen Riten, Sprache, Sitten und Gebräuche mit wissenschaftlicher Strenge beschrieben und sich damit zum Kollegen jenes Alfred Gibson erklärt, der in einer nach ihm benannten Wüste Australiens den Tod gefunden hatte. Nur dass Gibson ein echter Anthropologe gewesen war, weitaus weniger berühmt als der Narziss Rougemont, der Held diverser Odysseen unter den Aborigines. Denn in der modernen Gesellschaft, in der das Leben der Massen keine einzige Erzählung wert ist, ragt nie die Tüchtigkeit selbst hervor, sondern das Charisma, mit dem man sie zur Schau stellt. Genau darin war Rougemont ein Meister, und England feierte ihn jahrelang. Er genoss grenzenlose Popularität, sein Ruhm machte ihn zu einem der besten Aushängeschilder der Londoner Anthropologie. Im Spiel ahmten die Jungen auf der Straße ihn nach, wie er auf den Schildkröten Borneos ritt, während ihre Mütter in höchste Erregung gerieten, wenn sie sich diesen tapferen Helden in der Gewalt blutrünstiger Äquatorvölker vorstellten. Was den König von Guinea selbst betraf, so führte diese Vergötterung bei ihm nicht zur Überheblichkeit, nein, er hatte das deutliche Gefühl, dass ihm eine Mission aufgebürdet war, der er sich nicht entziehen konnte und wollte. Wenn die Leser von ihm verlangten, die Illusion eines modernen Herakles zu verkörpern, würde er ihnen den Wunsch erfüllen. Was suchen wir denn alle im Leben, wenn nicht die Lüge, die uns einen Kurs vorgibt? Moralisch verurteilen wir das Lügen, lehren die Kinder, dass es eine Tugend ist, sich immer an die Wahrheit zu halten, doch im Grunde wissen wir alle sehr gut, dass die Objektivität ein trüber Tümpel ist, ein schmuckloses Zimmer, ein kahler Baum. Der Reichtum der menschlichen Erfahrung liegt in der Fantasie der Romanschreiber, im Zauber des Mythos, in den Verzerrungen der Kunst, die nur dann göttlich wird, wenn sie dem Umkreis des Realen entflieht. Der Mensch tadelt die Lügner, Statuen aber errichtet er den Dichtern, den Visionären, den Rougemonts aller Zeiten, die uns gerade dank ihrer Lügen die galaktische Unendlichkeit unserer Schöpferkraft mit Händen greifen lassen. Was wären wir denn ohne Lügen? Ein Mikroskop über der Wahrheit, um das Gewebe eines jeden ihrer Momente zu untersuchen und festzustellen, dass wir zu Infektionen verdammt sind? Oder ein Teleskop, starr auf die astrale Leere gerichtet, um uns ständig daran zu erinnern, wie sehr wir winzigen Bakterien auf dem unwichtigsten aller Planeten gleichen? Die Wissenschaft ist entwaffnend. Zum Glück gibt es die Betrüger, um uns zu retten.

Der Zufall wollte, dass die Welt der Wissenschaft nicht dieser Meinung war, als ein Zeuge schwor, in einer Fotografie von Rougemont einen Schweizer Scharlatan namens Henry Louis Grin zu erkennen, einen Experten für Schwindel und krumme Touren, einen wortbrüchigen Ehemann und geborenen Betrüger, besser als jeder andere imstande, sich ein Leben auf den stabilen Grundlagen der Lüge zu erbauen. Von wegen Guinea, von wegen Alfred Gibson – Rougemont, mit seiner Vergangenheit als Lagerist und Koch, hatte die wissenschaftliche Welt und Tausende Leser jahrelang hinters Licht geführt. Willkommen im wunderbaren Reich Mogelei.

Für die Untertanen Seiner britischen Majestät war es ein Schock. Der Mann, der sie Lichtjahre weit von der Wirklichkeit fortgetragen hatte, versank jetzt im Schlamm der Betrügerei, und nichts ist entwürdigender, als sich in seinen eigenen Träumen getäuscht zu sehen. Durch seine Augen hatten sie die ganze Fülle der menschlichen Erfahrung gelebt, doch jetzt entpuppte sich alles als Schummelei, als kolossaler Bluff, ersonnen mit einer Mischung aus Verschlagenheit und Bosheit. Und aus Liebe wurde Hass. Nicht auf Grin – sie hassten die Wirklichkeit, die sie gedemütigt und betrogen hatte.

Als der Beamte und die Frau zu der ärmlichen, von der Feuchtigkeit des Kanals angefressenen Behausung kamen, hatte sich eine kleine Menge vor dem Eingang versammelt. Die Frau drückte gegen die Tür, die die beiden knarrend in den einzigen verrußten Raum eintreten ließ, wo sie im Hintergrund der Leichnam erwartete.

Unter dem leisen Tropfen des Regens und der Tränen ging der Beamte durch den Raum. Ein buntes Plakat an der Wand weckte seine Aufmerksamkeit, es kündigte in zirkusartiger Aufmachung ein Schauspiel an: KÖNIG LIAR: DIE SHOW DES GRÖSSTEN LÜGNERS DER GESCHICHTE. Fürwahr.

Denn die wundersame Geschichte des Mister Grin hatte den Epilog gehabt, den man am wenigsten erwartet hätte. Anfangs hatte der Meisterbetrüger den Groll seiner Anhänger erfahren müssen, doch dann war um seine Person eine beispiellose Form der Dankbarkeit entstanden. Die Leute, die seine Abenteuer jahrelang verfolgt hatten, reagierten mit Empörung und Erschütterung auf die Nachricht, dass es sich um Erfindungen handelte, gleichzeitig aber konnten sie nicht umhin, die grandiose Fantastik seiner Geschichten anzuerkennen. England war von einem Betrüger befreit worden und beschwor jetzt paradoxerweise seine Wiederkehr, als wollte es sagen: »Wir wissen, dass du ein Lügner bist, dass du uns getäuscht hast, aber die Wahrheit ist, dass wir getäuscht werden wollen. Fang bitte wieder an zu erzählen.«

Und so schuf sich Grin, ohne je für seine Hochstapelei um Entschuldigung zu bitten, ein paar Jahre lang eine neue Identität als Attraktion im Zirkus, wo er als Meister der Fälschung auftrat, der beste, den Europa je bewundern durfte. Er machte sich erklärtermaßen und bewusst zu einem Monument der Täuschung. Und so musste er sich, in aller Öffentlichkeit als Lügner enttarnt, nicht nur nicht verstecken, sondern sprang auch einen Augenblick später mit der Krone des King Liar, des Königs der Lügner, auf die Bühne.

Wenn der Trick nicht sein ganzes restliches Leben funktioniert hatte, dann lag das nur daran, dass jetzt, wo seine wahre Identität als Henry Louis Grin ans Licht gekommen war, sehr bald auch Missetaten aufgedeckt wurden, die er in seiner Jugend haufenweise begangen hatte, angefangen bei Schulden in Millionenhöhe und anderen finanziellen Betrügereien, bis hin zu einer Legion verlassener Geliebter. Wären diese dunklen Flecken in seiner Vergangenheit nicht gewesen, King Liar hätte dank der mit Gold nicht aufzuwiegenden Einkünfte aus seinen Lügen frohgemut und im Wohlstand leben können. Stattdessen lag dort, zwischen zerrissenen Gardinen und Rattenkot, ein im Elend gestorbener König.

Ja, tot. Denn dieser Mann im Bett war zweifellos Grin, und zweifellos war er tot. Der Beamte kontrollierte mindestens viermal den Puls, bevor er die Sterbeurkunde ausstellte. Danach wurde der Körper in einen Sarg gelegt und noch am Abend begraben.

Die größten Skeptiker, erzählt man, wachten noch mehrere Tage lang abwechselnd am Grab, denn sie wussten, dass der fingierte Tod nicht nur ein Thema für Zoologen ist. Wenn es einen Weg gab, dem Opossum sein Geheimnis zu entreißen, King Liar hätte ihn sicher herausgefunden.

Lügen zu können, war schließlich der größte Kniff seines ganzen Lebens gewesen.

Liaritis [la͡ɪəˈʁiːtɪs], *Subs.*, *die*, abgeleitet aus dem Namen von King Liar, Deckname von Henry Louis Grin (1847–1921). Bezeichnet ein besessenes Bedürfnis, von einer wunderbaren Lüge, die hundertmal bezaubernder ist als die dürftige, triste Realität, getäuscht, hereingelegt, sogar betrogen zu werden. Das semantische Feld der Liaritis grenzt an die

Fusagation [fjuːzəgaˈt͡sɪ̯oːn], *Subs.*, *die*, abgeleitet aus dem Akronym FUSAG, First United States Army Group. Bezeichnet eine erwünschte und rettende Vorspiegelung, dank deren man einen sicheren Vorteil für sich oder andere erhält. Mit anderen Worten, die Fusagation ist die Lüge, die dir das Leben rettet. Oder vielleicht die Welt.

M

Mapuchieren

Das vernunftbegabte Herz

Man hat uns immer gelehrt, dass die Gedanken im Gehirn wohnen, während die Gefühle im Herzen entstehen. Doch schon den griechischen Vätern der Medizin, beginnend bei Hippokrates, war völlig klar, dass die Bilder unseres Geistes dank der Hirntätigkeit Gestalt annehmen, und diese Entdeckung war der Beginn eines langsamen Prozesses, in dessen Verlauf das Herz als ausschließliches Domizil der Seele an Bedeutung verlor. Jahrhundertelang hatte man geglaubt, dass alles Fühlen (rationales oder emotionales) im Brustkorb statt im Schädel eingeschlossen war, und nicht ohne Grund gehörte es zu den kriegerischen Ritualen der Naturvölker, das Herz des toten Feindes zu verspeisen, um sich seinen Mut und seine Tapferkeit einzuverleiben. Verständlich, denn im Grunde ist das Herz der Seismograf des Lebens selbst, hört es auf zu schlagen, ist alles zu Ende, so wie auch die Beschleunigung oder Verlangsamung seines Rhythmus getreulich den Schwankungen unserer Gefühle folgt. Tatsächlich stimmen die heutigen Neurowissenschaften darin überein, dem Herzmuskel weit mehr Intelligenz zuzuerkennen, als man denken mag, da er zu mehr als zwei Dritteln aus Nervenzellen besteht, was bedeutet, dass auch er in gewisser Weise denkt und auf äußere Reize reagiert.

Nun, ich erzähle euch von dieser überraschenden Vernunftbegabung des Herzens, weil ein großer Teil dessen, was unsere zwischenmenschlichen Beziehungen ausmacht, sich just an diesem Ort herauszubilden scheint. Da dies immer noch ein Wörterbuch ist, denkt vor allem an jene Wörter, mit denen wir unsere Beziehungen zu anderen bezeichnen: Da gibt es die *discordia* (Zwietracht), die *concordia* (Eintracht), denen das *cor* (Herz) der Lateiner gemeinsam ist, insbesondere aber die *cordialità*, die Herzlichkeit. Die *discordia* bedeutet wortwörtlich die Uneinigkeit zweier Herzen, wie die *concordia* ihre Übereinstimmung, während die Herzlichkeit das Öffnen der eigenen Brust für das Fühlen anderer ist, eine positive Gestimmtheit, die Missgunst und Groll auszuschließen scheint. Doch wenn jeder von uns physiologisch dank seines Herzens existiert und die Herzlichkeit ebenjene freudige, von aller missgünstigen Unreinheit befreite Umarmung ist, woher um alles in der Welt kommt dann der Samen des Hasses? Offensichtlich nicht aus dem Herzen, sondern aus dem Geist, dem Gomorrha der Berechnung, dessen Anspruch auf Überlegenheit zu den verheerendsten Konflikten führt. Schon in der griechischen Mythologie besaß die heimtückische Göttin Ate, die Personifizierung der Zwietracht, die sonderbare Eigenschaft, nicht mit den Füßen über den Boden zu gehen, wie alle anderen Mitglieder der olympischen Mannschaft. Ate schwebte in der Luft, über den Köpfen der Sterblichen, und blickte von oben auf die Menschheit herab, und von ihrem hohen Piedestal aus schmiedete sie Komplotte und stachelte ihre Untertanen zu gewalttätigen Konflikten an. Woraus folgt, dass die Gleichberechtigung der Herzen niemals eine Krise heraufbeschwören könnte, erhebt sich aber jemand – oder ein Teil von uns – über die anderen, entsteht eine unheilvolle Asymmetrie. Wenn wir so wollen, eine sogar pathologische Asymmetrie. Das Eskimovolk der Utku im tiefen Norden Kanadas erzieht seine Kinder dazu, den Zorn zu meiden wie eine Krankheit, von deren Gift man sich befreien muss. Wer in ihrer Gemeinschaft eine Regung des Hasses in sich aufkeimen fühlt, entfernt sich freiwillig eine Zeitlang, bis seine natürliche Herzlichkeit wiederhergestellt ist.

Die Antipoden der Utku – in jedem Sinn, einschließlich dem geografischen – bilden dagegen die Mapuche, und es ist lohnend, sich eine Weile mit diesem erstaunlichen Fall zu beschäftigen, und sei es nur, um nicht ihren sprichwörtlichen todbringenden Zorn zu erregen.

Wir schreiben das Jahr des Herrn 1536 und befinden uns in Chile, im Gebiet der Araukaner. In den vorangegangenen Jahren war ein mächtiges spanisches Heer auf der Suche nach dem sagenumwobenen Eldorado bis nach Panama vorgedrungen, angeführt von zwei skrupellosen Kriegern, Francisco Pizarro und Diego de Almagro. Ersterer ist der Nachwelt als der berühmte Eroberer des Inka-Reiches bekannt, doch uns interessiert der Zweite, der von Pizarro mit einer Nebenrolle gedemütigt wurde. Denn das hat Almagro ihm nie verziehen.

Und sein Groll über die Zurücksetzung war die Lunte, die den Mörser entzündete. Denn immer findet sich der Kratzer eines nicht eingestandenen Ungerechtigkeitsempfindens bei dem, der sich selbst dazu verdammt, sein Leben verfluchen zu müssen. Unser Mann war klein und stämmig, von unschönem Äußeren, da seine körperliche Erscheinung schon unter den ersten Expeditionen auf den ungesunden Inseln von Ecuador beträchtlich gelitten hatte. Er verlor sogar ein Auge, und nur durch ein Wunder überlebte er Infektionen, sintflutartige tropische Regenfälle, diverse Schlangenbisse und Tausende Pfeile der Einheimischen. Doch er gab nicht auf. Vermutlich hatte ihm die Göttin Ate, über seinem Kopf kreisend, einen verderblichen Rachedurst eingeimpft und ihn zu einem chronisch Tobsüchtigen gemacht, den ein unbezwinglicher Eroberungswahn von innen auffraß. Aber was galt es noch zu erobern? Almagro und Pizarro hatten schon das mit Gold gesegnete Reich des Atahualpa besetzt, sie teilten sich jetzt eine ungeheure Macht, die sie sich nie hätten träumen lassen. Dennoch wurde Almagro von Unzufriedenheit gequält, ein Gefühl, das ihn drängte, nie, niemals innezuhalten. Gier war es nicht – weit schlimmer. Es gibt Menschen, die ohne ein klares Ziel umherirren, ihr Leben ist ein chaotisches Gezappel, hundertmal anstrengender als Schwimmen, und alles läuft darauf hinaus, dass sie etwas begehren, von dem sie nichts wissen und nichts wissen wollen, weil es ihnen genügt, Gift und Galle auf dieses Gefühl der Entbehrung zu spucken. Sie möchten sich sagen können, dass ihnen irgendetwas entgeht, aber in ihrer Raserei erkennen sie nur einen Schatten ihrer selbst. Diese Menschen vertieren, ohne noch etwas von dem Tier in sich zu haben, das in uns allen steckt und dessen Instinkt wir verdanken, dass wir uns im Allgemeinen mit der Befriedigung eindeutiger, elementarer Bedürfnisse begnügen. Almagro aber war wie ein Kreisel in der Hand eines launischen Kindes, eins von denen, die schreien aus purer Lust am Schreien, auch wenn sie nicht hungrig oder müde sind. Stimmt: Er schrie seit Jahren, ohne einen Laut herauszubringen, und das dröhnende Echo dieses Schreis in seinem Schädel betäubte ihn. Seine schlaflosen Nächte verbrachte er damit, die schrecklichsten Bannflüche gegen sich selbst, Pizarro, das verdammte Peru und die unselige menschliche Natur zu ersinnen. Wäre er ein Eskimo gewesen, seine Entfernung von den Utku hätte ein lebenslanges Exil bedeutet. Herzlichkeit war ihm unbekannt, er war inzwischen zu einer Kriegsmaschine ohne jedes Ziel geworden, abgesehen von seinem Ehrgeiz, mit seiner Macht und seinem Gold zu einer nahezu göttlichen und unnahbaren Figur zu werden. In diesem Geist brach er 1536 zu einer Expedition in die Gegend südlich von Cuzco auf, wo man noch blühendere, noch reichere Kulturen vermutete als die bereits eroberten.

Nur schade, dass der Weg nach Chile nicht gerade ein bequemer Spaziergang war. Es galt, die Kordilleren der Anden mit ihren Gletschern und steilen Felswänden zu durchqueren, die für eine Expedition mit sehr vielen Indios und Afrikanern als Träger fast unüberwindlich waren. Schon bald zählte man Dutzende abgestürzte Männer. Doch auch dieses Mal bestand Almagro darauf, weiterzumarschieren, obwohl die Pferde tief im Schnee einsanken und von den Hufen bis zum Kopf erfroren. War er nicht lebendig aus den verseuchten Dschungeln Ecuadors und Brasiliens herausgekommen? Sollte er jetzt wegen ein bisschen Schnee aufgeben? Los, weiter. Wahrlich eine Apotheose der

Halsstarrigkeit: Allem und allen zum Trotz beharrte er mit einem geradezu aufreizenden Starrsinn auf seinem Vorhaben, absolut unfähig, ein Basta! auszusprechen. Doch zunächst hatte es den Anschein, als würde er belohnt. Im Juni 1536 erblickte er zu seinen Füßen endlich das Tal des Flusses Mapocho, üppig grünend, herrlich, das lieblichste Eden, das sich genau dort, wo eines fernen Tages die Hauptstadt Santiago entstehen sollte, vor ihm ausbreitete wie eine freundliche Umarmung. Ich möchte mir vorstellen, dass Almagro an diesem Tag lächelte. Seine Verbissenheit gab ihm mindestens ebenso Anlass zur Freude wie die rohe Gewalt seines Armes, und beider Eigenschaften würde er sich von nun an rühmen können. Also sollte seine aufreibende Kraftprobe mit dem Leben endlich zum Erfolg geführt haben? Ein inneres Zusammenzucken ließ ihn ahnen, dass es womöglich so war. Er konnte vom Pferd steigen und zum ersten Mal seit vielen Jahren sehen, was die Schöpfung ihm wirklich bot.

Doch der Zufall will, dass die Geschichte, die ich euch erzähle, mit der Relativität der Blickwinkel zu tun hat, und wie in der biologischen Nahrungskette gibt es jedes Mal, wenn ein Fleischfresser in eine Gazelle beißt, immer auch einen stärkeren Jäger, der ihn selbst verschlingt. Und auch in diesem Fall ist es eine Frage der Hackordnung: die einen sind unten, die anderen oben, um auf die Göttin Ate zurückzukommen, die uns nie auf Augenhöhe begegnet. Hierarchien. In den strahlenden Tagen seines Triumphs konnte Diego de Almagro sich daher durchaus nicht vorstellen, dass die Göttin Ate nicht nur ihm Ansprüche auf Überlegenheit ins Ohr blies. Nein, es gibt immer einen in der Umgebung, der dieselbe Radiowelle abfängt und bereit ist, den Fehdehandschuh aufzuheben.

Und was für eine Fehde.

Hier betreten die Mapuche die Bühne, als ein bis ins Mark kriegerisches Volk nicht gerade kompatibel mit der Ethik der Utku-Eskimos. Sie ähnelten eher jenen Amazonas-Völkern, die aus dem zur Schau gestellten Zorn ein Zeichen der Überlegenheit machen und sich sogar zwischen Vätern und Söhnen eine tägliche Dosis Geschrei und Kampf verordnen. Wo wir von der Verschiedenheit menschlicher Gebräuche sprechen: In diesem Spektrum bieten die Mapuche ein ziemlich beeindruckendes Beispiel der Kunst, Blut in Galle zu verwandeln. Ich bezweifle, dass Almagro je von ihnen gehört hatte. Dabei lebten sie seit Jahrhunderten an den Ufern des Flusses Bío Bío, dort, wo der Fluss langsamer strömt und sich in die trüben Gewässer des Ñuble ergießt. Kein Fremder hatte sie hier je gestört, und vielleicht hielten die Mapuche sich deshalb unter allen Indio-Völkern für unvergleichlich. Pardon: unüberwindlich. Mit dieser stillschweigenden Gewissheit brachten sie in Erwartung der Spanier all ihre Streitkräfte in Stellung: Bögen, Pfeile, Katapulte. Auf ihre Weise waren sie gut ausgerüstet.

Almagro aber wusste das nicht, er war ruhig, ein ihm unbekannter Zustand, der ihn quälte und mitten in der Nacht aufwachen und verzweifelt nach etwas suchen ließ, was er verfluchen konnte. Er schlief erst wieder ein, nachdem er sich mehrmals gesagt hatte, dass Chile ihm gehörte und er es sogar Almagroland nennen konnte. Wer hätte gedacht, dass ihn auf dem Weg zur Magellanstraße ein Hinterhalt der Eingeborenen erwartete, obendrein ohne dass er selbst gekämpft hätte. Denn an dem Tag war Almagro nicht dabei. Er hatte einem seiner Offiziere befohlen, mit einer Truppe aus ein paar Hundert Soldaten das Gebiet im Süden zu erforschen. Die Mapuche zählten fast zehnmal mehr. Die Folgen waren eklatant, so dass diese Schlacht eine sehr viel verheerendere psychologische Wirkung auf die Spanier hatte als die Gletscher in den Anden. Die Stimmung um Almagro wechselte schlagartig, die Soldaten begannen zu meutern und zu desertieren, was die Expedition zwang, wieder nach Peru zurückzukehren. Jetzt konnte Almagro wieder nicht schlafen, er verbrachte seine Nächte damit, die schrecklichsten Bannflüche gegen sich selbst, die Mapuche, Pizarro, das verdammte Chile und die unselige menschliche Natur zu ersinnen.

Ihr werdet sagen: eine ordentliche Lektion für die obstinate Unnachgiebigkeit des Zwerges. Stimmt. Allerdings war das Volk der Mapuche in Sachen blindwütiger Raserei tatsächlich unübertrefflich. Für sie war die Schlacht am

Fluss Bío Bío nur der Anfang eines erbarmungslosen Krieges gegen die Spanier, der als Arauco-Krieg in die Geschichte einging. Alles hatte mit dem vierschrötigen, einäugigen Männchen begonnen, das mit Eroberungsgelüsten und unfähig zum Nachgeben von Cuzco bis hierher gekommen war. Nun, auch die Mapuche gaben ganze 345 Jahre lang nicht nach und schenkten den Geschichtsbüchern den längsten Krieg, den die Menschheit je erlebte.

Man versuche bitte einmal, sich dreieinhalb Jahrhunderte kriegerische Auseinandersetzung zwischen einem Naturvolk und einem großen Reich vorzustellen. Meiner Meinung nach hatte die Göttin Ate sich mit dem Olymp überworfen, einen chilenischen Pass beantragt und ihren Wohnsitz in die Anden verlegt. Wie soll man sich sonst vierzehn Generationen Väter und Söhne erklären, die einander nicht die Zeitzeugenschaft vermachen, sondern das Waffenarsenal, damit der Kampf weitergeht, immer weiter? Zahllos die Gelegenheiten, bei denen man versuchte, die Mapuche zur Vernunft zu bringen, indem man ihnen Friedensverhandlungen anbot. Ihr Widerstand war nicht zu brechen, obwohl der Krieg sie seit unvordenklichen Zeiten zwang, alles zu opfern, was sie besaßen. Unendlich die Liste ihrer Generäle, *toqui* genannt, was in ihrer Sprache, dem Mapudungun, bedeutet »der mit der Axt kämpft«, und uns daran erinnert, dass die Spanier mit Granatwerfern schossen, während ihre Gegner die vom Schamanen gesegnete Axt schwangen. Doch es irrt, wer denkt, dass dieses Ungleichgewicht zu irgendwelchen Rücksichten führte, und auch die Mapuche baten den Feind nicht um schonendere Behandlung. Der Arauco-Krieg wurde mit aller Härte geführt, ja man kämpfte unter der Losung »guerra a muerte«, die verbietet, Gefangene zu machen, stets wurden alle bis zum letzten Mann getötet. Wer die Chronik dieser dreieinhalb Jahrhunderte voller Schlachten liest, glaubt sich in eine zur dritten Potenz erhobene *Ilias* versetzt: eine ununterbrochene Abfolge entsetzlicher Gewalttaten, zerstörter und wieder aufgebauter Festungen, Pockenepidemien, hingemetzelter spanischer Gouverneure und indigener Heerführer, die vor ihren Truppen gepfählt wurden. Hunderttausend Tote bei den Mapuche, etwa halb so viel die Bilanz bei den Spaniern und später dem regulären chilenischen Heer. Ein Blutbad, doppelt so viel Tote wie alle Einwohner von Städten wie Como, Treviso und Varese zusammen. Das Ganze im Namen einer blindwütigen Verteidigung der Grenzen und der Freiheit, sich im eigenen Land heimisch zu fühlen. Das Ganze, um wider jede Vernunft einen Vorrang zwischen zwei völlig gegensätzlichen Größen durchzusetzen, die als Kulturen, Ethnien und politische Gebilde nicht unähnlicher hätten sein können. Wer weiß, ob eine der beiden Parteien sich zwischen einem Überfall, einer Vergeltungsmaßnahme oder einem Rückzug je gefragt hat, ob das alles sich überhaupt lohnte. Und wer weiß, ob es am Ende dieses elendig langen Krieges jemanden gab, der dem belebenden Adrenalin des Schützengrabes nachgetrauert hat. Sicher ist, dass manche Schlachten weit über ihren scheinbaren Anlass hinausgehen. In den Augen derer, die sie schlagen, werden sie schließlich zu einer Metapher des Lebens selbst, eines Lebens, in dem aufgeben keine Option ist. Und der Herzschlag, das Alpha und Omega unseres Daseins, wird zuletzt eins mit dem Ticken der vergehenden Zeit und dem Wirbeln der Kriegstrommel. Dir ist, als hätte erst gestern jemand den ersten Schuss abgegeben. Aber die Haare unter deinem Helm sind weiß geworden, wie die Mapuche hat man seine Tage und Kräfte 345 Jahre lang in den Staub geworfen.

Alles passt zusammen: Zu ihren Schwestern zählte die Göttin Ate immerhin Alter, Schmerz und Reue.

Ihren Söhnen füge ich den Gott der vergeudeten Zeit hinzu.

Mapuchieren [maːpʊˈt͡ʃiːʁən], *Verb, transitiv*, abgeleitet von dem langen Arauco-Krieg, den die Mapuche von 1536 bis 1881 kämpften. Bezeichnet eine besonders extreme Form der Hingabe an eine Angelegenheit oder eine prinzipielle Frage, die zu einem alles umfassenden Kampf führt. Darum bezeichnen Wendungen wie »ein Familienzwist oder ein Streit zwischen Kollegen beginnt zu mapuchieren« das Ausarten des Zwistes in eine hartnäckige, radikale, grundsätzlich unlösbare Feindseligkeit.

N

Nasinieren

Die Banalität des Bösen

Jeder von uns ist Satan. Ob es uns gefällt oder nicht, wir sind imstande, zu hassen, Scheußlichkeiten aller Art zu begehen und blutige Rache zu nehmen, und steigen nur zu gern in die erbärmlichsten Tiefen der Niedertracht hinab. Die Religionen sprechen davon als dem Dunkel der Sünde, das dem Licht der Offenbarung entgegengesetzt ist. Merkwürdig, denn am Anfang von allem stand ein Wettstreit darum, wer am hellsten leuchtete. Der dritte Platz auf dem Podium, nach der Sonne und dem Mond, gebührte Venus. Sie ist der hellste Himmelskörper an unserem Himmel und nur im ersten Tageslicht sichtbar. Darum erhielt der Planet schon in der Antike den Namen Morgenstern, und die ihm verbundene Gottheit hieß Luzifer, also »Lichtbringer«. Schon in der klassischen Zeit schien dieser strahlende Stern der Sonne ihren göttlichen Vorrang streitig machen zu wollen und wurde deshalb zum Sinnbild des Zwists, der Trennung (nicht ohne Grund bedeutet das griechische Wort diábolos: Verleumder, nach dem griechischen diabállein: entzweien, verfeinden). Die jüdisch-christliche Tradition besorgte den Rest: Luzifer, später

Satan genannt, war der Fürst der gegen Gott rebellierenden Engel. In seinem Umkreis sollten sich dann alle wiederfinden, die sich von Anfang an nicht hatten unterordnen wollen, beginnend mit dem Gott des Geizes Mammon (auf Hebräisch »verborgener Schatz«, siehe auch das italienische Wort »mammona« – Teufel), bis zum schrecklichen Beelzebub (dem »Herrn der Fliegen« oder auch der Krankheiten, die zum Tode führen, denn die Toten sind von Fliegen bedeckt), nicht zu vergessen die sagenumwobene Lilith, die Eva als Gefährtin Adams vorausging, von ihm aber verstoßen wurde, weil sie sich weigerte, ihm gehorsam zu sein. Dieser gut sortierte Club aus Teufeln wacht

also über alles, was wir mit dem allgemeinen Etikett des Bösen versehen, unabhängig davon, dass es sehr unterschiedliche, vielfältige Gesichter haben kann. Das bekannteste zeigt sich, wenn unser bestialischer Anteil die Oberhand gewinnt und sich weigert, das schrittweise Vorangehen begründeten Argumentierens und die Langsamkeit der Einsicht, also die allmähliche Herausbildung eines wechselseitigen Vergleichs zu akzeptieren. Kurz, Luzifer ist zwar kein Uhrmacher, aber es geht hier vor allem um eine Frage der Zeit. Sich dem Gegenüber verständlich zu machen, braucht Zeit, ihn sofort anzugreifen stellt dagegen eine schnelle und scheinbar einträgliche Taktik dar, weil sie als konkrete Aktion frei von Bedeutungsnuancen ist. Der Mensch hat eine ausgeprägte Neigung, Wortgefechte zu führen, Kompromisse auszuhandeln und die eigene Unversöhnlichkeit abzumildern, doch jede dieser Strategien erfordert Kraft, Mühe und Toleranz. Darum bietet sich verlockend der satanische Weg an, bei dem man auf ein schnelles, einträgliches Ergebnis abzielt, indem man aus dem Gesprächspartner ein Hindernis macht, dessen man sich möglichst schnell entledigt. Hier entsteht das Böse: im Wesentlichen aus der Ungeduld. So wie bei den Konflikten zwischen Staaten, wenn der militärische Weg den langsameren diplomatischen Weg mit seinen zahlreichen Zwischenstufen ersetzt. Andererseits ist die Beleidigung, linguistisch gesehen nichts anderes als ein Geräusch, das benutzt wird, um komplexe Stimmungslagen in einem Konzentrat zu verdichten, ohne sich in langwierigen Beweisführungen zu ergehen. Wenn wir zu einem Schimpfwort greifen, tun wir nichts anderes, als einen Zeitverlust zu vermeiden, indem wir die Botschaft wachsenden Grolls klar und deutlich herüberbringen. Wird diese Warnung – die häufig einer Drohung gleichkommt – vom Adressaten nicht aufgenommen, bringt uns ein vergleichbarer Mechanismus dazu, Formalitäten abzukürzen und jetzt zu Taten zu schreiten. Das Böse ist nicht nur eine Degeneration, oft ist es die schnellste Methode, einen Konflikt zu lösen, und als solche stützt es sich auf eine immer gleiche Lüge: Es ist die implizite Behauptung, dass man bereits sämtliche rationalen und emotionalen Ressourcen ausgeschöpft hat, die das Schlimmste hätten vermeiden können. Hörner und Bocksfüße spielen hier keine Rolle: Mit Hass und Verleumdung will man Wartezeiten überspringen, damit man sich wieder seinen Hobbys widmen kann.

Das gilt für alle Anlässe, in denen etwas auf dem Spiel steht, was Menschen einander streitig machen, und hat einer es erhalten, führt das meist zum Ende der Feindseligkeiten. Doch was geschieht, wenn das Böse als grundloser Vulkanausbruch daherkommt, spektakulär und zerstörerisch, aber ganz und gar nutzlos? Was geschieht, wenn die Verletzung, die du zugefügt hast, dich weder einen Krieg noch ein Turnier gewinnen lässt, sondern dir nur die

Lust am Anblick rohen Fleisches verschafft? Hier wird die Sache tatsächlich kompliziert, denn wir berühren den entscheidenden Punkt des sogenannten Abscheulichen, das den Umkreis des Menschlichen endgültig verlässt. Und hier kann uns der Gotha biblischer Dämonen wirklich helfen: von Moloch über Belphegor bis Azazel. Diese Dämonen entstammen zum Großteil heidnischen Riten der Assyrer und Phönizier, die den Zorn, den Wutausbruch, die Raserei verkörperten, weshalb ihnen zur Besänftigung Menschenopfer dargebracht wurden. Mit anderen Worten, sie waren Gesicht und Name jener grässlichen Seiten des Menschseins, des Abgrunds einer irrwitzigen, perversen Gewalt, die keinen anderen Sinn hat als das Auskosten einer vermeintlichen Allmacht. Diese Dämonen waren ekelhafte Wesen, deformierte Körper nur aus Zunge, Zähnen und Krallen, als wollten sie demonstrieren, dass sie nicht zur menschlichen Gemeinschaft gehörten. Ihre unmenschliche Grausamkeit nährte sich von Bestialität.

Relikte antiker Barbareien, werdet ihr sagen.

Mitnichten, im Gegenteil: Unsere Straßen sind voll von Verkörperungen des Beelzebub und Asmodäus, wir begegnen ihnen im Fastfood-Lokal und im Outlet, außerdem im Spiegel, wenn wir uns betrachten. Das Untertauchen ins Böse ist eine weitverbreitete Erfahrung im narkotisierten Alltag unserer Großstädte. Ein stummer Teil von uns will sich von seiner schlechtesten Seite zeigen, sucht dabei aber nichts anderes als einem Adrenalinstoß, die flüchtige Illusion, sich jedem moralischen Kriterium zu entziehen und über das Schicksal anderer zu entscheiden. Was für ein köstlicher Spaß. Im zügellosen Hass fühlen wir uns in den Rang von Richtern, wenn nicht von Gottheiten erhoben.

Zugegeben, echtes Blut fließt nicht, keiner sticht seinen Nachbarn zwischen den Hecken im Park ab, wie Jack the Ripper. Nun gut. Aber was bedeutet das? Sich die Hände mit Blut schmutzig zu machen, wäre heute nur ein bedauerlicher Mangel an Stil, um nicht zu sagen, ein Affront gegen den heutigen Hygienewahn, wo alles sich ständig wie besessen gegen Mikroben und

Bakterien desinfiziert. Nein: Menschopfer werden heute mit einem sterilen, aseptischen Ritual vollzogen. Im dritten Jahrtausend, in dem jedes Wesen vor allem eine virtuelle Erzählung ist, genügt es, sich in die sozialen Medien zu begeben, um dem Blutbad beizuwohnen. Dort triumphiert der Gott Baal mit seinen Orgien grundloser Gewalt, während Moloch keine Gelegenheit versäumt, heiligen Zorn in jedem zu entzünden, der sich zufällig dem Umkreis seines Tempels nähert. Hier gibt es keinen triftigen Grund, dem eigenen Zerberus den Maulkorb abzunehmen, wir begnügen uns damit, aus einer Quelle ewigen Grolls zu trinken. Freilich merken wir dabei nicht, wie tief das Ritual uns hinabzieht (Belial, ein anderer biblischer Dämon, wurde als »der Gott des Nichtwiederaufstehens« bezeichnet). Wehe dem, der einen Lichtschimmer kritischen Geistes wagt – der Gang in die Unterwelt erlaubt keinen Wiederaufstieg. Müsste ich ein Beispiel aus der Vergangenheit nennen, ich fände kein passenderes als das, was in den Dreißigerjahren in Sibirien, in jenem gottverlassenen Lager bei Nasino passierte. Dort triumphierte mindestens zwei Wochen lang das Allerschlechteste der menschlichen Spezies, ohne dass jemand sich verpflichtet fühlte, der Verrohung ein Ende zu setzen. Im Gegenteil: Man erfreute sich am Höllenschlund und am Übertreten der Grenze des Erlaubten. Darum vermute ich, dass Mephisto, Belphegor, Beelzebub und Co. – oder wie immer man sie nennen will – in jenen Tagen einen sowjetischen Pass vorgelegt hatten. Nicht zufällig schrieb Michail Bulgakow, während das geschah, was ich gleich berichten werde, in seiner Moskauer Wohnung unermüdlich am Manuskript von *Der Meister und Margarita*, wo sich überall Teufel tummeln und Dämonen ein geschäftiges Treiben entfalten. Doch ihre Glanznummern vollführten sie ohne Wissen des Autors zweifellos in Nasino.

Alles hatte ungefähr ein Jahr zuvor begonnen, als zwei eifrige Parteifunktionäre mit einem revolutionären Plan bei Stalin vorstellig wurden. Die Genossen Jagoda und Berman waren an jenem Morgen in der Hochstimmung großer Gelegenheiten. Aufmerksam beobachteten sie ihren Präsidenten, während er in der Dokumentation blätterte, die sie ihm vorgelegt hatten, keinen einzigen Lidschlag ließen sie sich entgehen. Als er beim letzten Wort angelangt war, herrschte gespannteste Erwartung. Stalin erhob sich, ging zum Fenster. Wenn man ihn so kerzengerade stehen sah, gegen das einfallende Licht, wirkte er sehr viel größer, ausgerechnet er, der sich bekanntlich von jedem Bildhauer hochgewachsener darstellen ließ.

»Für übertriebene Lösungen habe ich nichts übrig, ich halte sie für gefährlich, denn wenn sie scheitern, hat man doppelt so viele Probleme am Hals«, sagte Stalin, mit einem Finger über den Saum der Gardine streichend.

»Aber in diesem Fall ist alles abgesichert!«, erklärte der Genosse Berman, Oberaufseher des Gulags, eilfertig. Gern hätte er fünf oder sechs Gründe aufgezählt, warum das Vorhaben vertrauenswürdig war, hätte sich nicht der Genosse Jagoda eingeschaltet, Chef der Geheimpolizei, der es nicht erwarten konnte, die Aufmerksamkeit auf sich zu ziehen: »Ich denke, ich kann dem, was geschrieben steht, etwas hinzufügen. Dank dieses Plans werden wir das Verbrechen in Moskau und Leningrad ausrotten.« Und er lächelte, als hätte er es schon ausgerottet.

»Lasst hören, wie würdet ihr es machen?«, fragte Stalin mit einer Mischung aus Verärgerung und Ungeduld. Der Genosse Jagoda hatte nur darauf gewartet: »Eine Kolonne von Zügen aus Moskau und eine aus Leningrad. Wir füllen sie nicht nur mit Bauern ohne Land, sondern auch mit Kriminellen, Vergewaltigern, Mördern, kurz, der gesamten Gefängnispopulation. Und wenn wir sie alle in den Eisenbahnwagen gestopft haben …«

Genosse Berman konnte nicht widerstehen, das triumphale Schlussgeläut an sich zu reißen, er unterbrach Jagoda mit ungewohntem Schwung: »… und dann auf Nimmerwiedersehen – wir schicken sie alle nach Tomsk!«

Jagoda nahm es ihm nicht übel, er ging nur weiter ins Zimmer hinein und bemühte sich, im ruhigen Tonfall des Strategen zu sprechen: »Auf diese Weise, Genosse Präsident, lösen wir drei Probleme. Wir geben den Bauern neues Land, leeren die Gefängniszellen, und vor allem erschaffen wir aus dem Nichts ein schönes Städtchen im Herzen Sibiriens!«

Stalin gab keinen Laut von sich, zeigte weder Zustimmung noch Ablehnung. Er blieb etwa zehn Minuten lang reglos stehen und vollführte nur eigenartige Bewegungen mit dem Stiefel, als sammelte er Staub ein, um ihn unter den Teppich zu kehren. Nichts Außergewöhnliches, jeder Genosse hat seine Weise, zu Entscheidungen zu kommen. Urplötzlich überlief ihn etwas wie ein Zittern, er ging zum Schreibtisch und setzte Stempel und Unterschrift auf die Papiere. Geschafft. Man konnte loslegen. Dank der sowjetischen Effizienz drängte sich schon wenige Wochen später eine große Menge abreisender Passagiere, bewacht von Polizei und Armee, in den Bahnhöfen Moskaus und Leningrads. In der Menge gab es von allem etwas: alte Bauern mit schwieligen Händen, junge Frauen, die ihre Säuglinge in Tüchern um den Hals gebunden trugen, Kinder, die sich neckten und damit Knastvisagen ärgerten, wie man sie ärger nie gesehen hatte, Leute, die mit der Messerklinge vertrauter waren als mit dem Spaten. Auf diesen Bahnsteigen war die gesamte kriminelle Arbeitskraft der russischen Großstädte versammelt, doch so wie man Wein mit Wasser verlängert, war auch hier der Abschaum mit ein paar Tausend Hungerleidern vom Land verdünnt, Leuten, denen man den Acker weggenommen hatte, weil jemand darauf die übliche Fabrik erbauen wollte.

»Was für eine sonderbare Gesellschaft«, dachten die Anwesenden.

»Ein echtes soziales Experiment«, sagten sich die Verantwortlichen, ehrlich erstaunt über das, was sie in Gang gesetzt hatten. Doch inzwischen gab es keinen Schritt mehr zurück. Die Züge fuhren am 1. Mai 1933 ab, neun Tage später sollten sie am Ziel ankommen. Und hier, bei der Ankunft, begannen die Probleme.

Es war einfach nur verantwortungsloser Optimismus gewesen, als man dachte, das bereits errichtete Lager würde für alle reichen. Insgesamt blieben mindestens fünftausend draußen, obendrein nur Kriminelle, denn die Bauern hatten sich beeilt, die Ländereien in Besitz zu nehmen. Was tun? Sie nach Hause zurückzuschicken, war ausgeschlossen.

Die Genossen Jagoda und Berman ließen sich von Stalin inspirieren: den Teppich hochnehmen und den Staub darunterkehren, komme es, wie es wolle. Dies umso mehr, als das Schicksal von fünftausend Knastbrüdern niemandem am Herzen lag. Volle Kraft voraus.

Am 18. Mai 1933 wurden die Deportierten auf große Kähne verfrachtet, die am Fluss Ob ankerten, in ein paar Tagen würde man sie auf einer Insel bei Nasino ausladen, wo sie inmitten unberührter Natur ein behelfsmäßiges Lager erwartete. Dort sollten sie für den Rest ihrer Tage bleiben. Um den Boden zu bestellen? Das wäre zu hoffen. Auch weil sich auf den Kähnen nur zwanzig Tonnen Mehl befanden, und wenn die aufgebraucht waren, hätten alle Hunger leiden müssen. Oder besser: nicht alle, nur die Deportierten, da das Wachpersonal Jagdgewehre besaß.

Unter diesen Voraussetzungen begann die Hölle von Nasino.

Was in diesem Lager geschah, ist einer der tiefsten Punkte, auf die der *homo erectus* je herabgesunken ist, und der sichere Beweis, dass sich das Böse manchmal ausbreitet wie ein unbesiegbares Virus. Die Nahrungsvorräte waren in weniger als drei Tagen aufgezehrt, und in der provisorischen Strafkolonie traten die ersten Fälle von Kannibalismus auf. Die Wächter verboten das nicht, interessiert beobachteten sie das soziale Experiment. Keiner bestellte den Boden, erzählen die Überlebenden, keiner versuchte zu angeln. Es gab ständig Streit, die zerteilten Körper dienten als Nahrung. Die Regression ging weit über das tierische Stadium hinaus, Deportierte wurden sogar als Jagdhunde benutzt und mit einem Fleischfetzen belohnt, wenn sie in den eiskalten Ob tauchten, um eine Ente oder ein Blässhuhn herauszuholen. Während der zwanzig Tage Kannibalismus in Nasino brach jede Art Epidemie aus, bis Beelzebub und sein Gefolge auf die lustige Idee kamen, auch noch den Typhus zu verbreiten. Über viertausend Menschen starben.

Das Böse ist dem menschlichen Wesen ganz offensichtlich nicht fremd.

Nasinieren [naziː'niːʁən], *Verb, reflexiv*, abgeleitet aus dem Massaker bei Nasino im Südwesten Sibiriens (1933). Man bezeichnet damit das Handeln eines Menschen, der sich grundlos seinen schlechtesten Antrieben ausliefert und dabei den abscheulichsten Teil seiner selbst offenbart.

O

Oatismus und Olivarexie

Broterwerb und Arbeitshunger

Wie weit würden wir im Namen der Arbeit gehen? Was würden wir uns zumuten, nur um Etappensiege bei einem imaginären Wettlauf der Effizienz und Produktivität zu erringen? In Japan starb 2013 eine junge Angestellte des staatlichen Fernsehens an einem Herzstillstand, weil sie den Rekord von zweihundert Überstunden im Monat hatte brechen wollen. Eine neue Stachanowistin – nach dem sowjetischen Arbeitsheld Stachanow – im Kimono? Ich glaube nicht. Denn seit den Zeiten des legendären russischen Minenarbeiters hat sich viel geändert. Heute sind wir dank der Technologie in jedem Moment, an jedem Ort erreichbar, darum gibt es den fest umrissenen Raum des Arbeitsplatzes und die geregelte Arbeitszeit mit dazugehöriger Stempeluhr nicht mehr. Und die Konkurrenz ist unerbittlich geworden, darum ist das Gehalt nur noch einer der Einsätze, um die es geht, hinzugekommen ist der Dopaminausstoß, den uns das omnipräsente Publikum schenkt.

Dabei gab es einmal, vor langer Zeit, eine Welt, in der die Arbeit dazu diente, dir dein Auskommen zu sichern. Die Mühe, den Boden zu beackern oder ein handwerkliches Talent fruchtbringend zu nutzen, verdankte sich nur der objektiven Notwendigkeit, auf diese Weise seinen Lebensunterhalt zu bestreiten. Berufstätigkeit erzeugte ein Einkommen, und das Einkommen verwandelte sich in Nahrung (nicht zufällig hieß der Verdienst Broterwerb). Diese so konkreten, geradezu biologischen Ursprünge scheint die moderne Arbeitswelt vergessen zu haben. Heute ist Geld das einzige Ziel jeder Arbeitsleistung, wichtiger sogar als das Leben des Arbeiters selbst.

Tatsächlich verschleißen in Indonesien Tausende Menschen ihre Lebensjahre in einer wahren Hölle aus giftigen Dämpfen. Zusammengedrängt auf dem glühenden Krater eines Vulkans, holen sie Schwefelplatten aus einem sulfathaltigen Teich. Die meisten überleben nicht länger als zehn Jahre, erst verbrennen sie sich die Augen, dann die Lungen für einen Bruttolohn um die sieben Dollar pro Schicht. Noch weniger verdienen die Müllsammler der Hightech-Abfallentsorgung, einer illegalen Müllabfuhr, die jedes Jahr viele Tausend Tonnen Computerschrott auf der Müllhalde von Guiyu in der chinesischen Provinz Guangdong ablädt. Zwischen leeren Batterien, giftigen Flüssigkeiten, korrodierten Mikrochips und verrosteten Metallen mühen sich Frauen und Kinder, Kupfer vom Lithium zu trennen und speichern dabei in ihrem Blut Prozentsätze an krebserregendem Blei, die den Normalwert um das Fünffache übersteigen. Verglichen mit ihrem Hungerlohn sind die Einkünfte der Krebsfischer in der Beringstraße zwischen Alaska und Sibirien entschieden höher. Außerdem sehen ihre Arbeitsverträge ausdrücklich Entschädigungsleistungen im Fall von Tod oder lebenslanger Invalidität vor, Risiken, die selbstverständlich vorausgesetzt werden, da es sich um eine äußerst unwirtliche Meeresgegend mit zwanzig Meter hohen Wellen und extrem niedrigen Temperaturen handelt, bei denen der Schaum auf den Wellen

2
3

augenblicklich gefriert (neun Fischer von zehn müssen mit tödlichen Unfällen rechnen).

Klar, das ist der Preis der Konsumgesellschaft, wird man sagen.

Nur um die Scheren der Pazifikkrebse im Supermarktregal zu finden, akzeptieren wir, dass jemand sein Leben riskiert. Natürlich, so ist es: Schon immer hat der Mensch die ethischen und umweltschädlichen Folgen des Geschäfts heruntergespielt, das gerade besonders gewinnträchtig ist. Im 19. Jahrhundert importierte man Hunderte Mungos aus Java, nur um die Zuckerrohrplantagen auf Hawaii von den Ratten zu befreien. Die Mungos verschlangen zwar die Nager, doch mit ihnen auch alle übrige Fauna auf den Inseln, was zum Ruin der Bauern und Züchter führte. Es ist das erbarmungslose, aber auch idiotische Gesetz des Eigennutzes, dem die Moderne alles opfert. Dennoch stimmt es mich nachdenklich, wie leicht man sich heute damit abfindet, dass ein Menschenleben zum Gegenstand geschäftlicher Transaktionen wird. In China hat sich bei den ärmeren Schichten die Gewohnheit verbreitet, Bereiche des eigenen Lebens zu verkaufen. Es ist das sogenannte *ding zui*, bei dem die Reicheren jemanden anstellen, der für sie ins Gefängnis geht. Auf der Grundlage willkürlich festgelegter Tarife sind viele Familienväter bereit, ihre Freiheit zu verlieren und die Strafe eines anderen abzusitzen. Manche gehen so weit, ihr Leben zu opfern und sich hinrichten zu lassen, um der Familie eine angemessene Entschädigung zu sichern, die sich vervielfacht, wenn auf die Exekution der Verkauf der Organe auf dem Schwarzmarkt folgt. Der Handel mit Nieren und Augenhornhäuten ist in vielen heruntergekommenen Gegenden des Fernen Ostens, von Katmandu bis zu den Slums von Mumbai und Karachi, eine überaus einträgliche Tätigkeit. Doch so weit entfernte Breitengrade muss man gar nicht bemühen, auch in den wohlhabenden westlichen Ländern wächst die Zahl derer, die sich gegen ein paar Hundert Euro pro Sitzung als menschliches Versuchsobjekt für neue Medikamente und chemische Präparate anbieten. Wir sind hier beim genauen Gegenteil von »arbeiten, um zu überleben« – im dritten Jahrtausend kann man sehr gut »arbeiten, um zu sterben«.

Bleiben wir noch eine Weile bei dem Thema. Nicht zuletzt, weil es mindestens drei Begriffe aus der Arbeitswelt gibt, die den Lebensgeschichten von Menschen entstammen: *Stachanowismus*, *Oblomowismus* – nach dem Helden des gleichnamigen Romans von Gontscharow, der sein Leben im Bett verbringt – und *Luddismus* – nach Ned Ludd, der als erster Arbeiter seinen Webstuhl zerstörte. Noch gibt es kein Wort für die Krankheit unserer Zeit, jene starke Abhängigkeit von der Arbeit, die zur Obsession wird, zur Bereitschaft, Körper und Seele dem zu opfern, was eigentlich nur dazu dienen sollte, uns ein Dach über dem Kopf, Kleidung und ausreichend Nahrung zu verschaffen.

Ich weiß, in der angelsächsischen Welt hat schon jemand ein Adjektiv erfunden, *workaholic*, das sich ungefähr mit *arbeitstrunken* übersetzen lässt. Doch ich möchte nicht bei dieser englischen Leihgabe haltmachen, sondern etwas tiefer, bis an die Wurzeln des Problems hinabsteigen, weil uns dort interessante Entdeckungen erwarten.

Diesen »Amtsalkoholismus« hat nämlich ein Forscher aus Kentucky erfunden, Professor Wayne Oates. Genügt das, um ein Substantiv aus seinem Namen abzuleiten? Theoretisch ja. Aber seine Bedeutung ist nicht banal. Oates wurde 1917 in einer bitterarmen Familie geboren. Der Vater schuftete wie ein Verrückter, die Mutter kam jeden Abend mit kaputtem Rücken aus einer Textilfabrik heim. Erst wenige Jahre zuvor hatte ein erbarmungsloser Mensch namens Henry Ford begonnen, das Montagefließband auszuprobieren, worauf die Wirtschaft der Vereinigten Staaten sich in unverhoffte Höhen erhob. Doch um welchen Preis? In einer Baumwollspinnerei in New York verbrannten 146 Arbeiter an ihrem Arbeitsplatz, zum Tode verurteilt durch ihre Vorgesetzten, die sie in der Fabrik eingeschlossen hatten, damit sie sich nicht unerlaubt entfernten. Das war der Preis.

Im zartesten Kindesalter vom Vater verlassen, blieb Wayne nichts anderes übrig, als seine Tage bei einer sehr frommen Großmutter zu verbringen, während die Mutter sich für einen lumpigen Lohn am Webstuhl abrackerte. Große Perspektiven gab es nicht: Gegen Ende der Zwanzigerjahre bot sich das

Leben einem zwölfjährigen Jungen als eine einzige, sehr lange Arbeitsschicht dar, aus der er mit weißen Haaren herauskommen würde. Und diese Aussicht ließ Wayne erschauern, er fühlte sie jeden Tag näher kommen wie ein echtes Ungeheuer, viel schrecklicher als seine Albträume, zumal die Großmutter ihm auch noch mit den ägyptischen Plagen und Aarons Goldenem Kalb Angst einjagte. Der andauernd erkältete, in einem viel zu weiten, gebraucht erstandenen Mantel steckende Junge wechselte jedes Mal das Thema, wenn jemand ihn fragte, was er werden wollte, wusste er doch genau, dass ihn der lange Weg erwartete, der vom Laufburschen zum Arbeiter und vom Arbeiter zu wenig mehr führt. Es gibt Momente, in denen du unglücklicherweise alles klar und deutlich vor dir siehst und dir nur zu gerne selbst etwas vormachen würdest, indem du ein elendes Loch in eine hübsche kleine Villa verwandelst. In genau dieser Lage befand sich Wayne, er nannte seine kommenden Jahre eines nach dem anderen beim Namen und hätte sich mit einem Stift sämtliche Falten eines vorgezeichneten Lebens ins Gesicht malen können. Das war seine ägyptische Plage. Doch so kam es nicht. Die von der alten Dame so inbrünstig herbeigebetete göttliche Vorsehung beschloss, Wayne eine andere Zukunft zu geben, und das ausgerechnet während der Wirtschaftskrise von 1929, als sich die düstersten Vorzeichen des Sturms zusammenballten. Wayne wurde unter den armen Kindern seines Viertels ausgelost und sollte auf Kosten des Staates die Chance erhalten, sich mit Hilfe einer guten Ausbildung und, wer weiß, womöglich einer gutbezahlten, hochrangigen Stellung einem Leben aus grauer Eintönigkeit zu entziehen. *Deo gratias!* Verständlich, dass der Junge mit Eifer ans Werk ging und nie versäumte, in der Kirche vor dem niederzuknien, der ihn von oben gesegnet hatte. Er wurde ein ausgezeichneter Wissenschaftler, eine Koryphäe der Psychologie. Doch neben dem wissenschaftlichen Interesse blieb die religiöse Leidenschaft bestehen, sie machte ihn sogar zu einem vielgelesenen Theologen. Als er in hohem Alter starb, bezeichnete sein Sohn Charles ihn als »einen Mann von unerschöpflicher Energie«. Und das lässt sich kaum bestreiten, wenn man bedenkt, dass er in seinem berühmtesten

Lehrbuch den Ausdruck »Arbeitstrunkenheit« prägte. Professor Oates kannte die Arbeitersiedlungen am Stadtrand, wo die Ausbeutung ihrer Arbeitskraft die Menschen zu irrsinnigen Rhythmen zwang, und mehr als alles andere hatte er gefürchtet, selbst an einem Webstuhl zu enden. Doch die Hand des Ewigen Vaters hatte ihn in die oberen Ränge geführt, wo niemand zu weite, abgenutzte Mäntel trägt und wo man sich der Illusion hingeben darf, Arbeit sei eine intellektuelle Mission, etwas wie die Emanation des eigenen Talents, wenn nicht gar ein als gesellschaftliche Pflicht getarntes Vergnügen. Dieses Erbe hatten ihm seine Jahre zwischen kaputten Öfen, nasser Wäsche auf der Leine und abgezählten Kartoffeln auf dem Teller hinterlassen. Er wusste, dass die Menschheit sich in jene teilt, die fluchend arbeiteten, und jene, die es lächelnd tun. Dennoch möchte ich mir vorstellen, dass Wayne Oates dort oben an der Spitze der Gesellschaft, zwischen Professoren und Ärzten, etwas Grundsätzliches ahnte: Ein Arbeiter kann durch die Arbeit sterben, weil er zu sehr geschunden wurde (oder weil man ihn eingeschlossen hat, um ihn im Auge zu behalten), doch auch im exklusiven Club der hochwertigen Berufe kann man sterben, wenn man aus seiner Berufung einen Götzen macht, wie Aaron aus dem Goldenen Kalb. Nur ein Psychologe, der zur Hälfte Theologe war, konnte diese Gefahr erkennen: einen Beruf heiligzusprechen, ihn mystisch zu verklären, in ihm den allumfassenden Sinn des Lebens zu suchen. Nicht ohne Grund tritt das, was japanische Mediziner *Karōshi* nennen (Tod durch Überarbeitung), niemals bei Lastenträgern und Tischlern auf. Das Phänomen des über die Ufer der Selbstkontrolle tretenden Arbeitsflusses betrifft die Orte kreativer Arbeit, Grafik- und Designstudios, Architektenbüros und die Universitäten. All jene Arbeitsplätze, an denen man sich tatsächlich in das verlieben kann, worin andere nur eine Beschäftigung sehen.

Eine prägnante Verkörperung dieser fast sinnlichen Leidenschaft für die eigene Arbeit war Graf Gaspar de Olivares im Spanien des 17. Jahrhunderts. Manchen mag er als Förderer von Velázquez bekannt sein, der Olivares dann auch in einem seiner erstaunlichen Porträts verewigte. Doch bei allem Respekt vor dem fantastischen Maler, ich glaube wirklich, man sollte von anderen Seiten dieses mächtigen Würdenträgers erzählen. Zum Beispiel, dass Olivares im ganzen Bedeutungsspektrum dieses Adjektivs ein ungeheuerlicher Mensch war. Exzessiv in seinem Verhalten, alles an sich reißend, ein würdiger Vertreter des Barockzeitalters, zeigte er sich seiner Umwelt als ein raumgreifender Dickhäuter, maßlos nach Essen und Ideen gierend. Es gibt Persönlichkeiten, die keinen anderen Ehrgeiz zu haben scheinen, als sich selbst in den Augen ihrer Umgebung bestätigt zu sehen. Diese Menschen – und Olivares war ihr Meister – fassen die Welt tatsächlich als ein Theater auf und fühlen sich jederzeit berufen, wie Kapitän Fracasse mit Feuereifer auf die Bühne zu stürmen. Das Problem ist nur, dass derartige Charaktere ihren Überfluss unbedingt in einen Behälter mit geeignetem Fassungsvermögen gießen müssen, das heißt, ihr Leben vollständig in einer Rolle von immenser Bedeutung aufgehen zu lassen. Geschieht dies nicht, wird es kritisch, dann keimt in ihnen ein zermürbendes Gefühl kosmischer Ungerechtigkeit, welches sich nur mit dem Zusammenbruch eines Grundpfeilers der Physik vergleichen lässt. Genauso war es bei Olivares: In den ersten dreißig Jahren seines Lebens hatte man ihm zwar die Ehren bezeigt, die einem Adelssprössling gebühren, doch niemand hatte ihm gestattet, sich mit einem Amt zu schmücken, das seinem Selbstwertgefühl entsprach. Gaspar stampfte brüllend mit den Füßen auf, war sich jedoch zuinnerst absolut sicher, dass er früher oder später zu einer ruhmreichen Position gelangen würde, wo er dann seine ganze aufgeschobene Befriedigung würde auskosten können. Das Mindeste, das man ihm schuldig war. Es überraschte ihn daher gar nicht, dass Ihre Königliche Hoheit Philipp III. eines Tages den jungen Erbprinz in seine Obhut gab. Für Olivares fühlte es sich an, als wäre er selbst gekrönt worden – von wegen nur auf einen Jungen aufpassen! Noch besser wurde es, als der König starb und der Sechzehnjährige unerwartet früh den Thron bestieg. Der Stolz machte den fetten königlichen Ratgeber noch fetter, und unter dem Vorwand, den noch sehr jungen König unterstützen zu müssen, übernahm er sämtliche politischen Entscheidungen.

Er war in jeder Hinsicht unersättlich. Das spanische Gesetz sah vor, dass Adelige immer nur einen Titel trugen und bei jeder Beförderung auf den vorhergehenden Titel verzichteten. Nun, Olivares verlangte vom jungen König, ihn zum Herzog zu ernennen, kündigte nach erreichtem Ziel aber sofort an, dass er den Grafentitel nie und nimmer ablegen würde. Alle am Hof protestierten, doch er legte geschickt die Gründe dar, warum er den einen und den anderen Titel verdiente. Moral von der Geschichte: Er blieb sein Leben lang Graf und Herzog, der Einzige mit zwei Titeln. Ämter häufte er mit derselben besessenen Lüsternheit an, mit der er bei Tisch die aufgetragenen Speisen verschlang, so dass seine Anwesenheit bei Banketten nicht ratsam erschien. Im Laufe seiner Jahre entwickelte Olivares eine panische Angst, übergangen und beiseitegeschoben zu werden. Er kannte die Stimmungsschwankungen bei Hof, darum hielt er es für eine gute Strategie, sich einfach unersetzlich zu machen, indem er die Arbeit aller Minister an sich riss. Alles würde er übernehmen, von der Außenpolitik bis zur Militärstrategie, von den religiösen Fragen bis zur Justiz, von der Wirtschaft bis zur Wiederherstellung der guten Sitten, nicht zu vergessen die Kultur, die Turniere und das gesellschaftliche Leben. Mit fünfzig zeigte er sehr ernste Symptome einer von Stress ausgelösten Psychose. Um zwanzig Stunden am Tag arbeiten zu können, verzichtete Olivares auf den Schlaf, zwang die Diener, ihn wach zu halten, und ersetzte den fehlenden Schlaf durch üppige Mahlzeiten zu jeder Stunde. Innerhalb kurzer Zeit wurde er unerträglich, attackierte alle, und das nicht nur mit Worten, schrie, bis ihm die Stimme versagte, bedrohte seine Ratgeber und manchmal sogar den jungen König, den er beschuldigte, einen Schatten auf ihn zu werfen. Währenddessen nötigte ihn eine regelrechte Zwangsneurose, zahllose Blätter mit abstrusen Berichten zu füllen, als müsste er der Welt und sich selbst beweisen, wie eminent wichtig seine Arbeit war. Olivares wurde wirklich langsam verrückt, er gab den Bau eines kolossalen Palastes in Auftrag, den Buen Retiro, was allen als ein Vorwand erschien, um sich mit noch mehr Aufgaben zu überhäufen, obwohl ihm inzwischen eine Tochter und ein Enkel gestorben waren, ohne dass er ihnen Trost gespendet hätte. Wer ihn beschuldigte, er habe sie sterben lassen, weil er sie auf ihrem Leidensweg alleingelassen habe, erhielt nur zur Antwort: »Ich hatte keine Zeit, man braucht mich an anderer Stelle …«, und wie zum Beweis stürzte er sich in ein riskantes fiskalpolitisches Manöver, das das gesamte Steuersystem revolutionierte. Ganz Spanien begann ihn zu hassen, und im Umkreis des Königs sprach man von ihm als einem Wahnsinnigen, der unter Halluzinationen litt. Schließlich jagte man ihn vom Hof.

Doch sogar im Exil von Zamora nahe der Grenze zu Portugal hörte Olivares, krank und unzurechnungsfähig, nie auf, sich in die Arbeit zu verbeißen. Man erzählt, er habe ein Amt im örtlichen Rathaus gefordert und zu jeder Tages- und Nachtzeit Verordnungen über das Weiden der Kühe und Reformen für die Wirtshäuser angekündigt. Bevor er für immer die Augen schloss, soll er nur gesagt haben: »Weckt mich morgen sehr früh.«

Oatismus [ʔɔːˈtɪsmʊs], *Subs.*, *der*, abgeleitet aus dem Namen des Psychologen Wayne Edward Oates (1917–1999). Das Wort bezeichnet die Verwandlung eines Berufs in einen Kult, mithin die religiöse Verherrlichung der eigenen Person nicht als Mensch, sondern als Inhaber einer Rolle.

Korrelat:

Olivarexie [ˌʔoːliːwaːʁɛkˈsiː], *Subs.*, *die*, Ableitung aus dem Namen von Gaspar de Guzmán y Pimentel, Conde de Olivares (1587–1645). Bezeichnung für die Besessenheit eines Menschen, der sich ausschließlich in seiner Arbeit wiedererkennt, der er all seine Kräfte, Gedanken und Gefühle widmet. Der **Olivarist** [ˌʔoːliːwaːˈʁɪst] wird daher unfähig, menschliche Beziehungen außerhalb ihrer Bedeutung für die Ausübung der eigenen Funktion zu pflegen.

P

Parksiade und Pietersonös

Ungleichheit in öffentlichen Verkehrsmitteln messen

Gepriesen in alle Ewigkeit sei der Autobus. Wohlgemerkt: Ich spreche vom zockelnden, unbequemen, proletarischen Bus, nicht von der komfortablen Version des Pullman-Busses. Im Grunde handelt es sich um zwei benachbarte, jedoch grundverschiedene Welten: Der Bus ist ein schwitzend sich abrackernder Stadtbewohner, während sein Cousin Pullman sofort an Ferien und Erholung denken lässt, die mit den Annehmlichkeiten einer klimatisierten Fahrt verbunden sind. Etwa wie zwei Blutsverwandte mit ganz ähnlichen Gesichtszügen, aber großen Unterschieden in Kleidung und Umgang. Letzterer darf sich sogar rühmen, den Sarg von Abraham Lincoln transportiert zu haben. Sein Erfinder George Mortimer Pullman war nämlich ein rechter Teufelskerl in Sachen Marketing, und um den Verkauf seiner als fahrende Salons konzipierten Luxuseisenbahnwagen zu fördern, zog er den spektakulärsten Reklamecoup des Jahrhunderts aus dem Hut – er verwandelte das Begräbnis eines Präsidenten in einen Werbespot. Unglaublich, aber so war es: Auf der Strecke Washington–Springfield wurde der Pullman als Leichenwagen auf Schienen aus der Taufe gehoben. Ein Meilenstein des Marketings, immerhin schrieb man das Jahr 1865.

Doch ohne die Bedeutung Abraham Lincolns schmälern zu wollen, werden wir uns hier mit weit bescheideneren Bussen beschäftigen. Kein Staatsoberhaupt würde seine Begräbnisfeier in der Straßenbahn oder der Buslinie 25 gutheißen, nehme ich an. Denn der Bus ist eine in der Zeit stehengebliebene, in seiner chronischen Unbequemlichkeit erstarrte, mittelalterliche Folter, unzugänglich für den Wandel der Zeiten und dem technischen Fortschritt. Bald wird der Mensch auf dem Mars landen, doch die Linien des öffentlichen Nahverkehrs beharren auf ihrem wahrhaft homerischen Vorhaben, den kriegerischen Geist ihrer Passagiere zu schmieden. Denn der Bus nötigt uns zu einer multiplen Resistenz gegen klimatische, olfaktorische und soziopolitische Faktoren. Den frustrierenden Mangel an Sitzplätzen als gegeben hinnehmend (und schon daraus ließen sich philosophische Analysen ableiten), müssen wir uns trotz ständiger Erschütterungen im Gleichgewicht halten und obendrein ein wachsames Auge auf mögliche kleinkriminelle Aktivitäten haben. Zur Entschädigung erhält man freilich ein rares Geschenk: die Gelegenheit zur genaueren Beobachtung der Population. Nicht ohne Grund erklärte ein meisterhafter Filmregisseur wie Mario Monicelli mit seiner beißenden toskanischen Ironie, dass die große Zeit der italienischen Komödie beendet war, als Drehbuchschreiber und Regisseure aufhörten, die öffentlichen Verkehrsmittel zu benutzen. Das ist die anschaulichste Beschreibung der Tatsache, dass man ein Land nicht erzählen kann, wenn man dessen Antriebe und Gefühlsbewegungen, sein Bremsen und Beschleunigen nicht wirklich kennt. In jedem Sinn. Es heißt, dass Winston Churchill in den schwierigsten Momenten der englischen Geschichte eine Fahrt im öffentlichen Personennahverkehr

unternahm, um die Stimmung der Menschen einzuatmen, ihre Kritik zu hören, ihre Einstellungen zu erfahren. Vielleicht ist das nur eine Legende, doch zweifellos sind Bus, Straßenbahn und Metro die besten Mikroskope, wenn man den lebendigen Körper eines Volkes untersuchen will. Von den dreien ist der Autobus das minutiöseste Messinstrument, weil er so genügsam ist. Er ist der Einzige, der die Reisenden fast vor ihrer Haustür abholt, der die heruntergekommensten Randbezirke mit den glitzernden Schaufenstern im Zentrum verbindet und sie alle tagtäglich in einer wunderbaren sozialen Alchemie zusammenbringt: die Achtzigjährige mit den vollen Einkaufstaschen, den Teenager mit seinem Rucksack voller Aufkleber, den Migranten mit ängstlichem Blick und die stressgeplagte Angestellte, die auf ihrem Platz einschläft, den Kopf ans Fenster gelehnt. Sogar in seinem Namen – diesem seltsamen Einsilber *Bus* – trägt er die unauslöschliche Spur seines Wesens als volkstümliches Verkehrsmittel, und es lohnt sich zu erzählen, wie es dazu kam.

1826 hatte ein gewisser Stanislas Baudry all seine Ersparnisse in den Bau einer Mühle vor den Toren von Nantes gesteckt, doch weil er ein Allroundtalent war und sein Geist keinen Stillstand kannte, beschloss er, den Familienbetrieb zu erweitern, und richtete ein kleines Thermalbad ein, das mit dem über seine Mühle fließenden Wasser beheizt wurde. Dank seines Geschäftssinns erwies sich dies als eine ausgezeichnete Idee, vor allem als Baudry auch noch einen Fahrdienst ersann, der die Kunden bequem vom Stadtzentrum bis vor den Eingang seines Bades transportierte. Eigentlich war es nur eine ziemlich große Kutsche, gezogen von zwei Gäulen. Doch hier begann alles: Wer sich in den Badebecken des Müllers entspannen wollte, wusste, dass er ein geeignetes Gefährt finden würde, welches vor der Werkstatt eines Hutmachers, des Monsieur Omnes, auf ihn wartete. Dieser Omnes, ein Witzbold, hatte schon seit Jahren ein Schild über seiner Werkstatt hängen, dessen Inschrift ein Wortspiel war: OMNES OMNIBUS, also »Omnes für alle«. Wenn man vom Zufall spricht: Da die End- und Anfangsstation der Kutsche von Baudry sich direkt vor diesem Schild befand, erhielt der Fahrdienst im allgemeinen Sprachgebrauch der Leute den Namen *Omnibus*, aus dem dann sämtliche Enkel und Urenkel, vom Oberleitungsbus bis zum Doppeldeckerbus, hervorgingen. Und just in einem Bus spielte sich eine der wirkmächtigsten Szenen der Nachkriegszeit ab.

Am 1. Dezember 1955 arbeitete Rosa Parks, eine zweiundvierzigjährige Näherin, wie immer in einer Fabrik in Montgomery, Alabama. Da sie viele Stunden lang schuften musste, ohne sich hinzusetzen, hatte Rosa sich eine Entzündung in der Beinsehne zugezogen und konnte abends kaum mehr stehen. Stellt euch diese farbige Frau mit dem sanften Gesicht und dem Lächeln einer Grundschullehrerin vor, sie ist eine von den Frauen, die man nie mehr vergisst und deren Geburtstag man sich notiert. Rosa gehörte zu jener seltenen Sorte Mensch, deren Äußeres ihr Wesen absolut nicht widerspiegelt. Wer sie sah, hätte sie für ein zartes, schwaches Mädchen gehalten, dazu verurteilt, in der wilden Fauna des menschlichen Dschungels zu unterliegen. Dabei war sie selbst ein echter Jaguar, sie wusste es nur noch nicht, sie kannte sich selbst und ihre Fähigkeiten nicht und hatte keine Vorstellung davon, wie viel Kraft in den verborgenen Erzadern ihrer freundlichen, stets höflichen Natur steckte. Es gibt Gelegenheiten, in denen man schlagartig sein wahres Ich entdeckt, und das ist, als lernte man einen völlig fremden Menschen kennen. An einem Tag wie tausend andere sollte Rosa genau das geschehen. Freilich wissen wir, dass unser Alltag aus der immer gleichen Wiederholung von Ritualen besteht, zwischen denen aber der Keim des Unvorhergesehenen nistet. Und in diesen Momenten zerreißt plötzlich die Kette und blockiert das Getriebe. Pirandello erzählt davon in seinem Buch *Der Zug hat gepfiffen*, wo einem überaus pflichtgetreuen Arbeiter mit einem Schlag die unendliche Nichtigkeit seines Alltagstrotts bewusst wird und er in dem Moment, da der Zug pfeift, die erschütternd lange Liste der Dinge vor sich sieht, die er nie erleben wird. Wie viele Züge pfeifen, ohne dass jemand zu einer solchen Abzweigung gelangt! Doch zum Glück gibt es von Zeit zu Zeit einen, der diesen Pfiff wie einen unausweichlichen Befehl wahrnimmt und daraus die Kraft bezieht, alles in Frage zu stellen.

An jenem 1. Dezember 1955 wartete Rosa Parks mit ihrem schmerzenden Bein nach einer ermüdenden Arbeitsschicht wie immer auf den Bus. Das vermeintlich hilflose Mädchen, deren Finger von Nadeln zerkratzt, deren Augen von Hunderten täglich genähter Säume getrübt waren, wusste noch nicht, dass sehr bald auch für sie ein Zug pfeifen und den Schleier der Normalität zerreißen würde, hinter dem jede Gemeinheit einleuchtend erscheint. Doch lassen wir Rosa einen Augenblick an dieser Bushaltestelle zurück, wir werden uns ihr bald wieder zuwenden, wenn sie um Hilfe beim Einsteigen in die letzte Fahrt der Buslinie 2857 in die Cleveland Avenue bittet. In der Zwischenzeit gehen wir zweiundsechzig Jahre zurück: Es ist das Jahr 1893, und wir sind in Südafrika in einem Eisenbahnwaggon erster Klasse. Der Zug fährt wie jeden Tag gemächlich nach Pretoria, manche Passagiere lesen, andere schlummern. Ein junger Anwalt mit charakteristisch indischen Gesichtszügen macht sich Notizen in der Akte seiner jüngsten Handelssache – er verteidigt eine der bekanntesten Firmen im Bezirk Natal. »Weisen Sie bitte Ihren Fahrausweis vor, mein Herr«, sagt jemand in resolutem Ton, und ohne die Augen von seiner Arbeit zu heben, zieht der junge Mann automatisch die Fahrkarte aus der Innentasche seines Jacketts und hebt sie mit zwei Fingern hoch.

»Wenn Sie mir dann in die dritte Klasse folgen wollen. Sie können hier nicht bleiben.«

»Wie bitte? Wohin soll ich Ihnen folgen?«

»In die dritte Klasse, dieser Wagen ist westlichen Passagieren vorbehalten.«

»Ich habe eine reguläre Fahrkarte erster Klasse gekauft.«

»Das gebe ich zu. Der Fehler liegt bei dem, der sie ausgestellt hat. Sie sind kein Weißer.«

Mit einem Anwalt zu debattieren ist hart. Der Disput zwischen den beiden wird mindestens eine Viertelstunde lang immer lebhafter, bis hin zu den schärfsten Tönen, erst das plötzliche Kreischen der Bremsen unterbricht ihn wie der Gong beim Boxkampf. Der Zug fährt langsamer, der Bahnhof von

Maritzburg ist erreicht. Merkwürdig, in Maritzburg war kein Halt vorgesehen. Jetzt fühlt sich der junge Anwalt von zwei hinzugekommenen Bahnbeamten am Arm gepackt, unter seinem energischen Protest schieben sie ihn in Richtung Tür und werfen ihn hinaus. Im Rauch der Lokomotive am Boden liegend, ruft der junge Mann, man solle ihm wenigstens seine Akte zurückgeben und hat die Bitte noch nicht zu Ende gesprochen, da regnet es schon Blätter aus dem Wagenfenster auf ihn herab. Der Bahnhofsvorsteher pfeift, der aus dem Fahrerfenster lehnende Lokführer antwortet mit einem Wink, und der Zug fährt weiter, während der Anwalt wütend und staubbedeckt seine Papiere nach den Seitenzahlen ordnet.

Dieser junge Anwalt war ein wenig wie die Näherin Rosa Parks. Aus der Nichtigkeit seiner vierundzwanzig Jahre lernte er dank der Demütigung an diesem Tag einen unerforschten Teil seiner selbst kennen. Er hieß Mohandas Gandhi und würde diesen ihm verweigerten Platz in der ersten Klasse in das Manifest eines epochalen politischen Kampfes verwandeln. Soll das bedeuten, dass er bis zu dem Tag blind für die Ungerechtigkeiten in Südafrika war? Natürlich nicht. Doch Pirandellos Zug hatte erst jetzt gepfiffen und ihm mit einem Mal die Augen gänzlich geöffnet. Also nahm Indiens Unabhängigkeit in diesem Zug nach Pretoria Gestalt an.

Der Zufall will, dass, genau wie für Gandhi, auch für Rosa Parks an jenem 1. Dezember 1955 in Alabama das Problem der Verteilung von Sitzplätzen in öffentlichen Verkehrsmitteln Anlass war, eine beispiellose Revolution in Gang zu setzen. Man sieht daran, dass Züge und Busse wahrhaftig eine Wiege der Bürgerrechte sind. Wir haben Rosa an der Bushaltestelle zurückgelassen, jetzt sehen wir sie wieder, wie sie mühsam einsteigt und auf einem Sitz im mittleren Teil des Busses Platz nimmt. Dort befanden sich die sogenannten gemischten Plätze, also jene, auf die sich auch ein Schwarzer setzen durfte, vorausgesetzt, er verließ den Platz sofort, wenn ein Weißer dort auftauchte. Und so geschah es ein paar Haltestellen später – prompt zwang der Busfahrer sie, aufzustehen. Für einen Afroamerikaner war das etwas völlig Normales, doch an dem Tag war es das für Rosa nicht mehr. Pirandellos Zug pfiff und sagte ihr, dass sie nicht aufstehen musste. Sie weigerte sich. Zunächst dachte der Busfahrer, sie sei verrückt, was denen, die den Pfiff des Zuges hören, immer geschieht, man verwechselt sie mit psychisch labilen Menschen. Doch wenige Minuten Streit genügten, um zu klären, dass Rosa keineswegs den Verstand verloren hatte, im Gegenteil, sie war bei so klarem Verstande, dass sie den Wahnsinn eines absurden Gesetzes in aller Deutlichkeit vor sich sah. Der gelb-weiß-grün gestreifte Bus hielt am Bürgersteig und war sofort von einer Menge Neugieriger umringt. »Was geht dort oben vor sich? Entschuldigen Sie bitte, ich kann nichts sehen.«

»Da ist eine Schwarze, die nicht aufstehen will, wahrscheinlich ist ihr übel.«

Aber Rosa Parks ging es ausgezeichnet. Nie hatte sie sich besser gefühlt. Auch als sie wegen Erregung öffentlichen Ärgernisses verhaftet wurde, hatten alle den Eindruck, dass sie im Vollbesitz ihrer Kräfte war. Sogar das Bein tat ihr nicht mehr weh. Von dem Tag an wurde mehr als ein Jahr lang bis aufs Äußerste gestreikt. In ganz Montgomery bestieg kein Schwarzer mehr einen Bus, bis die Behörden gezwungen waren, das Rassentrennungsgesetz aufzuheben. Sieh mal an, was eine Näherin in einem Bus auslösen kann. Wenn der Ruhm der Pullman-Busse sich dem Begräbnis Lincolns verdankt, also dem Mann, der die Sklaverei abschaffte, dann darf man sagen, dass die Aufhebung der rassistischen Gesetze sich einem Sitzplatz im Autobus verdankte.

Zugegeben, dieser Streik der Busfahrgäste war ein etwas eigenartiger Streik, doch derartige Proteste sind seit jeher die lautesten, weil sie dort entstehen, wo man es am wenigsten erwartet: Gandhi in einem Eisenbahnwagen erster Klasse, Rosa Parks in einem Bus in Montgomery. Und darum darf in unserem Wörterbuch Hector Pieterson nicht fehlen, der mit seinen dreizehn Jahren jeden Tag einen Schulbus nahm, um in Soweto die Schulbank zu drücken. Auch Hector war ein Bürger schwarzer Hautfarbe, auch ihm war das Schicksal zugefallen, im Schattenkegel der Apartheid geboren zu werden und aufzuwachsen. Und als die National Party per Gesetz verordnete, dass die Sprache der Weißen in allen Schulen Unterrichtssprache werden sollte, erfanden Tausende von Kindern wie Hector den Streik des subsidiären Sektors: keiner würde mehr ins Klassenzimmer kommen, keiner würde beim Appell des Lehrers »Hier!« rufen. Es war ein Aufschrei, und umso lauter, als er von einem Chor aus Kindern kam, vielleicht verstörte er die Mächtigen gerade darum so sehr. 1976 ließ man Panzerfahrzeuge gegen eine große Menge aus Schülern in kurzen Hosen auffahren, und am 16. Juni wurde Hector Pieterson erschossen, weil er wie viele andere gewagt hatte, auf den Pfiff des Zugs zu hören, überzeugt, alles verändern zu können. Die Vorstellung, dass ein Erwachsener die Augen über dem eigenen Abgrund öffnete, konnte man vielleicht noch akzeptieren, doch eine Revolte von Kindern war unfassbar, weil tausendmal erbarmungsloser. Ein Erwachsener ist mit Vorteilsnahme käuflich, im Allgemeinen unterwirft er sich dem Totschweigepakt, der jedes auf Gewalt gegründete System am Leben hält. Doch die Haltung eines Hector ist anders: Für den, der die Wirklichkeit noch mit dem einzigen Maßstab des Naturgesetzes wahrnimmt, wo Schmerz einfach nur Schmerz ist und man nicht geboren wird, um zu leiden, gibt es kein Gegengewicht im Sinne von Ungerechtigkeit. Darum schlug das Militär den Aufstand der Schüler von Soweto nieder. Gandhi und Rosa Parks sahen wenigstens den Ausgang ihres Kampfes, Hector nicht, er opferte sein Leben mit dreizehn Jahren. Sein Autobus war nach wenigen Haltestellen schon an der Endhaltestelle angelangt.

Parksiade [parkˈsaːdə], *Subs., die*, abgeleitet aus dem Namen von Rosa Parks (1913–2005). Als Parksiade bezeichnet man eine bedeutende Errungenschaft für sich oder für andere, die jedoch einer kleinen Geste entsprang, einem beliebigen Detail, das uns schlagartig offenbart, wie unerträglich unsere Lebensumstände sind.

Korrelat:

Pietersonös [piːtɐzoːˈnøs], *Adj.*, abgeleitet aus dem Namen Hector Pieterson (1963–1976). Das Wort bezeichnet die gefährliche Situation, die entsteht, wenn die Staatsmacht bei uns Menschen den geringsten Drang zur Veränderung, wenn sie jedwede Versuchung bemerkt, die Augen zu öffnen und unserer tatsächlichen Lage ins Gesicht zu sehen. Denn wer sich oder die Wirklichkeit mit den Augen des Kindes sehen kann, erträgt ihre Kompromisse nicht. Es ist der brandgefährlichste aller Blickwinkel.

Q

Questisch

Fahrrad fahren in der Antarktis

Das Jahr 1895 war ein wirklich schicksalhaftes Jahr: In Paris erfanden die Brüder Lumière den Kinematografen, während Guglielmo Marconi in Bologna mit Radiowellen experimentierte. Es sollte als das Jahr der großen technologischen Revolutionen in die Geschichte eingehen, die die Menschheit in das leuchtende Zeitalter der Moderne führen würden, wo die Entfernungen zwischen den Kontinenten auf ein Nichts schrumpften. Welch ein Komfort: Indien auf einen Bildschirm projiziert zu sehen oder die Trommeln des Kongo im Radio hören zu können. Fantastisch. Vorerst jedoch musste man sich mit illustrierten Büchern begnügen. Oder mit den Beschreibungen derer, die wirklich in Indien und in Afrika gewesen waren. Ihren Worten vertrauen, ihnen glauben.

Das tat der Mieter der Wohnung im ersten Stock eines ärmlichen Mietshauses in piemontesischen Ivrea. Immerfort über seinen Schreibtisch gebeugt, versuchte er sich zwischen weinenden Kindern und den Schreien einer hysterischen Ehefrau zu konzentrieren. In der Nachbarschaft nannte man

ihn respektvoll »den Signor Emilio«. Denn er war eine Persönlichkeit, einer, der sich als Schriftsteller mit seinen Tigern von Mompracem nahezu allseitige Wertschätzung erworben hatte.

Wie sollte man seinen Lesern da erklären, dass Signor Emilio sich nie aus Italien wegbewegt hatte. Er war kein abenteuerlustiger Geist, ganz im Gegenteil. Das Kühnste, was er sich erlaubt hatte, war, einen Journalistenkollegen am Ufer des Adige zum Duell herauszufordern. Ansonsten war er ganz Familienvater und Arbeitstier. Wahrlich kein Jules Vernes – unser Salgari hatte den Orient nur in Atlanten gesehen. Freilich verbrachte er allwöchentlich

mindestens drei Vormittage in der städtischen Bibliothek, wo er Reisetagebücher und Chroniken exotischer Länder konsultierte und exzerpierte. War er dann wieder über die Schwelle seiner Wohnung geschritten, machte er sich in Pantoffeln an die literarische Schöpfung: alles erfunden, reine Fantasie, einzig mit Hilfe von Tabak und einem Glas Marsala destilliert. Am Ganges war er nie gewesen, doch ihm schien, als kennte er sogar die Steine des Flussbetts. Und auf diese Voraussetzung gründete er seine Erwerbstätigkeit, die er mit gewissen künstlerischen Anstrichen versah, etwa wie seinen Kindern orientalische Namen zu geben: Fatima, Nadir, Omar. Die Täuschung war perfekt, er machte den Eindruck eines erfahrenen Experten für Reiserouten im Orient. Wurde er in der Osteria gefragt: »Sie sind ja selbst dort gewesen, was können Sie uns über Kalkutta sagen?«, strich Salgari sich über den gepflegten Schnurrbart und versicherte im Tonfall des bewanderten Forschungsreisenden: »Alle Orte der Welt gleichen sich.«

Was tatsächlich ziemlich weise klang. Und so bot man ihm ein Glas an.

Schade, dass niemand argwöhnte, was dieser Satz wirklich bedeutete, nämlich, dass der größte italienische Autor von Abenteuerbüchern es vorzog, in Ivrea zu bleiben, statt Malaysia mit eigenen Augen zu sehen. Warum denn auch? Zu viele Insekten. Zu viele Krankheiten. Vom lästigen Monsunregen ganz zu schweigen. Reisen ist mühselig, man verliert eine Menge nützlicher Zeit. Seine Reisen unternahm Signor Emilio bequem im heimischen Sessel, mit der Fantasie und einer gesunden Dosis Faktenrecherche. Kein Wunder also, dass ihm von Zeit zu Zeit ein Fehler unterlief: Festungen aus Stein statt aus Bambus, Ruinen des Mogul-Reichs auf Breitengraden, wo es niemals Mogulen gegeben hatte, oder Fische, von denen die Fischer von Brahmaputra nichts wissen konnten. Wenn ein Universitätsprofessor ihn auf den Fehler aufmerksam machte, zuckte Salgari mit den Achseln: »Ich habe ja kein akademisches Lehrbuch geschrieben!«

Wer wollte ihm unrecht geben – seine Helden mit den faszinierenden Namen sollten schließlich nur die Leser in Imola und Avellino beeindrucken, er musste mit seinen Romanen keine Prüfung über die Hindu-Kultur bestehen. Also? Wo ist das Problem, wenn niemand so genau weiß, wo Mompracem liegt? Und was ändert es, wenn in Labuan niemand Sandokan oder Yanez heißt? Nichts. Die Erfindung gefiel in Italien, das allein zählte. Außerdem hatte Salgari eine Familie zu ernähren und ständig Schulden, also musste er im Zweimonatsrhythmus neue Bücher produzieren, überdies mit immer anderen Schauplätzen, von den Antillen bis zur sibirischen Steppe, von Klondike bis zur Elfenbeinküste. Eine gewisse Marge Ungenauigkeit war also unvermeidlich, vor allem bei dieser raschen Abfolge unverständlicher Sprachen, vom Tamil bis zum Dioula, ein regelrechtes Inferno für jemanden, der in dem lieblichen Örtchen Tomenighe di Sotto im Valpolicella geboren wurde.

Nun, in jenem Jahr 1895 beschloss Signor Emilio, seine Leser mit einem neuen Roman zu überraschen, der diesmal in der Antarktis spielen sollte, der Königin aller noch unerforschten Kontinente. Ein toller Coup, denn die unwirtlichen Eiswüsten südlich der von Walen und Meeresungeheuern bevölkerten Drake-Passage waren gerade in aller Munde. Der Verleger las Salgaris Manuskript also mit den schönsten Hoffnungen, doch am Schluss angelangt, blieb ein ernsthafter Zweifel: »Mein lieber Emilio, das Buch ist fesselnd, keine Frage. Doch unter wissenschaftlichen Gesichtspunkten betrachtet: Bist du wirklich sicher, dass man den Südpol mit dem Fahrrad erreichen kann? Ich bin nie da gewesen, aber glaubst du nicht, dass es da klimatische Probleme gibt?«

Salgari, in seinem blütenweißen Anzug, lächelte. »Warum fragst du mich das? In meinem Roman trifft die Expedition alle Vorsichtsmaßnahmen, und die Fahrräder sind von bester Qualität.«

»Das bezweifle ich nicht, ich fürchte nur, dass die Antarktis nicht der richtige Ort ist, um dort Fahrrad zu fahren.«

Salgari wurde ungeduldig. »In der Tat ist das kein Wettrennen, es ist eine veritable Entdeckungsreise, es gibt eine Gruppe hochkarätiger Naturforscher, die die Absicht hat, am Südpol eine Fahne zu hissen.«

»Entschuldige bitte, aber kommen dir deine hochkarätigen Naturforscher nicht ein bisschen ahnungslos vor? Zwei sind Radrennfahrer, nur deswegen wurden sie ausgesucht. Es gibt keinen einzigen Arzt, aber ohne einen Militärarzt bricht keine Expedition auf. Was die anderen betrifft, so wirken sie auf mich mehr wie ein Trupp lustiger Ausflügler. Und so kommt's dann ja auch: Sie brauchen ihren Petroleumvorrat auf und müssen das Eis mit dem Fahrrad überqueren als wär's der Park von Valentino hier in Turin. Komm schon, Emilio, willst du das Buch nicht noch einmal durchlesen und einiges korrigieren? Ich bitte dich.«

»Auf gar keinen Fall, ich schreibe schon am nächsten, das in der Karibik spielt. Außerdem ist da dieser grässliche Verne, der auch über die Antarktis schreibt.«

»Ja, aber ohne Fahrräder«, wandte der Verleger gereizt ein.

»Was ich geschrieben habe, bleibt so. Und soll ich dir was sagen? Die Fahrräder möchte ich auch im Titel. Mach's gut.«

Ja, Signor Emilio war kein einfacher Charakter. Er blieb unerbittlich, und schon bald erschien *Mit dem Fahrrad zum Südpol*. Selbstverständlich wurde das Buch von der Wissenschaft mit schallendem Gelächter aufgenommen, niemand war so blauäugig, sich zu den Pinguinen zu gesellen, als ginge es auf einen Sonntagsausflug. Diesmal hatte Salgari wirklich übertrieben. Expeditionen in die Antarktis kosteten Unsummen, und wer sie durchführte, wurde auf jede Art Gefahren vorbereitet, einschließlich des kleinsten Zwischenfalls, da überließ man nichts dem Zufall. Das war die Realität, himmelweit entfernt von den Fantastereien eines drittklassigen Schriftstellers! Und wenn er unbedingt auf der Antarktis-Schiene weitermachen wollte, sollte er wenigstens so lange warten, bis er den Bericht von der neuen Expedition studieren konnte, die die Royal Geographic Society in Kürze mit ihren besten Männern zum Südpol schicken würde.

Und hier sind wir an den Punkt gelangt, auf den es uns für unser Wörterbuch ankommt. Wir werden verfolgen, was kurz darauf geschah, als das Schiff *Discovery* über die Eisberge hinaus nach Süden vordrang. Der Erwartungsdruck war groß, darum versicherten die Engländer, sie hätten für das, was sich als die endgültige Eroberung des entferntesten Winkels der Erde ankündigte, alles bis in die kleinste Einzelheit bedacht. Auserwählt waren drei absolut sichere Garanten wie Robert Falcon Scott, Edward Wilson und Ernest Shackleton. Sie standen an der Spitze einer sündhaft teuren, mit königlichen Geldern und großzügigen privaten Zuschüssen finanzierten Unternehmung. Von wegen Fahrräder: Im Kielraum der *Discovery* befand sich alles, was zur Eroberung der Antarktis nötig war, von gefütterten Zelten, die dreißig Grad Minus standhielten, bis hin zur modernsten Ski- und Bergsteigerausrüstung, nicht zu vergessen die zahlreichen Schlitten mit dazugehörigen Hundegespannen. Das war die Wissenschaft, sie war unendlich viel konkreter als die Literatur. Salgari sollte sich das eine Lehre sein lassen: Einem feindseligen Kontinent wie den Südpol konnte man nur mit geeigneter Ausrüstung begegnen, zu der die unvergleichlich große Fachkenntnis dreier erprobter Helden extremer Entdeckungsreisen hinzukam. Shackleton und Scott hatten immerhin jahrelang Erfahrung auf den Pazifik und dem Indischen Ozean gesammelt, Doktor Wilson rühmte sich einer Promotion in Medizin und langjähriger Forschungsarbeit auf dem Gebiet der Zoologie.

Als die *Discovery* im März 1902 vor der Front der Ross-Schelfeisplatte Anker ließ, schickten die drei Entdecker sich an, endlich mit dem wichtigsten Teil ihrer Mission zu beginnen. Sie waren kurz davor, ihre Namen in die Geschichtsbücher zu schreiben. Oh ja. Obwohl die Ereignisse, um die ganze Wahrheit zu sagen, nicht gerade den bestmöglichen Verlauf nahmen. Es gab gewisse Unannehmlichkeiten, vielleicht einem Übermaß an Begeisterung geschuldet. Doch der Reihenfolge nach: Stellt euch unsere Helden zunächst mitten im blendenden Weiß vor, umringt von einer großen Schar neugieriger Pinguine.

Scott wendet sich an Shackleton, befiehlt ihm, das Zeltlager aufzubauen. Die Antwort des Iren ist so außergewöhnlich, dass ich sie nicht glauben würde, wenn nicht alles in den wissenschaftlichen Tagebüchern berichtet wäre. Er blickte den Expeditionsleiter verblüfft an und sagte: »Ich habe nicht die leiseste Ahnung, wie man Zelte aufbaut.«

»Wie bitte?«, fragte Scott, während die Temperatur im Rhythmus von vier Grad pro halbe Stunde sank. Shackleton war kein Typ, der Scherze machte, und noch weniger einer, der lange um den heißen Brei herumredete, also bestätigte er mit einer aufreizenden Gelassenheit: »Ich sagte, dass ich keine Zelte aufbauen kann, und ich habe auch noch nie welche gesehen, es ist nicht meine Aufgabe, Zeltlager einzurichten.«

Scott spuckte auf den Boden, das war seine Weise, Verlegenheit zu überspielen. In diesem Fall erstaunte ihn, dass er nicht rechtzeitig ausspucken konnte, da ihm die Spucke bereits im Mund zu Eis gefroren war. Darauf wandte er sich an Wilson, der ihm jedoch zuvorkam: »Mich darfst du nicht fragen, ich bin Militärarzt, mit Zelten kenne ich mich nun wirklich nicht aus.«

»Ja, und was machen wir jetzt?«, platzte Scott wütend heraus und verkroch sich in seine pelzgefütterte Kapuze. Shackleton verlor sein gewohntes Phlegma nicht. »Wir dachten, dass du Zelte aufbauen kannst, Robert.«

Scott brach in ein schallendes Gelächter aus, das die Pinguine in leichte Aufregung versetzte. »Und ich dachte, in vier Monaten Schiffsreise von England bis hierher hätte sich vielleicht jemand die Frage gestellt, wer das Lager aufbauen würde!« Es folgte eine lebhafte Auseinandersetzung zwischen Scott und Shackleton, die in einen Streit auszuarten drohte. Doktor Wilson wiederum begann zu frieren und beeilte sich, die Hüllen der Zelte aufzuschnüren, um sich selbst und den anderen das Leben zu retten. Dies war die erste Nacht, die die Naturforscher der *Discovery* auf dem antarktischen Eis verbrachten, und es war der Beginn eines Widerstandskampfes zwischen drei Männern und ihren Zelten. Keiner wusste, wie man sie aufbaute, keiner konnte es herausfinden, und wie sehr sie sich auch bemühten, keiner verbrachte auch nur eine einzige Nacht, ohne dass ihm der Unterschlupf über dem Kopf zusammenbrach. Mehr noch: Aus den Berichten geht hervor, dass weder Scott noch die anderen beiden je zuvor einen Schlafsack benutzt hatten, da sie sich diese Erfahrung für den Ausflug in die Antarktis vorbehalten hatten. Das konnte ja heiter werden.

Als der zweite Tag anbrach, gedachten sie dennoch, wie vereinbart, mit der Überquerung des Packeises zu beginnen. Dann gab es die nächste Überraschung.

Dieses Mal begann Shackleton: »Wer spannt die Hunde vor die Schlitten?«

»Das habe ich noch nie gemacht«, erwiderte Scott.

»Das ist nicht Aufgabe des Militärarztes«, fügte Wilson hinzu, der unterdessen bemerkte, dass es ernsthaft zu schneien begann. Shackleton ging mit einer gewissen Vehemenz auf die beiden zu. »Soll das heißen, dass wir nicht nur nicht wissen, wie man Zelte aufbaut, sondern auch, dass keiner von uns mit einem Hundeschlitten umgehen kann?«

Er erhielt keine Antwort. Wir sehen drei auf dem Eis der Antarktis inmitten einer metaphysischen Stille verlorene Männer. Sie standen vor dem erbarmungslosen und großartigen Schauspiel der menschlichen Natur, denn es ist immer erschütternd, erkennen zu müssen, dass wir unbegreifliche Wesen sind, sprunghaft, inkonsequent und von einer befremdlichen Unvollkommenheit. Was wir im Allgemeinen vor uns selbst verstecken können, bricht sich manchmal mit unbestreitbarer Deutlichkeit Bahn und demütigt uns. In diesen endlos langen Momenten begreift man, wie vermeidbar all die eigenen Fehler waren und welch eine gesalzene Rechnung man täglich für sein Leben mit seinem immerwährenden Aufschieben, Herunterspielen und Vermeiden bezahlen muss.

Natürlich versuchten die drei, sich auch bei den Schlitten irgendwie zu behelfen, während die Schneestürme unablässig wüteten. Doch die Resultate waren dürftig, und die schlecht angeschirrten Hunde mussten sich während der ganzen Expedition doppelt abmühen. Was konnte peinlicher sein, als ausgerechnet in dieser gefährlichen Situation, ohne Zelte und ohne Hunde, den Dilettanten in sich zu entdecken?

Es kam tatsächlich noch mehr hinzu.

Denn die *Discovery*-Expedition ging auch wegen anderer Besonderheiten in die Annalen ein. Scott, Shackleton und Wilson bemerkten erst auf dem Polareis, dass keiner von ihnen sich durch einen geübten Umgang mit Skiern und der Ausrüstung für Bergsteiger auszeichnete. Hätten sie doch nur Fahrräder mitgenommen! Ja, die hätten sie lenken können. Vielleicht hatte Salgari ja wirklich eine Erleuchtung gehabt, mit welchem Fortbewegungsmittel die Wissenschaft den weißen Kontinent hätte erobern können. Nun, bei näherer Betrachtung war der kleine Roman von Signor Emilio doch ein wenig beschönigend, da die lustige Salgari-Truppe nie riskierte, zu verhungern. Die drei Briten dagegen mussten, als es bereits zu spät war, feststellen, dass ihre Nahrungsmittelvorräte nicht richtig vorausberechnet waren – ein banaler arithmetischer Fehler bei den Tagesdosen. Wie dumm – wären sie doch nur etwas aufmerksamer gewesen! Doch wie jeder weiß, lenkt jugendliche Begeisterungsfähigkeit mitunter vom Wesentlichen ab. Im Grunde ging es ja nur um einen Ausflug zum Südpol, eine bekanntlich einladende Gegend. Im Januar 1903 waren sie endlich auf dem Rückweg, zu Tode erschöpft und verzagt, obendrein vom Skorbut geplagt. Ihr werdet sagen: Es gab doch einen Arzt unter ihnen. Das war Wilson tatsächlich, aber wer will ihn schuldig sprechen, wenn er die Symptome der Schneeblindheit unterschätzt hatte? Kurz, die beiden Gefährten luden ihn sich auf den Rücken, um ihn zum Schiff zurückzubringen.

Selten habe ich ein so schlagendes Beispiel für Oberflächlichkeit gefunden. Doch was mich noch mehr erstaunt, ist der Epilog dieser Geschichte. Vier Jahre später stach Ernest Shackleton nämlich erneut von England aus in See, um zu versuchen, was ihm zuvor nicht gelungen war – den Südpol zu erreichen. Man weiß ja: Der Mensch lernt aus seinen Fehlern, und jede Eroberung von morgen verdankt sich auch dem falschen Schritt von gestern, den man eingesehen hat und wettmachen will. Shackleton hatte auf der *Discovery*-Expedition sein Leben riskiert, doch gerade darum stürzte er sich jetzt im vollen Bewusstsein all seiner Irrtümer in ein neues Abenteuer. Er wusste, dass es keinen Spielraum mehr für Leichtsinn und Kompromisse gab, hatte er doch am eigenen Leib erfahren, wie hoch der Preis für Nachlässigkeiten ist. Auch aus diesem Grund machte er unter allen Schiffen den Segler *Bjorn* aus, eindeutig der zuverlässigste und widerstandsfähigste.

Wenn er doch nur etwas billiger gewesen wäre ... Schon stand Shackleton vor einem Scheideweg und traf seine Wahl. Er entschied sich für einen Notbehelf und schiffte sich auf einer Art Walfänger aus Kanada ein. Es war seine Wahl. Dieses Schiff, die *Nimrod*, ist im Grunde die Prämisse und das Symbol der gesamten Expedition, die nun folgte. Shackleton hatte sich das maximale Ergebnis zum Ziel gesetzt, doch er musste sich mit der Besteigung des Vulkans Mount Erebus begnügen, weil ihm genau die gleichen Fehler wie vor sechs Jahren zum Verhängnis wurden. Auch dieses Mal war die Mannschaft nicht aufs Bergsteigen vorbereitet, auch dieses Mal war die Ausrüstung ungeeignet oder schadhaft. Und während beim ersten Mal alles wegen der schlecht geführten Schlittenhunde zusammenbrach, waren es jetzt die Ponys aus der Mandschurei, die Shackleton unbedingt hatte mitnehmen wollen, ohne die geringste Vorstellung davon zu besitzen, wie man sie behandeln musste. Er fand sich mit zwei Dutzend halb erfrorener Ponys wieder, von denen die meisten starben, weil sie giftigen Vulkansand gefressen hatten. Das war keine neue Entdeckung, den Expeditionsteilnehmern der *Nimrod* hätte eine aufmerksamere Lektüre zoologischer Handbücher genügt. Doch Shackleton durfte man nicht fragen – gierig und hastig zwang er sich immer und ausschließlich zum Handeln. Er hasste es, stehen zu bleiben, seine Vorstellung vom Leben war ein andauerndes Laufen, bei dem er den Rausch des Entdeckens in vollen Zügen auskostete. Keinen Moment lang wurde ihm bewusst, dass er auf diesem endlosen Wettrennen bereits durch alle Ziellinien gelaufen war und mittlerweile nicht mehr für einen Platz auf dem Siegerpodest und für keine Trophäe mehr rannte. Er lief nur noch aus Angst, stillzustehen, wie es vielen ergeht, die ihr Leben nicht an Zielen, sondern nur am Gefühl des Laufens selbst festmachen. Nach der *Discovery* endete auch die Expedition der *Nimrod* mit Verlusten und sehr hohen Kosten. Doch Shackleton reichte das natürlich nicht, 1921 war er bereit für ein neues Meisterwerk der Nachlässigkeit, zweifellos das tragischste. Dieses Mal suchte er sich die *Quest* aus, doch kaum ein Schiff wäre für eine Fahrt in die Antarktis weniger geeignet gewesen. Die *Quest* war fast schon ein Wrack, mit Robbenfett getränkt und wurmstichig bis ins Mark.

»Wenn ihr sie antreibt, schafft das Mädchen bis zu zehn Knoten«, wollte ein zwielichtiger dänischer Verkäufer ihm weismachen. Monate später sollte die Mannschaft entdecken, dass die *Quest* nicht einmal sechs Knoten erreichte und obendrein schrecklich schlingerte, sobald das Meer etwas bewegter war. Kein geringfügiger Makel, wenn man bedenkt, dass die Drake-Passage bekanntlich die stürmischste Meerenge der Welt ist. Doch schon bevor sie dort ankamen, war die ganze Fahrt eine einzige Qual. Die *Quest* musste wegen Reparaturen verschiedenster Art in jedem zweiten Hafen festmachen, ein Sinnbild dieser abermaligen Unternehmung, die mit prahlerischem Furor, ohne zu überlegen und ohne die geringste Vorsicht, alles auf eine Karte setzte. Über einen Monat lag das Schiff in Rio de Janeiro, bevor es weiterfahren konnte, obwohl in der Mannschaft keiner auf die Expedition vorbereitet oder von ihr überzeugt war. Und hier, an Bord der *Quest*, starb Shackleton in der Nacht des 5. Januars 1922 an einem Herzinfarkt. Sein Herz hatte diesem neuerlichen, besessenen Wettrennen, das zu seiner letzten Enterfahrt wurde, nicht standgehalten.

Questisch [ˈkvɛstɪʃ], *Adj.*, abgeleitet aus dem Schiffsnamen der Antarktisexpedition (1921–1922). Es bezeichnet das Verhalten eines Menschen, der sich im Leben große Ziele setzt, doch ohne Vorkehrungen zu treffen, um sie zu erreichen. Ein »questisches Verhalten« ist demnach eine chronische Nachlässigkeit, die Unfähigkeit, sich selbst mit jenem Minimum an vorausschauender Umsicht zu helfen, das alles viel einfacher machen würde.

R

Rosabellen

Die Fesseln des Todes

Bess Rahner ertrug die Veränderung ihres Körpers nicht. Ihr ganzes Leben lang würde sie sich an den Tag erinnern, als sie mit dreizehn Jahren vor dem Toilettenspiegel eines ihrer langen dunklen Haare ausfallen sah. In diesem Alter, wurde ihr zum Trost gesagt, ist man wie eine Blume mitten im Frühling, und wenn ein Blütenblatt fällt, kann es nur ein starker Windstoß gewesen sein. Doch Bess wollte das nicht hinnehmen. Etwas in ihrem Inneren wusste genau, dass der Frühling im Wechsel der Jahreszeiten enden würde, und dann würden ihre langen schwarzen Haare dem Wetter ungeschützt ausgesetzt sein. Von dem Tag an erlebte sie jeden Augenblick als ein langsames Voranschreiten auf ihre endgültige Sonnenwende. Wie ein Kind, das den Trick des Zauberers ausspioniert hat, ahnte Bess, dass sie sich nunmehr das demütigende Geheimnis des Alterns zu eigen gemacht hatte, sein subkutanes, unbemerktes Voranschreiten, bis man sich verändert und der einstigen Anmut beraubt erfährt. All das ignorierte die Welt, sie nicht. Sie kannte die Taktik ihres Feindes. Sie kannte den Ausgang dieses Krieges, dieses unanfechtbare, zynische Gesetz, das sie früher oder später aufgrund der menschlichen Verfassung zum Waffenstillstand zwingen würde. Doch sie schwor sich, erbitter-

ten Widerstand zu leisten. Von jetzt an würde sie jede Falte in ihrem Gesicht kontrollieren, jedes Stückchen Haut, jeden Schimmer in dem rabenschwarzen Haarschopf, um den ganz Brooklyn sie beneidete. Denen, die sie gernhatten, entging nicht, dass sie nervös war. Sie musste sich nur eine Sekunde lang beobachtet fühlen, schon lief sie verwirrt zum nächsten Spiegel und suchte nach der Andeutung irgendeiner Falte. In der Familie sagte man: »Das geht vorbei«, die übliche Methode, um ad acta zu legen, was wir an unseren Kindern besonders befremdlich finden und nicht zu behandeln wissen. Das geht vorbei.

Fünf Jahre später war ihre Obsession nicht nur nicht vorbei, sie wurde auch quälender. Immer wieder sagte sich Bess, dass sie sich niemals gestatten würde, zu verblühen, und auch nicht aufzuquellen wie die Kassiererin des Lokals, die rothaarige Vivian, deren Relikte einer vergangenen Schönheit Bess so bemitleidenswert erschienen, dass sie sich sogar weigerte, Vivian auch nur anzusehen. Sie begann, das Gesicht ihrer Mutter zu hassen, und wie vor einem immer wieder aufgeschobenen, gefürchteten Treffen graute ihr vor dem Moment, in dem sie sich selbst in diesem Gesicht wiedersehen würde. In diesen Tagen stand Bess zum ersten Mal das Bild eines erstickend engen Futterals aus Fleisch und Haut vor Augen, in dem sie bis an ihr Lebensende eingezwängt sein würde. Das bedrückende Gefühl dieses Käfigs ließ sie nachts aus dem Schlaf aufschrecken oder schnürte ihr plötzlich die Stimme in der Kehle ab, ausgerechnet dann, wenn sie *Rosabelle* anstimmte, ihr Lieblingslied auf der bunten Bühne von Coney Island. Ja, es ließ sich nicht leugnen, der verzweifelte Wunsch, allem zu entfliehen, fraß an ihrer Seele, bis sie vor Schmerz schrie. Doch wovor wollte sie fliehen? Wie die unzerstörbare Kette der Natur zerreißen?

Es war im Herbst 1893, der Atlantik versprach unvergessliche Gewitterstürme, als die Brüder Weisz in ihrem Leben auftauchten. Was sie zu Bess brachte, war jene eigenartige Strömung, die die passendsten Schiffbrüchigen des ganzen Ozeans ausgerechnet an die eigene Insel spült. Sie entdeckte die beiden hinter der Bühne, wo sie ihre Truhen ausluden, und der Anblick freute sie nicht. Noch eine Nummer mit Zauberern war nicht das, was ein verschuldetes Theater wie dieses retten würde. Der Direktor sollte einen Clown suchen, das dachten alle. Einen Clown oder wenigstens noch ein paar Tänzerinnen. Aber nein, stattdessen diese beiden mit ihrem immer gleichen Repertoire aus verschwindenden Tauben und Kaninchen im Zylinder. Bess konnte natürlich nichts entscheiden, sie war nur eine Sängerin und zudem die jüngste, nicht mal achtzehn Jahre alt. Und eine Kündigung wollte sie nicht auch noch zu ihren Problemen zählen. Da sie kein besonders diplomatischer Typ war, fasste sie das Problem gegenüber den Neuankömmlingen in ziemlich direkte Worte: »Wisst ihr, dass die letzten Zauberer hier die ganze Zeit ausgepfiffen wurden?« Seltsamerweise reagierte keiner der beiden jungen Männer beeindruckt oder verwirrt auf diesen Frontalangriff. Sie luden weiter ihr Gepäck aus dem knarrenden Wagen mit abgeblätterter Farbe, der nicht die beste Visitenkarte darstellte. Bess ging wieder zum Angriff über: »Meine Freundinnen und ich singen nämlich immer nach eurer Nummer, und wir hätten gerne ein gut gelauntes Publikum. Ihr wisst ja, wie das ist, hier lebt man von Trinkgeldern. Oder zaubert ihr von der Gewerkschaft den Lohn nach Schluss der

Vorstellung aus dem Hut?« Das sagte sie, weil auf dem Karren in Blau und Rot geschrieben stand: GEWERKSCHAFT DER ZAUBERER, der lächerlichste Name, den Bess je für ein Illusionisten-Duo gehört hatte. Doch niemand nahm den Fehdehandschuh auf, was das Mädchen jetzt wirklich ärgerte. »Na gut, das heißt, wenn sie uns wegen euch heute kein Geld fürs Abendessen geben, werde ich eine von euren Tauben essen.« Lächelnd – wie immer, wenn sie eine Gemeinheit losgelassen hatte, auf die sie stolz war – ging Bess auf ihren Ankleideraum zu und sang dabei den Refrain von *Rosabelle*. Doch da hörte sie in ihrem Rücken eine Stimme mit ungarischem Akzent, die sagte: »Ihr denkt doch nicht etwa, dass diese Truhen für Tauben und Krimskrams gedacht sind? Sie sind leer, Mylady Kanarienvögelchen.«

Kanarienvögelchen genannt zu werden, wirkte auf Bess Rahner wie etwas Unerhörtes und gleichzeitig Amüsantes. Sie spürte, dass sie wütend werden oder wenigstens so tun sollte, konnte aber nicht anders, als den Beinamen lustig zu finden. Darum: »Was für schöne Nummern werdet ihr denn aufführen mit euren leeren Truhen? Versteckt ihr euch darin, und das Publikum muss raten, wo ihr seid?«

Die Antwort kam von dem Zauberer, der sie Kanarienvögelchen genannt hatte. Er hieß Theo, aber alle nannten ihn seit jeher Desh. Ein kräftiger Bursche mit einer Nase so spitz wie ein Holzbohrer, doch was Bess besonders beeindruckte, war die geometrische Ordnung seiner Haare, die kein Hurrikan hätte zerzausen können. Er sah sie an und erklärte mit einem gewissen Stolz die poetische Chiffre der Gewerkschaft: »Zu eurer Information, in diesem Truhen fesseln wir uns, schließen sie ab und schenken euch den Schlüssel.«

Bess unterdrückte ein Lachen, denn sie wollte wenigstens ein bisschen wohlwollend erscheinen. »Beeindruckend. Ist das die Gewerkschaft der Zauberer oder die der Tischler?«

»Sagen wir, es ist die Gewerkschaft der Flüchtlinge. Stimmt's, Erich?«

Erich, Deshs Bruder, ließ sich jedoch nicht in ein Gespräch mit dem erstbesten Kanarienvogel verwickeln, der ihnen über den Weg lief. Ein Grund mochte auch sein, dass er die eigentliche Hauptfigur der Nummer war. In wenigen Stunden würde er sein Leben riskieren müssen, wie jeden Abend, und er hatte keine Lust, sich durch Reden ablenken zu lassen. Darum begnügte er sich mit einem zerstreuten Nicken und wurde fast unhöflich gegenüber der Kollegin, denn er wandte ihr den Rücken zu und fuhr sich durch die Haare, einem widerspenstigen Lockenschopf, die effektvolle Antithese zum Bruder.

Mit einem Schlag erschienen Bess die beiden Neuen wie eine vielversprechende Eroberung: Sich aus einer mit Ketten umwickelten Truhe zu befreien, war in ihren Augen ein so unmögliches Unterfangen, dass es sie an ihren eigenen Kampf mit den Fesseln ihres Körpers erinnerte. Und während sie hinter der Bühne die Nummer der Brüder Weisz beobachtete, fühlte sie schon an jenem Abend ein unbekanntes, belebendes Gefühl der Erlösung, als wäre sie selbst von den eisernen Kettengliedern gefesselt, die Erich so unglaublich geschickt zu lösen vermochte. Kein Zweifel: Er war wirklich ein Flüchtling, er war ein Vorbild, von dem sie sich inspirieren lassen konnte, er befreite sich aus einer Umklammerung, die jeder für tödlich gehalten hätte.

Wer weiß, ob ihre lange Liebesgeschichte schon an jenem Abend auf den schwankenden Brettern von Coney Island begann. Sicher ist, dass Bess für das hartnäckige Werben von Desh Weisz keinen Augenblick lang empfänglich war, denn wer ihr Körper und Seele in Aufruhr versetzte, war dieser Bruder mit den buschigen Haaren und schrecklichen Augen, hinter denen ein erhabener Geist hauste, der zu so großer Konzentration und Kaltblütigkeit imstande war, dass jedes Schloss vor ihm nachgab. Mehr noch als sein prachtvoller Körperbau eines ungarischen Adonis bezauberte sie sein genialer Geist. Für immer liebte sie an ihm, dass er über alles hinaus war, über alle Käfige, alle Ketten, alle Schranken. Sie liebte ihn, weil ihr dünkte, dass sogar das Gefängnis des Alterns von diesem Ungarn beschämt und besiegt werden konnte, der Abend für Abend stürmischeren Applaus entgegennahm, während seine Augen nach der Zustimmung einer achtzehnjährigen Sängerin mit Momenten ruhelosen Verstummens suchte. Denn Erich war nicht unempfänglich für den düsteren Teil dieses Mädchens, das zwischen den Tönen von *Rosabelle* unergründliche Stimmungen verbarg, ja, es war gerade dieses Halbdunkel, das ihm besonders strahlend vorkam. Wenn nicht sofort, dann sehr bald.

Was Desh betraf, so spürte er deutlich, dass sein Kanarienvögelchen nach einem anderen Nest spähte. Eine Zeitlang insistierte er noch mit Blumensträußen und galanten Hinterhalten, dann fügte er sich in die Erkenntnis, dass die Gewerkschaft der Zauberer keine Rivalitäten auf dem Feld der Gefühle gestattete. Und trat beiseite.

Bess Rahner und Erich Weisz heirateten 1894, und nicht wenige Gäste lächelten, als der Priester vom heiligen Band der Ehe sprach – vor ihnen stand der Mann, der jede Fessel zerriss und sich aus jedem Griff entwand. Er hatte vor Kurzem den Künstlernamen Houdini angenommen, mit dem er die Theater von New York füllte. Auf der Bühne wurde er jetzt immer von Bess begleitet, der zuverlässigsten seiner Assistentinnen, welche die schreckliche, aber auch wunderbare Aufgabe hatte, die Ketten zu verschließen, die Kisten zu verriegeln, die mit Wasser gefüllten Becken zu versiegeln, aus denen ihr Mann garantiert entkommen würde. Was ist die Liebe im Grunde anderes, wenn nicht diese Garantie der Befreiung? Was ist sie, wenn nicht diese zerbrechliche, aber mächtige Illusion, so mächtig, dass sie uns als der einzige Halt im schwankenden Dasein erscheint? Bess und Houdini teilten alles miteinander, bis zu jenem 31. Oktober 1926, als eine Bauchfellentzündung ihn tötete, die Folgeerscheinung eines Boxhiebs in den Unterleib (er selbst ließ es zu, in dieser Weise auf die Probe gestellt zu werden, um auch mit fünfzig noch die Härte seiner Muskulatur vorzuführen).

Es ist vor allem Houdinis Tod, der uns in dieser Geschichte interessiert. Denn der Zufall will, dass auch sein Tod mit Fesseln und zerrissenen Ketten zu tun hat. Das Menschenleben ist tatsächlich im Innersten ein Zustand des Gefangenseins. Was uns von Geburt an gefangen hält, ist der fest umrissene Raum unserer Sterblichkeit, der uns begrenzt und endlich macht. Nicht umsonst ist der größte Vorzug der Götter ihre Unsterblichkeit, eine unverzichtbare Voraussetzung, um den Sumpf jedweden Hemmnisses zu überwinden. Nun, seit Menschengedenken hoffen die Sterblichen auf eine Zusatzzeit, die diese Begrenzung niederreißt und unseren Epilog mit einem Neubeginn wiedergutmacht. Das sogenannte Jenseits. Was ist es, wenn nicht die Befreiung von den stärksten Ketten, die wir kennen? Dennoch hatte Houdini, der König der Ausbrecher, jede Form von Okkultismus immer entschieden und mit Abscheu verdammt. Mehr noch: Er wurde sogar von den Behörden beauftragt, den faulen Zauber von Schwarzkünstlern und Propagandisten des Paranormalen zu entlarven. Jahrelang widmete er sich dieser Aktivität oder, wenn wir so wollen, diesem Widerspruch: Abends im Theater zelebrierte er den Sieg über Fesseln und Schlösser, tagsüber ging er unerbittlich gegen all jene vor, die, von Trauer gebeugt, einer Illusion nachjagten, um das Siegel des letzten Atemzugs zu brechen.

Doch bevor er an jenem Abend im Jahr 1926 auf der großen Schwelle für immer die Augen schloss, flüsterte Houdini seiner Frau etwas zu: »Mein ganzes Leben lang habe ich immer nur fliehen können. Ich konnte mich aus Fußblöcken, Ketten, Truhen und sogar aus Särgen befreien. Und du sollst wissen, wenn es einen Weg gibt, sich auch aus dem Tod zu befreien und ihm zu entfliehen, werde ich ihn finden. Halte jedes Jahr an meinem Todestag eine spiritistische Sitzung ab, und an diesem Satz wirst du erkennen, ob ich wirklich zurückkehren werde, um dich zu finden.« Dann nannte er ihr eine Art Geheimcode, dessen erstes Wort *Rosabelle* war, das Zeichen des alten, von beiden so geliebten Liedes. Dann war es vorbei.

Bess zündete eine Kerze neben dem Foto ihres Erichs an. Zehn lange Jahre erfüllte sie den letzten Willen ihres Mannes. Sie beschwor seinen Namen, ohne je eine Antwort zu erhalten. Als die gealterte, vielleicht nicht mehr wiederzuerkennende Frau am 31. Oktober 1936 in die brennende Kerze starrte, liebkoste der helle Schatten einer wunderbaren, erlösenden Erkenntnis ihren Geist: Houdini war gescheitert, dieses Mal hatte sogar der große Zauberer bei seiner Nummer gepatzt, es war ihm nicht gelungen, dem Tod so zu entfliehen, wie er den Ketten entkommen war. Doch das brachte sie nicht zum Weinen, denn wenn sogar der große Houdini den Tod nicht beschämen konnte, dann war die Zeit, die uns zusteht, wirklich einzig und allein die unseres begrenzten Lebens, ohne Zugaben nach dem Sprung ins Dunkel. Nun, *seine* Zeit hatte Erich Weisz mit ihr verbracht, hatte sich entschieden, sie mit ihr zu verbringen. Der Gedanke, dass Bess plötzlich alles klar wurde, gefällt mir. Sie erlebte in ihrem Inneren den großen Widerspruch der Liebe, die dir die schönste Flucht vor der Realität und gleichzeitig das genaue Gegenteil bietet: Sie ist die einzige Realität, der man nicht entfliehen will. Darum sprach Mrs Weisz an jenem Halloweenabend 1936, bevor sie eine Kerze für immer löschte, die vielleicht schönste Liebeserklärung aus. Sie sagte nur: »*Good night, Erich.*«

Und es war ein hinreißendes Dunkel.

Rosabellen [ʁoːzaːˈbɛl̩ən], *Adj.*, abgeleitet aus *Rosabelle*, dem Titel des Lieblingsliedes von W. Beatrice Rahner, genannt Bess (1876–1943). Bezeichnet ein außergewöhnlich tiefes Gefühl zwischen zwei Menschen, das über alles hinausgeht, was mit der Erfahrung von Liebe verbunden ist. Denn in diesem Fall wird dem geliebten Wesen schlichtweg das Kostbarste geweiht, was wir haben: unsere Zeit auf dieser Erde.

S

Sensinie

Von einem Mann,
der alles verliert –
sogar seinen Namen

Kann man sich sein ganzes Leben lang mit dem Schreiben abmühen und nur deswegen in die Geschichte eingehen, weil man Gastgeber einer Schlägerei zwischen zwei anderen Schriftstellern war? Ja, das ist leider möglich. Doch die Sache wird noch unerfreulicher, denn der Autor, den wir meinen, war keineswegs untalentiert, im Gegenteil, er wurde von den größten russischen Literaten als die sublimste aller Federn gerühmt, ein Mann, der allen Vorbild und Lehrmeister sein konnte. Möglich. Trotzdem wird euch der Name *Afanassi Afanassjewi*tsch *Fet* wahrscheinlich nichts sagen. Würde man diesen Namen allerdings in Moskau aussprechen, bekäme man mit einer gewissen Wahrscheinlichkeit zu hören: »Ach ja, natürlich, der hatte doch Tolstoi und Turgenjew zum Frühstück eingeladen, und dann sind sie in seinem Salon mit Fäusten aufeinander losgegangen.« Basta. Sonst nichts über Fet. Keiner, der seine Gedichte auswendig rezitiert, keiner, der aus seinem Nachnamen ein Adjektiv prägte, um seinen poetischen Stil zu kennzeichnen.

Fet bleibt nämlich trotz allem ein großer Dichter.

Doch leider ist er auch das bedauernswerte Beispiel eines Menschen, der immer und überall zur Unzeit kommt. Und gerade darum verdient seine Geschichte, in unser Wörterbuch aufgenommen zu werden: Zu allen Verabredungen seines Lebens kam Fet entweder zu früh oder zu spät, fortwährend verfehlte er den richtigen Moment. Die entscheidende Bedeutung des Augenblicks – denken wir nicht oft darüber nach? Unser Leben nimmt jähe, ausschlaggebende Wendungen dank des Zufalls, der meist auf minimalen zeitlichen Verschiebungen beruht. »Wenn ich diesen Zug noch erwischt hätte, wenn ich dieses Treffen nicht verpasst hätte, wenn ich diesen Anruf angenommen hätte, wenn ich nicht vor der Tür stehen geblieben wäre, um dieses Gespräch zu belauschen …« und so weiter. Alles bemisst sich nach Sekundenbruchteilen und nach scheinbar unwichtigen Details, die aber den sogenannten Unterschied ausmachen. Es bräuchte eine fortgeschrittene Wissenschaft, um den Film unseres Lebens mit der Tonspur der Zeit, mit ihren Gelegenheiten, ihren Chancen abzustimmen. Nun, unser Afanassi Fet war in dieser Hinsicht eine Katastrophe – während viele von uns im ewigen Wettlauf um den Kairos, den richtigen Moment, Höhepunkte und Niederlagen ansammeln, konnte er nie auch nur einen halben Punkt erzielen. Einem Surfer, der auf den Wellen reitet, kann es passieren, dass er im Wasser landet, dann hat er den Rhythmus des Meeres oder des Windes falsch bemessen, was aber nicht ausschließt, dass er es wieder auf den Wellenkamm schafft. Nehmen wir ein anderes Beispiel, bevor wir auf den guten Fet zurückkommen, und sehen uns an, wie Richard Nixon den Augenblick nutzte und verpasste.

Ja, Nixon, der amerikanische Präsident.

Im September 1952 verblüffte er seine Landsleute mit einem der aufregendsten Fernsehauftritte der amerikanischen Geschichte. Nixon war noch nicht vierzig, die Republikaner hatten ihn als Kandidaten für die Vizepräsidentenschaft aufgestellt, doch kurz vor den Wahlen beschuldigte ihn eine Zeitungskampagne, seiner Wahlkampffinanzierung mangele es an Trans-

parenz. Das konnte das Wahlergebnis entscheidend beeinflussen. Das Jahr 1952 war eine prähistorische Zeit im Vergleich zu unseren heutigen Wahlkampfrodeos, die sich ausschließlich aufs perfekt gestylte Äußere und gut getimte Effekte verlassen. Damals sah sich die Politik als die erhabene Kunst des Wortes und verachtete das Fernsehen, überließ es bereitwillig Musikshows und Quizsendungen für Hausfrauen. Umso größer war das Erstaunen, als Nixon auf den Fernsehbildschirmen von Texas bis Maine auftauchte und mit kämpferischer Verve erklärte, er habe nichts mit der Sache zu tun. An dem Tag ritt Nixon wahrhaft meisterlich auf seiner Welle – das genaue Gegenteil von Afanassi! Denn abgesehen von ein paar Leuten, die sich über den unpassenden Wahlkampfspot zwischen Tänzerinnen und Jerry Lee Lewis beschwerten, erkannte man allgemein, dass der energische Kalifornier mit seiner frei Haus gelieferten Unschuldsbeteuerung, die in Millionen Wohnungen, Wohnwagen und Imbissen erschien, alles zu gewinnen hatte. Der Beweis: Wenige Monate später gewannen die Republikaner die Wahlen mit einer Mehrheit von gut sieben Millionen Stimmen. Dies nur, um zu zeigen, dass Nixon in Sachen Kommunikation alles andere als ein Novize war. Und wenn es noch eines Beweises bedurft hätte: Während seines Mandats machte er sich zur Hauptfigur der sogenannten *Kitchen Debate*, einem weiteren Meilenstein in der Geschichte der Fernsehpolitik. Auch hier hing alles von den entscheidenden Sekunden ab. Nixon besuchte eine große Ausstellung amerikanischer Produkte in Moskau, die unter dem (wenig wahrscheinlichen) Vorzeichen eines Dialogs zwischen den Supermächten stand. Der Zufall wollte, dass in diesem Moment auch der sowjetische Präsident Nikita Chruschtschow mit seinem Geleit Einzug in die Ausstellung hielt. Sein Rundgang sollte sich natürlich in gebührendem Abstand von demjenigen Nixons vollziehen. Wehe, wenn die beiden aufeinandergestoßen wären, die Zukunft der ohnehin am Rand einer nuklearen Apokalypse befindlichen Erde stand auf dem Spiel. Doch da mischte sich eine Verspätung von wenigen Sekunden ein, ein winziger organisatorischer Fehler bei der minutiösen Planung, wann der eine den Stand mit elektrischen Haushaltsgeräten betreten und der andere ihn verlassen sollte. Unter den entsetzten Blicken ihrer Entourage sahen sich Nixon und Chruschtschow plötzlich Seite an Seite zwischen Waschmaschinen, Mixern und Toastern stehen. Wieder eine Gelegenheit, die das Leben Nixon bot – würde er sie ergreifen? Ja, er würde. Zwischen blitzenden Kupferpfannen entstand ein unvergesslicher kleiner Zwischenakt. Während sie ätzende Anspielungen und geheuchelte Anerkennung tauschten, sahen Russland und die USA einander zum ersten Mal ins Gesicht, ohne den Blick abzuwenden, und Richard, der schlaue Fuchs, nutzte die Gelegenheit weidlich, um sich in einem übertriebenen Loblied auf das amerikanische Konsumparadies zu ergehen, von der Pepsi Cola im Discounter bis hin zu Dosengerichten. Was man einen guten Surfer nennt – wieder erzielte er einen medialen Bombenerfolg, ja, die historische Begegnung wurde sogar auf Farbfilm überspielt und in diesem futuristischen Format im Fernsehen gesendet. Kurz, Nixon gerierte sich von nun an als Pionier einer neuen, ganz auf Kathoden, Antennen und Fernbedienungen gestützten Politik. Und mit diesem Stammbaum wurde er ein Jahr später Kandidat für das Weiße Haus, als Nachfolger von Eisenhower.

Schade für den Surfer, dass der Wind zwischen den Wellen oft sekundenschnell umschlägt. Die Demokraten machten einen jungen demokratischen Senator aus Massachusetts zu seinem Gegenkandidaten, einen gewissen John Fitzgerald Kennedy. Doch der schien leicht zu schlagen – der Held der *Kitchen Debate* hatte reichlich Erfahrung, außerdem war er immerhin schon Vizepräsident. Doch es kam anders. Ein einziges Mal glich der siegreiche Richard Nixon auf dramatische Weise Afanassi Fet. Er wähnte sich schon auf dem Siegertreppchen, da glitt ihm die Trophäe aus den Händen. Das geschah im Herbst 1960, als die beiden Kandidaten zum ersten Fernsehduell der Geschichte die Bühne (besser: den Sender) betraten. Armer Richard, wie schlecht er dabei wegkam! Er erschien in einem grässlichen braunen Jackett, das ihm nicht stand, obendrein schlecht rasiert, weil er sich aus unerfindlichen Gründen gegen das kleinste bisschen Schminke geweigert hatte. Nehmt hinzu, dass er wegen der Nachwirkungen eines chirurgischen Eingriffs mit Antihistaminika vollgestopft war, und die Mischung ist komplett. Das Gerichtsurteil? Nixon unterschrieb seine Verurteilung eigenhändig. Aber nicht mit Tinte, sondern mit Schweiß, denn mitten in der Debatte nahm die Fernsehkamera – auch dies zufällig – einen verbrecherischen Tropfen auf, der ihm langsam von der Stirn bis zum Kinn rann. Und weil das Fernsehen keine Gnade kennt, war die Diagnose einstimmig: Kennedy lächelte fröhlich unter seiner Freibeutertolle, während Nixon schwitzte wie ein Schüler, der unvorbereitet zur Erdkundeprüfung erscheint. Ersterer gewann haushoch. Nicht nur an dem Abend, auch bei den Wahlen.

Die Skeptiker werden sagen: Unsinn, ein Tropfen entscheidet über das Weiße Haus? Nun, dann hört euch an, wie ein Funken genügte, um Afanassi Fet seine große Liebe zu rauben. Und das war nur einer der unzähligen Zufälle, mit denen sein Leben aus verpassten Gelegenheiten gespickt war.

Man beginne schon einmal damit, sich in seine Lage zu versetzen und auf das Schlimmste gefasst zu machen, denn der ganze Ärger begann sehr früh. Nicht weil Afanassi Fet irgendein Unglück geschah, sondern weil ihm alles genommen wurde, was für seine Mitmenschen im Allgemeinen selbstverständlich war. Doch immer der Reihenfolge nach.

Was gibt es Selbstverständlicheres als unseren Namen? Jeder Mario Rossi weiß, dass man ihm im Leben alles nehmen kann, außer der verlässlichen Tatsache, Rossi zu heißen. Das ist ein Irrtum.

Mit dreizehn Jahren war Afanassi Fet zum Beispiel überzeugt, dass er sein ganzes Leben lang Šenšin heißen würde. Ihr werdet sagen: Das ist doch nur ein Nachname. Nein, es war sehr viel mehr. Unser Junge war der Sohn eines adeligen Offiziers, und wie alle Sprösslinge aus guter Familie erwartete er sich mit Fug und Recht eine Zukunft aus gesellschaftlicher Anerkennung und wirtschaftlichem Wohlstand. So war es schließlich auch bei Tolstoi, bei Puschkin und bei Dostojewski. Für den jungen Afanassi Šenšin aber stand geschrieben, dass ihm jede Chance früher oder später aus den Händen gleiten würde.

1835 wurden er und seine Eltern in eine Behörde gerufen. Der Grund? Identitätsfeststellungen.

Und sie kamen, alle drei.

Es war, als würden sie zu einer Gefängnisstrafe verurteilt. Denn nach langem Zögern musste der Beamte ihnen mitteilen, dass es ein Problem gab: Ihre Familie war nicht legal. Wie bitte? Wie konnte eine reguläre russische Familie plötzlich illegal werden?

Der Beamte öffnete ein mindestens zwei Finger dickes Aktenbündel. Gründliche Ermittlungen hatten ergeben, dass ihre Ehe nicht gültig war. Afanassis Vater schlug mit der Faust auf den Tisch, was mehrere Behördenangestellte auf den Plan rief. Diese Verrücktheit sei inakzeptabel, er und seine Frau hätten lediglich jenseits der Grenze geheiratet. Gewiss, doch der Beamte setzte seine Brille auf und zeigte anhand einer zweiten Mappe, dass es gewisse juristische Spitzfindigkeiten gab, und abgesehen von der Eheschließung als solcher sei der unangenehme Aspekt, dass … nun ja … wie sollte er sagen? … um es kurz zu machen … also, der Junge war nicht mehr der Sohn seines Vaters. Soll das ein Witz sein? Leider nicht. Da steht's doch schwarz auf weiß. Schluss mit dem Nachnamen Šenšin.

Im Nachhinein könnten wir sagen, dass es eine bodenlos dumme bürokratische Angelegenheit war, typisch für verbohrte Provinzbeamte – und die gaben ja selbst zu, dass die Sache an sich ziemlich lächerlich war. Doch sie hatte unangenehme Folgen. Die Klärung auf dem Amtswege würde viel Zeit in Anspruch nehmen, und solange verlor Afanassi sämtliche Titel und Rechte. Stellt euch die Szene vor: Die Mutter brach in Tränen aus, der Vater raufte sich die Haare, der dreizehnjährige Afanassi dagegen versuchte derweil zu verstehen, worin genau das Unglück bestand. Keiner wollte es ihm erklären, weder der Beamte noch die Angestellten hatten den Mut, ihm zu sagen, dass ein Leben ohne Adelstitel im Russland jener Jahre eine Garantie für Abstürze jeder

Art war. Er würde keine höheren Studien betreiben können, keinen Zugang zu vornehmen Kreisen und Damen adeliger Herkunft haben, er würde auf alles verzichten müssen, was Tolstoi und Turgenjew bekommen konnten. Bevor der Beamte die Familie entließ, versuchte er immerhin noch, ihnen Mut zu machen. Es werde genügen, ein Verfahren einzuleiten und dessen Ausgang abzuwarten. Und tatsächlich ging es los mit unzähligen abgestempelten Papieren. Kann man sich vorstellen, wie lange das Hin und Her der Berufungen und Revisionen dauerte, um Afanassi Ehren und Nachname zurückzuerstatten? Einundvierzig Jahre. In der Zwischenzeit musste er sich mit dem mütterlichen Nachnamen begnügen: Fet.

Sagte ich nicht, dass seine Geschichte von vorn bis hinten mit dem verpassten Ineinandergreifen von Zeit und Zufall zu tun hat? Dabei war dies nur die erste Episode einer langen Reihe von Missgeschicken.

1845 zog Fet in den Krieg, von der Kavallerie abkommandiert. Noch kurz zuvor hatte er das polnische Mädchen, das er von ganzem Herzen liebte, hingebungsvoll umarmt und ihr geschworen, er werde sie nie und nimmer für die Front verlassen. Nun wurde aber auf der Krim gekämpft, und diese Gelegenheit durfte er sich nicht entgehen lassen. Seine Einschätzung war nicht falsch, denn das Gesetz sah vor, dass er sich auf dem Schlachtfeld durch militärische Ehren jenen Status zurückerobern konnte, den die Bürokratie ihm genommen hatte. Also gut: Maria Lewich fand sich damit ab, jeden Tag für ihn zu beten. Nicht nur, damit er heil davonkam, sondern auch, damit alle Heiligen im Himmel ihm endlich seine Ehre wiedergaben.

Theoretisch besagte die geltende Regel Folgendes: Ein Unteroffizier wie Afanassi würde den Adelstitel erhalten, wenn er sich zwei Medaillen mit dazugehöriger Beförderung an die Brust heften konnte. In dem Jahr sah die Krim keinen unermüdlicheren Soldaten – es war seine Verabredung mit dem Schicksal, und Fet wollte sie sich nicht entgehen lassen.

Nach drei Monaten erhielt die geliebte Maria endlich einen Brief von der Front. Ihre Gebete waren erhört worden, an Afanassis Brust prangten zwei

Medaillen, und er trug die schmucke Uniform des Offiziers. Es war geschafft! Gott sei's gelobt.

Mit einem breiten Lächeln im Gesicht trat der frischgebackene, wegen Tapferkeit ausgezeichnete Offizier Afanassi Fet vor den General, um seinen Adelstitel zu erhalten.

Der General lachte ihn aus.

Wusste er denn nicht, dass das Gesetz erst vor einer Woche geändert worden war? Jetzt holte man sich den Titel erst mit vier Medaillen und einer zweifachen Beförderung. Afanassi verfluchte sein grausames Schicksal und schrieb Maria, sie solle ihre religiösen Verrichtungen keinesfalls aufgeben, eher noch intensivieren. Dann nahm er all seinen Mut zusammen und stürzte sich wieder mit Leib und Seele in den Hexenkessel der Krim. Sollte er etwa auf das verzichten, was ihm zustand?

Als der Frühling endete, erhielt Maria Nachricht von ihm aus dem Feldlazarett: Das Ziel war erreicht, freilich um einen hohen Preis. Kaum wieder auf den Beinen, schleppte Afanassi sich vor den General. Zwar trug er überall Verbände und humpelte, aber an seiner Brust hingen die erforderlichen vier Medaillen, und er steckte in der prächtigen Uniform des Oberleutnants.

Der General war verlegen, wusste nicht, wie er es ihm sagen sollte. Man hatte dem Zaren geraten, die Bedingungen für die Erhebung in den Adelsstand abermals zu verschärfen, darum waren jetzt sieben Medaillen und das Amt des Regimentsführers erforderlich.

Es scheint unglaublich, aber das ist das Leben des Afanassi Fet.

Jetzt war das Maß voll. Mit fast dreißig fühlte er sich wie ein vom Leben Verfolgter, und ihm schien, als genösse die gesamte Menschheit, verglichen mit ihm, die Wonnen des Paradieses. Welcher Teufel war schuld daran, dass sein Weg nur aus Kurven und Abstürzen bestand, während die anderen bequem den geraden Weg gingen? Wo hatte er Fehler gemacht, wofür musste er büßen, dass er bei Schneestürmen immer mit erloschenem Ofen und feuchtem Holz dastand? 1850 kehrte Afanassi genau so, wie er vor Jahren losgezogen war, ohne Geld, ohne seinen Titel und offiziell ohne Vater, in die Arme von Maria Lewich zurück.

Er wusste nicht, dass ihm inzwischen auch Maria aus den Händen geglitten war. Nicht wegen einer Krankheit, was wenigstens leichter zu ertragen gewesen wäre. Nein, wieder einmal hatte der Zufall sich gegen ihn verschworen und ihm die Frau entrissen, die er liebte. Maria Lewich war in ihrem Bett verbrannt, weil der Funken einer Laterne das Stroh entzündet hatte.

Alle Jahre, die noch folgten, lebte er in einer Mischung aus Zorn und Verzweiflung. Was auch immer er versuchte, ein mysteriöses Gesetz sorgte dafür, dass er scheiterte und präsentierte ihm obendrein ringsumher glückliche Familien und beneidenswerte Liebespaare.

Im eiskalten November 1892 war Afanassi ein alter Dichter von siebzig Jahren, umgeben von anderen Literaten, alle angesehener und berühmter als er, obwohl sie ihn im vertraulichen Gespräch als Leuchte und Lehrmeister bezeichneten. Doch die tiefe Verletzung dieses fortwährend enttäuschten Daseins hatte einen verbitterten, vom eigenen Inneren zerfressenen Menschen aus ihm gemacht. Er wusste, er fühlte mit qualvoller Klarheit, dass er auf jede erdenkliche Weise versucht hatte, das Leben zu nutzen, doch das Leben selbst hatte sich ihm entzogen. Denn es gibt zwar Menschen, die darauf verzichten, das Leben in vollen Zügen auszukosten, aber es gibt auch Leben, die nicht gelebt werden wollen und sich uns entziehen. Am Abend des 21. Novembers, allein in seinem Zimmer, nahm Afanassi ein Messer und versuchte sich das Leben zu nehmen. Es gelang ihm nicht, die Klinge war nicht scharf genug, er brachte sich nur tiefe Schnitte bei. Und wer weiß, vielleicht erschien ihm die Tatsache, dass er zum falschen Messer gegriffen hatte, als ein erster Freundschaftsbeweis des Zufalls – endlich einmal wollte der Zufall, dass er lebte. Er irrte: Die Klinge hatte ihn nicht töten können, doch das besorgte einen Augenblick später sein Herz, indem es einem Infarkt erlag.

Und so endeten die traurigen Tage des Afanassi Fet, dem das Leben verwehrt wurde.

Ich weiß nicht, ob dies das tiefere Geheimnis seiner Gedichte ist, die zu lesen ich mir fest vorgenommen habe, obwohl er – kaum bedarf es der Erwähnung – natürlich zu den sogenannten zweitrangigen Autoren zählt, bei deren Namen Buchhändler und Bibliothekare fragen: »Bitte, wer?«

»Afanassi Fet, der größte russische Dichter.« Für mich ist er das.

Sensinie [zɛnziːˈniː], *Subs., die*, abgeleitet aus dem Namen von *Afanassi Afanassjewitsch Fet-Šenšin* (1822–1892). Bezeichnet den seelischen Zustand eines Menschen, der spürt, dass ihm alle Gelegenheiten seines Lebens aus den Händen gleiten, und der sich unfähig sieht, zu behalten, was andere seinem Eindruck nach ganz einfach geschenkt bekommen. Die Sensinie ist demnach durch jene ungeheuren Schwierigkeiten charakterisiert, die dem Betroffenen gerade all das bereitet, was anderen leichtfällt.

T

Tautonisch und Zimmermanndepeschert

Mit Beharrlichkeit am Ziel vorbei und in die Katastrophe

Eine Fahrt von sechzig Minuten ist nicht kurz und nicht lang. Das hängt vom Fortbewegungsmittel ab. Hochgeschwindigkeitszüge verbinden viele Hauptstädte in wenig mehr als einer Stunde, Flugzeuge legen in der gleichen Zeit Hunderte von Kilometern zurück. Während der Reise können wir lesen, schlafen, essen und von Zeit zu Zeit auf die Uhr schauen, um zu sehen, wie viele von den sechzig Minuten noch bis zur Ankunft fehlen.

Ich lade alle ein, sich eine derartige Fahrt in einem Aufzug vorzustellen. Ja, diese enge Kabine, die Archimedes schon drei Jahrhunderte vor Christus erfand und die alle Klaustrophobiker schon wegen der paar Minuten zwischen Erdgeschoss und Dachwohnung nervös macht. Eine Stunde. So lange braucht man im südafrikanischen Bergwerk TauTona, um die tiefste Abbauebene zu erreichen, die etwa viertausend Meter unter der Erdoberfläche liegt. Niemand auf der Welt arbeitet in größerer Tiefe. Und wir meinen, zu hören, wie sie sich unterhalten, zwei Kollegen unter den vielen tausend Minenarbeitern, die jeden Tag auf der Fahrt zu ihrer Arbeitsstätte mit dem Bus oder Zug noch sechzig Minuten Abstieg in die Unterwelt hinzuzählen müssen: »Hast du gestern das Match der Kaizer Chiefs im Fernsehen gesehen?« – »Ja klar, lass uns auf der Rückfahrt im Aufzug drüber reden«, oder so ähnlich. Die unweit von Johannesburg gelegene Mine ist eine Art Strohhalm, der Gold aus dem Bauch der Erde saugt, und nicht ohne Grund trägt die ganze Provinz den Namen Gauteng, was im südlichen Sotho-Dialekt »goldene Ebene« bedeutet. Tonnenweise wird dort jedes Jahr Gold gefördert, unter größten Gefahren und mit hohen Verlusten an Menschenleben den Eingeweiden des Berges entrissen, tiefer und immer tiefer, wo die Temperatur bei der kleinsten technischen Panne der Klimaanlage auf Ofenhitze hochschießen würde. Aber das Gold hat ja bekanntlich seinen Preis.

Eigenartig: Seit unvordenklichen Zeiten jagt die Menschheit dem edelsten aller Metalle als Sinnbild des Lichts und der Göttlichkeit hinterher. Als Moses auf dem Berg Sinai dem Ewigen begegnete, wurde ihm befohlen, die Frauen des auserwählten Volkes mit Goldschmuck zu bedecken und Kultgegenstände nach Art des Midas zu erzeugen. Ganz zu schweigen von den berühmten Heiligen Drei Königen in Bethlehem – brachten sie nicht Gold, Weihrauch und Myrrhe, um dem fleischgewordenen Göttlichen zu huldigen? Kein Wunder: Das glänzende Metall trägt das Geheimnis des Lebens in sich, nämlich die Macht des Sonnengestirns, das Leben spendet und alles nährt. Nicht umsonst fällt in mehreren Dutzend Sprachen das Begriffszeichen der Sonne mit dem des Goldes zusammen, als wollte man damit sagen, dass sich in diesem chemischen Element die Quintessenz dessen verbirgt, was die Erde und mit ihr das Menschengeschlecht fruchtbar macht. Also wird in den gespenstischen Tiefen von TauTona ohne Unterlass gegraben, um der Erde Bruchstücke des Lichts zu entreißen. Wahrlich ein blendender Widerspruch:

Die Sonne zieht hoch oben am Himmel ihre Bahn, doch ihre metallische Entsprechung liegt mehrere tausend Meter unter unseren Füßen begraben, dort, wohin nie und nimmer ein Strahl natürlichen Lichts fallen wird. Kurz: Um einen Splitter vom Paradies zu genießen, musste der multinationale Konzern Anglo American einen Tunnel in der Hölle graben.

Ich erzähle euch davon, weil der emblematische Fall von TauTona mich zum Nachdenken über die eigenartig ungeschickten Manöver des Menschen gebracht hat: Wir wenden uns einem Ziel zu, machen daraus gar den Horizont all unseres Tuns und Denkens, halten uns aber nicht vor Augen, dass der Weg zu seiner Erreichung uns sehr weit fort, ja, manchmal auf die genau entgegengesetzte Seite führen kann. Es ist dies ein abscheulicher Zug der ach so gepriesenen Willenskraft: Um nur ja in Händen zu halten, was wir uns zum Ziel gesetzt haben, sind wir bereit, unsere Suchmethoden und ihre Konsequenzen jeder umsichtigen Kontrolle zu entziehen. Ich wiederhole: Nur um der Menschheit den glänzenden Lichtreflex des Goldes zu schenken, tauchen fünftausendsechshundert Grubenarbeiter in ein Labyrinth aus Stollen hinab, wo die Sonne ein abstrakter Begriff ist. Die Negation des Lichts, um das Licht zu besitzen. Wie viel von unserem Wesen doch im Paradox dieser Mine steckt: die erbärmlichste Engherzigkeit, begangen im Namen der Liebe und Zuneigung, die grausamsten Kriege um des Friedens willen, den Tod säen, um das Leben zu schützen, die Armut als Weg zum Wohlstand ausgeben. Wir Menschen sind alle da unten, fürchte ich, eine Stunde Fahrt bis unter den Meeresspiegel, wo wir hingegeben wie Maulwürfe graben, auf der Suche nach dem absoluten Gegenteil dieser Situation.

Das alles zeugt von einer beeindruckenden Starrköpfigkeit, die vielleicht auch eine Art zeitweilige Narkose ist, und beim Erwachen werden wir eine grausige Bilanz vorfinden. So erging es dem Staatssekretär Arthur Zimmermann während des Ersten Weltkriegs. Sein Fall ist paradox, weil von jener Mischung aus schuldhafter Unfähigkeit und unschuldiger Tölpelei geprägt, die uns in den kritischsten Momenten auszeichnet. Doch der Reihe nach.

Man schrieb das Jahr 1916, und die Welt stand buchstäblich in Flammen. Der Krieg tobte auf allen Breitengraden, vom Balkan bis nach Bagdad, vom Kaukasus bis nach Palästina. Einzig Russland, das unter Lenin bolschewistisch geworden war, sollte sich bald aus dem Gemetzel hinter seine eigenen Grenzen zurückziehen. Als Verbündeter der osmanischen Türken und des alten Habsburgerreiches durfte das Kaiserreich Wilhelms II. nur auf einen Sieg hoffen, wenn die Vereinigten Staaten ihr Versprechen hielten, neutral zu bleiben. Bis jetzt war es so gewesen. Obwohl deutsche U-Boote große Schiffe wie die *Lusitania* versenkt hatten, war aus Washington bis jetzt glücklicherweise kein Zeichen gekommen, dass die Amerikaner in den Ring steigen wollten. Bestens, denn andernfalls konnte es sehr große Schwierigkeiten geben. Darum wurden in Berlin die Daumen gedrückt.

Es wäre besser gewesen, man hätte sich darauf beschränkt.

Doch da man in den Staatskanzleien im Allgemeinen versucht, mehr zu tun, als ein günstiges Schicksal nur abergläubisch zu beschwören, riet jemand dem Reichskanzler, die Außenpolitik einem guten Drahtzieher anzuvertrauen, einem umsichtigen Diplomaten, einem raffinierten Kopf, der den Amerikanern zu schmeicheln wusste, um jeden möglichen Konflikt schon im Keim zu ersticken und ihnen nicht den geringsten Vorwand für ihren Kriegseintritt zu liefern. Doch an wen sollte man mit einer solchen Aufgabe herantreten? Wem eine so heikle Partie anvertrauen, zumal Wilhelm II. mit der Anmut eines Dickhäuters, einer unbedachten Redseligkeit und ätzenden Bemerkungen laufend diplomatische Zwischenfälle aneinanderreihte? Die Entscheidung oblag dem Reichskanzler. Möge Gott uns beistehen: Theobald von Bethmann Hollweg war der zögerlichste, unschlüssigste Charakter, den man sich vorstellen kann, einer von denen, die keinen Schritt nach vorn tun, ohne wenigstens vier nach hinten und zwei zur Seite zu machen, um auf jeden Fall sagen zu können, er habe nichts unversucht gelassen. Hinzu kam, dass Ihre Kaiserliche Hoheit Wilhelm II. ein undankbares Naturell besaß und man die Folgen seiner Unbeherrschtheit jeden Tag ausbügeln musste, was den Reichskanzler dazu bewog, sich mit möglichst vorsichtigen, ehrerbietigen Figuren zu umgeben, bevorzugt mit solchen, die obendrein introvertiert und wortkarg waren. Denn das Letzte, was er wollte, war, neben dem Kaiser auch noch die Minister in Schach halten zu müssen. Und so fiel die Wahl auf Arthur Zimmermann, der dank seiner Eigenart garantiert keine Probleme bereiten würde: Der neue Leiter des Auswärtigen Amtes – eine Schlüsselposition im Weltkrieg – sollte also dieser unscheinbare Fünfzigjährige sein, der sich im schmächtigen Körper eines noch nicht auf dem Sportplatz des Lebens gestählten Sechzehnjährigen verbarg, der immer so verstört dreinblickte, dessen Haut so weiß glänzte wie eine dieser typischen polnischen Keramiken aus der Gegend im Nordosten, wo er geboren war und die – welch ein Zufall – den Namen »Landkreis Treuburg« erhielt. Ja, treu war Arthur. Sogar zu sehr: allen treu, treu über alles, in jenem fragwürdigen und extremen Sinn von Treue, der an Willfährigkeit grenzt und vor allem darauf bedacht ist, sich niemals Feinde zu machen. In den vergangenen zehn Jahren war Zimmermann die Verkörperung des Preußentums gewesen und hatte bewiesen, dass er sich selbst höchstens als Hausmeister der Institutionen verstand, ein Fuhrknecht der Politik, einer jener Gartenbaumeister mit Händen ohne Schwielen, denen gestattet ist, das Beschneiden der Hecken anderen zu übertragen, um ihre samtweiche Berührung einzig den Rosenstöcken vorzubehalten. Zimmermann war stolz darauf – in all den langen Jahren hatte er unter den Stuckdecken des Palastes nie die Stimme erhoben, und es war ihm eine Ehre, ein Diener des Kaiserreichs zu sein, wobei er unter einem Diener denjenigen verstand, der im Namen der Staatsräson immerfort nickt und lächelt, um seine Missbilligung höchstens mit einem weniger nachdrücklichen Nicken oder einem etwas krampfhafteren Lächeln auszudrücken. Hurra: Während die Kanonen aus allen Rohren feuerten, wurde gerade er ausgewählt, der treue Arthur, einer, der die Artillerie für eine artistische Darbietung hielt. Da seine Aufgabe nun aber darin bestand, die Amerikaner aus dem Gemenge herauszuhalten, konnte seine Fügsamkeit sich vielleicht als die richtige Medizin erweisen. Und alle trugen diese Hoffnung im Herzen, als Zimmermann die Leitung des Auswärtigen Amtes annahm und gelobte, für das Wohl des Reichs zu wirken.

Zugegeben: Er bemühte sich.

Den amerikanischen Präsidenten beruhigte er auf jede nur mögliche Weise, er schrieb freundliche Briefe und schüttelte Botschaftern lächelnd die Hand. Seine Äquilibristik war gewagt, wenn man bedenkt, dass die deutschen U-Boote gleichzeitig Befehl hatten, jedes amerikanische Schiff anzugreifen, das den feindlichen europäischen Mächten Nachschub zu liefern schien. Anfangs sah es wirklich so aus, als könnte das Manöver funktionieren. Vielleicht hatte dieser distinguierte polnische Hausmeister aus dem Landkreis Treuburg wirklich eine genaue Vorstellung davon, wie er zum Wohl des deutschen Volkes agieren musste. Und dann?

Dann kam jener Tag.

An dem Zimmermann seinen Namen unerklärlicherweise mit einer der verheerendsten Dummheiten des 20. Jahrhunderts verband.

Habt ihr bei einem Gespräch schon einmal erlebt, dass das bloße Antippen eines bestimmten Themas bei den Zuhörern Reaktionen auslöst, als hätte man einen vollen Benzinkanister über einer Flamme ausgeleert? Für den amerikanischen Präsidenten Thomas Woodrow Wilson war Mexiko ein solches Tabuthema. Das muss man verstehen: Wenige Monate zuvor war er von einem tollkühnen Banditen namens Pancho Villa, der den Amerikanern in New Mexico eine verheerende Niederlage bereitet hatte, vor den Wählern und der ganzen Welt gedemütigt worden. Seit Jahren forderte Pancho die USA heraus, und jetzt war das Maß mehr als voll. Darum hatte Wilson beschlossen, dem Haudegen eine Lektion zu erteilen. Im abgelegenen amerikanischen Vorposten Columbus hatte er ein kolossales Heer aus Panzern und Kastenwagen auffahren lassen, überdies unter dem Schutz von Flugzeugen (was für die Zeit revolutionär war). Kommandiert wurde diese ungeheure Armee von niemand Geringerem als General Pershing, unterstützt von George Patton, der als der eiserne Held der U.S. Army in die Geschichte eingehen sollte. Nach monatelanger Belagerung kehrte das Duo Pershing/Patton mit eingezogenem Schwanz in die Heimat zurück, denn Pancho Villa, der sogenannte Zentaur des Nordens, war wieder einmal davongekommen und hatte das riesige militärische Aufgebot in einem Ausmaß der Lächerlichkeit preisgegeben, gegen das Achilles und Agamemnon Dilettanten waren. Zusammenfassung: Amerika war von diesem teuflischen Zentaur öffentlich verhöhnt worden, und Wilson spuckte jedes Mal Gift und Galle, wenn jemand, und sei es versehentlich, das Wort Mexiko aussprach.

Auf seine geniale Weise tat der deutsche Staatsdiener Zimmermann weit Schlimmeres.

In ganz Europa war allgemein bekannt, dass Telegrafensendungen mitten im Krieg von der englischen Marine abgefangen wurden, die seit jeher führend bei der Entschlüsselung von Geheimcodes war. Doch das schien Zimmermann in seiner Naivität nicht zu wissen. Vielleicht wollte er auch, koste es, was es wolle, die schlechteste Möglichkeit ausloten, um das beste Resultat zu erzielen, just so, wie man Gold in den Abgründen in der Erde sucht. Oft ist die Rede davon, wie grandios der menschliche Geist sei. Hier erzähle ich davon, wie grandios wir fehlgehen können, und dass unsere Fehler mitunter umso unglaublicher sind, je mehr sie insgeheim wie Absicht erscheinen. Am 16. Januar 1917 – Präsident Wilson wurde von Pancho Villa gerade vollends zum Narren gemacht – ging aus Berlin eine Depesche der Leitung des Auswärtigen Amtes an den deutschen Botschafter in Mexiko-Stadt. Zimmermann schrieb, sein vordringlichstes Ziel sei der Frieden mit Amerika, aber … Und er fügte hinzu, dass Deutschland im Fall eines Kriegseintritts der Vereinigten Staaten Mexiko schon jetzt ein Militärbündnis gegen Washington vorschlage, damit die Mexikaner in einem gerechten Krieg endlich all ihre an die USA verlorenen Territorien von Texas bis Arizona zurückgewinnen konnten …

Wie definiert man einen politischen Selbstmord?

In diesem Fall genügt die Information, dass Zimmermann fortan nur noch unter dem Stichwort Zimmermann-Depesche erinnert wurde.

Es war ein katastrophaler Fehler. Großbritannien fing die Nachricht sofort ab, hatte sie im Nu entschlüsselt und war hocherfreut, Präsident Wilson gegen die Deutschen aufbringen zu können. Unterdessen sah sogar Mexiko sich genötigt, Berlin eine Abfuhr zu erteilen, und schickte das freundliche Angebot des Ministers an den Absender zurück. Niederlage auf ganzer Ebene.

Wie kompliziert und unergründlich ist doch die menschliche Seele. Als würde der Abstieg in die Unterwelt unserer Verfehlungen uns nicht genügen, wüten wir weiter, getrieben vom unbezwinglichen Bedürfnis, bis zum Äußersten zu gehen, um wenn schon nicht die Gipfel, so doch wenigstens die Abgründe unserer Erregbarkeit zu erforschen. Fast scheint es, als käme beim unerbittlichen Beharren auf dem Irrtum der stärkste Instinkt des Menschentiers zum Vorschein, der es zwingt, verzweifelt ein greifbares Zeichen seines Lebendigseins zu fordern. Und was geschieht, wenn wir diesen extremen Sinn des Lebens am Grund des Verstummens, in der drastischen Erfahrung des totalen Kontrollverlustes suchen? In Selbstzerstörungen liegt immer auch etwas Majestätisches – wie dramatisch sie auch sein mögen, sie ziehen die Blicke auf sich und erregen Gefühle bei ihren Zuschauern. Und das genügt manchmal, um eine entsetzliche Lust auf Destruktion in uns zu wecken: Sie ist ein Schauer reinsten Lebens, eine Erschütterung des Fleisches, und von irgendwoher spricht sie endlich auch von einem selbst, von den eigenen Kräften und Grenzen.

So geschah es in jenen Tagen in Berlin. Der Herr Staatssekretär Zimmermann stieg – für das Wohl des deutschen Volkes – mit dem Fahrstuhl noch tiefer in die Eingeweide von TauTona hinab. Er hatte einen Fehler gemacht, aber noch verheerender war sein Umgang mit der Sintflut, die auf diesen Fehler folgte. Als die ganze Welt nach Rache für das gemeine Komplott schrie, weil alle sich einig waren, dass der deutsche Reichskanzler unmöglich einen so folgenschweren Missgriff begehen konnte, tat Zimmermann weder einen Seufzer der Erleichterung noch feierte er im privaten Rahmen, dass die Gefahr abgewandt war. Nein, er berief eine Pressekonferenz ein und nahm unter den entsetzten Blicken der Anwesenden alle Schuld für das verhängnisvolle

Telegramm auf sich. Dann stimmte es also? Deutschland hatte dem Mexiko von Pancha Villa allen Ernstes ein völlig unglaubwürdiges Bündnis gegen Amerika vorgeschlagen?

Ja, ja, es ist alles wahr.

Dutzende deutscher Diplomaten beeilten sich, Zimmermann zu korrigieren: Es handele sich um ein Missverständnis, das Kaiserreich habe nicht die geringste Absicht, die USA zu provozieren. Doch Zimmermann machte keinen Schritt zurück: Das Telegramm war echt. Und wenige Monate später erklärte Präsident Wilson den Deutschen den Krieg.

Keine drei Monate vergingen, da kam es durch die Nachwehen der Depesche zu einer Regierungskrise, und Zimmermann war gezwungen, das Außenministerium zu verlassen. Das im Ersten Weltkrieg vernichtend geschlagene Deutschland war für immer verändert, während die Vereinigten Staaten sich dank ihrer siegreichen Teilnahme am Krieg endgültig als Weltmacht durchsetzten. Dass die ganze Welt ein neues Gesicht erhielt, verdanken wir also einem abgrundtief dummen, unverständlichen Telegramm. Wir verdanken es der Folge von Irrtümern eines bedächtigen, naiven Staatssekretärs, der überzeugt war, nur dem Wohl des deutschen Volkes zu dienen.

Zimmermann suchte das im Gold reflektierte Licht der Sonne. Wer weiß, ob er sich eines Tages umgedreht hat, um auf seine Entscheidungen zurückzublicken. Er hätte nur das undurchdringliche Dunkel von TauTona gesehen, eine Stunde Fahrt im Aufzug von der Erdoberfläche entfernt.

Tautonisch [ta͡ʊˈtoːnɪʃ], *Adj.*, abgleitet aus dem Namen der südafrikanischen Mine TauTona. Charakterisiert die besessene Suche nach einem Gut, die den Menschen so blind machen kann, dass sie ihn dazu bringt, sein Leben durch das Gegenteil des Erstrebten zu vergeuden. Darum kann bei einer »tautonischen Entscheidung« zwar theoretisch ein Vorteil gesucht werden, de facto führt sie für ihren Urheber aber zu einer drastischen Verschlechterung des Alltags.

Korrelat:

Zimmermanndepeschert [ˌt͡sɪmɐmandeːˈpɛʃɐt], *Adj.*, Ableitung aus dem Namen und der verhängnisvollen Depesche von Arthur Zimmermann (1864–1940), deutscher Leiter des Auswärtigen Amtes. Der Begriff charakterisiert jene mit den besten Absichten ausgelösten Kettenreaktionen, die sich dann als ein Teufelskreis aus katastrophalen Irrtümern entpuppen und zu einem diametral entgegengesetzten Ergebnis führen. Zimmermanndepeschert kann darum alles genannt werden, was mit ungeschickten und außerordentlich schädlichen Entscheidungen zu tun hat, welche natürlich jedes Mal zu unserem Besten getroffen wurden. Das substantivierte Adjektiv (»einen ärgeren Zimmermanndepescherten gab es nie«) bezeichnet dann einen Lehrling des Lebens, dem – und das nicht nur für kurze Zeit – alle Zügel seines Handelns entglitten sind.

U

Unfairist

Nichts ist, wie es scheint

Eingeschlossen im erstickenden Dunkel dieses Viehkarrens, versuchte Nellie verzweifelt, wenigstens die Außengeräusche aufzuschnappen. Es gibt eine Art Solidarität zwischen den menschlichen Sinnen, darum ersetzt das Gehör sofort, was den Augen entgeht, und wir könnten das Ganze zartfühlend, ja, ergreifend nennen, wenn unser Wissen von der Wirklichkeit nicht vor allem defensiv und darum tragisch wäre.

Sie fuhren seit ein paar Stunden, bald würden sie in Blackwell ankommen. Nellie meinte schon das Plätschern des Wassers zu hören, vermischt mit dem Lachen der Leute, die sie begleiteten. Und ihr war, als gehörte die ganze Welt dort draußen nicht mehr ihnen, wie ein Garten, dessen Tor den Kindern, die dort spielen wollen, vor der Nase zugeschlagen wird. Im Grunde ist es ja so: Der Eintritt in den Park der Wirklichkeit ist keineswegs gratis, um hineinzukommen, brauchst du immer jemanden, der für dich bürgt. Sonst? Sonst geht's nach Blackwell.

Sie mochten zu zehnt sein, an den Handgelenken gefesselt und eine neben die andere geworfen, so dicht nebeneinander, dass sie sich nicht mehr bewegen konnten. Ein Mädchen, vielleicht die Jüngste, war beim Einsteigen gestürzt und hatte sich das Knie an den rostigen Metallstufen aufgeschlagen. Doch sie weinte nicht. Bevor die Tür zweimal verriegelt wurde, hatte Nellie sie lächeln sehen, unschuldig und schrecklich, während sie sich die Neuigkeit des eigenen Bluts von den Fingern leckte. Eine andere, deren Weinen ab und zu einem hysterischen Gelächter glich, wollte sich nicht auf eine der beiden Bänke hocken und besetzte mit ihren ausgestreckten langen Beinen den ganzen Innenraum des Karrens. Im verschwitzten Aufeinander von Schenkeln und verwelkten Brüsten zeigte sich ihre Gestalt ohne Scham, auf pure Körperlichkeit regrediert. Sie hatte nichts mehr von jener angeborenen Geziertheit, die schon aus dem zehnjährigen weiblichen Körper einen Tempel des Geheimnisses macht. Hier, auf dem Weg nach Blackwell, war aus dem Tempel der Venus eine Fleischtheke geworden.

Nellie zwang sich, ihrem Gedächtnis jedes Bild einzuprägen, wie im Museum, wo man durch das Vorübergehen an den Bildern einen gleichwohl vagen Begriff von Kunst gewinnt. In diesem Fall sollte der Abstieg in die Unterwelt des Irrsinns ihr erzählen, wie fragil unser Gleichgewicht ist und wie rutschig die Gratwanderung unserer Normalität. Wer waren diese teils anmutigen Frauen, von denen manche sogar eine strenge Würde ausstrahlten, und die doch wie Tiere behandelt und in einen Sanitätstransporter gestopft wurden? Die amtlichen Bescheinigungen nannten Blackwell ein Heim für Mondsüchtige, und Nellie musste daran denken, dass der Mond die Gezeiten bewegt und schwangere Frauen gebären lässt, deren Ehemänner stolz darauf sind, vor Gott eine ordentliche Mutter für ihre Kinder, eine gute Hausfrau und fromme Katholikin geheiratet zu haben. Nellie aber hatte ein vielfältiges Repertoire aus verstimmten Tönen, aus verirrten Geschöpfen vor sich, denen der Mond keine Medaille für Geburten zugedacht hatte, sondern nur die Abtreibung eines verlorenen Verstandes. Das Skelett mit den blonden Haaren neben ihr wiederholte unaufhörlich dasselbe einsilbige Wort in einem

mitunter musikalischen Tonfall, der Nellie an ein altes mexikanisches Schlaflied erinnerte, das sie bei ihrer Arbeit jenseits der Landesgrenze kennengelernt hatte. Die brüchige Süße dieser Melodie empfand Nellie als unerträglich herzzerreißend, vielleicht weil sie nicht verbarg, dass sie aus dem Abgrund einer perversen Einsamkeit kam, die man Frauen nie und nimmer zugesteht. Wie eine Trompetenfanfare verkündete unterdessen das Quietschen eines Tores, dass sie in der Anstalt angekommen waren. Die Wagenräder unter ihren Füßen hörten endlich auf zu rattern, und eine jahrhundertelange Stille folgte. So empfing sie Blackwell: mit dem Schweigen einer Kathedrale, wo sogar ein Schlucken wie eine Gotteslästerung klingt, für die man mit Buße und Reue teuer bezahlen muss. Und um das Mausoleum aus Stille nicht zu zerstören, hört man tatsächlich auf zu leben, hält den Atem an, will verschwinden, verflucht den eigenen bibbernden Körper. Nellie befiel eine Atemlähmung, sogar die Luft schien ihr nicht mehr ganz zu gehören, sie durfte nicht übermäßig viel davon gebrauchen.

Dann geschah alles gleichzeitig: Das Schloss knirschte, als wäre es seit unvordenklichen Zeiten nicht mehr geöffnet worden, und als die Tür aufsprang, überflutete ein milchiges, mit dem scharfen Geruch von Chlor getränktes Licht ihre Augen. Aber was war das hier anderes als die Wäscherei für schmutzige Köpfe? Versuchte man hier etwa nicht, die Flecken einer verzerrten Psyche auszumerzen, indem man Erinnerungen und Ängste mit Natriumhypochlorit wegscheuerte? Für Nellie Bly begannen jedenfalls die zehn intensivsten Tage ihres ganzen Lebens.

Noch nie war eine Journalistin wie sie durch die Tore von Blackwell gegangen. Sie war dreiundzwanzig, als Joseph Pulitzer ihr 1887 vorschlug, einen Artikel über die Irrenanstalt für Frauen zu schreiben. Freilich hätte der brillante Zeitungsverleger nie gedacht, dass sie antworten würde: »Sehr gut, ich lasse mich dort einweisen.«

Pulitzer fuhr sich mit der Hand durch den dichten dunklen Bart, als suchte er nach seinen Gesichtszügen. Das tat er immer, wenn Menschen ihn erstaunten oder entsetzten, Reaktionen, die sich jetzt vermischten. Was ihn nachdenklich werden ließ, war seine offensichtliche Unfähigkeit, Menschen einzuschätzen. Elizabeth Cochran, genannt Nellie Bly, war ihm immer als eine jener Töchter sehr wohlhabender Familien erschienen, die in einem schäbigen Kleid aus zweiter Hand ihre Unabhängigkeit von der väterlichen Brieftasche demonstrieren. Von dieser Sorte Aphrodite hatte er nie viel erwartet, waren sie doch so sehr an den gelackten Kamin im elterlichen Salon gewöhnt, dass sie sich selbst nie die Hände mit Heizofenkohle schmutzig gemacht hätten. Und der Journalismus bedeutete – wenigstens für Pulitzer – immer das Eintauchen in die schmutzigen Kellergeschosse der modernen Gesellschaft.

Doch jetzt überraschte ihn diese Dreiundzwanzigjährige mit dem fein gezeichneten Gesicht noch mehr, als sie hinzufügte: »Es braucht so wenig, um für verrückt gehalten zu werden. In zehn Tagen kommt ihr mich holen.« Und sie ging zur Tür.

»Hoffentlich haben sie dir in zehn Tagen nicht schon den Kopf durchbohrt«, erwiderte Pulitzer, dem das nach einem Übermaß jugendlicher Begeisterung aussah.

»Wenn sie mir den Kopf durchbohren, habt ihr eine Bombennachricht. Auf Wiedersehen.« Und weg war sie, mitsamt ihrem lächerlichen Hütchen.

So entstand die erste Undercover-Enthüllungsreportage in der Geschichte des Journalismus. Nellie Bly lebte anderthalb Wochen lang zwischen Hysterikerinnen und Psychotikerinnen, dokumentierte Erniedrigungen, Gewalttaten, Belästigungen und all das, was ein angebliches Krankenhaus in einen Kreis von Dantes Inferno verwandelt. Was aber am meisten erschreckt, liest man den (später als Buch veröffentlichten) Bericht dieser waghalsigen Reporterin, ist Nellies Staunen über ihren eigenen Irrsinn. Natürlich, er war gespielt. Doch wie leicht war es ihr gefallen, glaubwürdig auf die Seite der Andersheit, der Entfremdung, des Irrationalen überzuwechseln! Nellie Bly hatte dabei ihr zweites Gesicht eingesetzt, jene ungehörige, verborgene Seite, die jeder von uns unterdrückt, weil sie uns in Konflikt mit unserer eigenen, gut kontrollierten Identität bringen würde. Das ist es, was mich an der Geschichte ihres mutigen Aufenthalts in Blackwell frappiert: Zehn lange Tage kann Nellie sich verrückt stellen, in Wirklichkeit aber ist sie eine wie wir, ein gesunder Mensch im psychischen Gleichgewicht, ein Individuum, das Herr seiner selbst ist und keinen Moment zögert, wenn es gefragt wird: »Wer bist du?« Hier liegt meiner Meinung nach der Kern des Problems. Können wir diese Frage überhaupt beantworten? Besitzen wir als normale Menschen mit klarem Verstand wirklich die Schlüssel zu unserer Identität? Halten wir unsere eigenen Zügel in der Hand? Nellies Geschichte zeigt uns, dass der Raum des Wahnsinns – der Desorientierung, wenn ihr wollt – immer neben dem der vollen Zurechnungsfähigkeit liegt. Und die Tür dazwischen ist nur angelehnt. Es ist beruhigend, uns sagen zu können, wir seien im Vollbesitz unserer geistigen Fähigkeiten, doch gleichzeitig zittern wir vor Angst beim ersten Riss in dieser marmornen Sicherheit. Oder auch: Nehmt mir alles, aber nicht die Stütze meiner Identität.

Es gibt jemanden, der sein ganzes Leben lang mit dem schicksalhaften Thema des »Wer bin ich?« spielen konnte und trotzdem nicht in Blackwell gelandet ist. Eine beeindruckende Geschichte, wie ich finde, sie dreht sich um eine alte Fotografie aus den frühen Dreißigerjahren, die in einem Flur in Cambridge zwischen den Siegertrophäen der Rudersportler aufgenommen wurde. Doch gehen wir zunächst einen Schritt zurück.

Donald Duart Maclean wurde im Mai 1913 im eleganten Viertel Marylebone im Zentrum Londons geboren, wo die Hecken von Gärtnern sorgfältig gepflegt und die Fenster spiegelblank poliert werden. Sein Vater war ein Sir, einer der mächtigsten Männer Ihrer Britischen Majestät, Männer, die der Chauffeur auf der Straße empfängt, um ihnen die hintere Tür des Autos zu öffnen, das noch funkelnder glänzt als die Spiegel. Der kleine Donald wuchs mit allem auf, was aus ihm einen brillanten Vertreter der Londoner Jugend machen konnte: die besten Schulen, College mit allem Drum und Dran: Uniform und Stipendium für ein Studium in Cambridge mit ausgezeichneten

Noten. Und so sehen wir ihn 1931 auf dem üblichen Foto, mit Pullover, Krawatte und perfekt gekämmtem Haar, neben seinen vier Collegekameraden, den unzertrennlichen John, Kim, Guy und Anthony: das gleiche Lächeln, die gleichen Pullover, der gleiche Blick in die Zukunft im sicheren Wissen, dass sie dieses Foto eines Tages ihren Enkelkindern zeigen werden, die ihrerseits auf dasselbe College und dieselben Pullover zusteuern. Guy ist der Sohn eines Marinekapitäns, Kim der Erbe eines hochrangigen Diplomaten und Ratgebers des Königs von Arabien. Auf diesem Foto sieht man das England, das zählt, seine Investition in die Zukunft. Und wie der ewige Kreislauf der Jahreszeiten geht alles seinen geregelten Gang, denn Donald und seine Kollegen schickten sich an, nicht weniger und nicht mehr als genau das zu werden, was alle bei ihnen voraussetzten. Ihre Identität wartete am Weg auf sie wie eine Verabredung, die sich im Lauf der Zeit herauskristallisiert, wie ein perfekt sitzender Anzug, den tadellose Schneider ihnen vom ersten Wimmern im Kreißsaal an auf den Leib geschneidert hatten. Denn ich fürchte, es stimmt, dass wir zweimal geboren werden, und unsere ersten zwanzig Jahre sind nur eine lange Vorbereitungszeit: Hinter diesen fünf jungen Männern auf dem Foto ist eine unsichtbare Entbindungsabteilung am Werk, die sie täglich darauf vorbereitet, voll und ganz den Erwartungen ihrer Umwelt zu entsprechen. Das ist in jeder Hinsicht eine zweite und schmerzhaftere Geburt, denn wir kämpfen uns allein ans Licht, ohne von den Wehen einer Mutter herausgetrieben zu werden.

Im Falle von Duart Maclean war nun alles derartig vorhersehbar, dass es sogar langweilig klingt: Als Sohn eines Lords würde Mylord ein Mann der Macht werden, ein Politiker von Format, einer der Männer, denen der Sekretär auf den zehn Schritten zwischen Auto und Cottage den Schirm trägt. Steht alles schon geschrieben. Alles vorgeplant. Der Schirm, das Auto und das Cottage stehen schon bereit.

War es so?

Oder erwartet ihr die plötzliche Bekehrung zum Rebellen der Straße, zum erklärten Feind des familiären Konformismus?

Man mag enttäuscht sein, zu erfahren, dass nichts Derartiges geschah. Viel schlimmer. Oder, wenn ihr wollt, viel genialer. Denn dem Anschein nach war es eine triumphale zweite Geburt: Mitte der Dreißigerjahre war der junge Donald schon ein hoher Beamter des Außenministeriums und erhielt diplomatische Aufträge der Botschaften aus Paris und Washington, die größtes Fingerspitzengefühl verlangten. Über zehn Jahre lang war er alles, was er sein sollte: reich, ehrenwert, geschätzt. Nur schade, dass es diesen einzigen Schwachpunkt gab – Donald ergab sich leider allzu oft dem Gott Alkohol. In den fiebrigen Nächten der amerikanischen Hauptstadt verbreitete sich das Gerücht, Mister Duart Maclean schaue so tief ins Glas, dass er seinen klaren Verstand verliere und irre Reden führe. Man hatte ihn gehört, wie er tief in der Nacht schrie, er sei ein Agent des sowjetischen Geheimdienstes und erstatte Moskau jeden Tag Bericht. Natürlich maß niemand diesem Whiskydelirium Bedeutung bei, und man dachte nicht im Traum daran, ihm eine Zelle in irgendeinem Blackwell zu reservieren. Wie sehr sie auch geleugnet und verflucht wurde, die Identität eines Vollblüters wie Donald stand nicht zur Diskussion. Ebenso wenig wie jene der anderen vier Sprösslinge aus dem Großbürgertum, mit denen er in Trinity Hall gemeinsame Prüfungen abgelegt oder zwischen den Standarten des Colleges die Meisterschaften im Rudern bestritten hatte. Das verband die fünf Jungen auf der körnigen Fotografie weit über den gleichen Pullover hinaus: Ihre Herkunft würde sie ihr ganzes Leben lang vor jedem Angriff auf die Festung des »Wer bin ich?« schützen, sie hätten sogar auf der Straße herausbrüllen können, sie seien kommunistische Spione, und dennoch hätte niemand an ihnen gezweifelt. Das war ein Fehler.

Denn der Alkohol machte Donald Duart Maclean durch und durch ehrlich: Seit über zehn Jahren hatte er eine doppelte Identität, er war sowohl der würdevolle Diplomat Ihrer Majestät als auch der treue Kommunist im Dienste Stalins. Und nicht er allein: Alle fünf Jungen im Pullover führten ein unverdächtiges Leben mit einem Fuß in London und einem im Kreml. Das Doppelspiel von Anthony Blunt währte fast dreißig Jahre, und in all diesen Jahren blieb er für seine Umwelt der hervorragende Professor für Kunstgeschichte, während Kim Philby sogar – ohne je Verdacht zu erregen – das Amt des Leiters der englischen Gegenspionage bekleidete.

Doch wer mich von den fünf Freunden auf dem Foto am meisten beschäftigt, ist Donald Duart Maclean, der Einzige, der in seinen Alkoholexzessen gefährlich aus der Verstellung ausbricht. Der Sohn eines übermächtigen Vaters konnte den unglaublichen Blutschwur mit unumstößlich lebenslanger Verpflichtung, der in den Dreißigerjahren in einem Zimmer in Cambridge besiegelt wurde, nicht bis zuletzt durchhalten. Er war der Erste, der sich verriet und in die Sowjetunion fliehen musste. Sein ganzes restliches Leben lang bezeichnete sein altes Vaterland ihn nur noch mit einem verächtlichen Beinamen als *the unfair*. Wie sehr mir seine Geschichte zu denken gibt: Einer, der jahrelang dazu verurteilt war, die Illoyalität zu verkörpern, war lediglich ein desorientierter junger Mensch ohne Kompass, der die Rückstöße dieses Identitätswirrwarrs nicht parieren konnte. Wer empfände nicht unendliches Mitgefühl mit diesem redseligen Trinker, der wenigstens nachts seine Verzweiflung darüber, beim Spiel nicht mithalten zu können, in die Welt herausschrie? Darum war unter Myriaden ehrlicher Menschen seltsamerweise ausgerechnet derjenige, der zu schwach war, die Komödie bis zuletzt zu spielen, der unehrliche. Doch das ist es, was die Welt von uns will: Wir sollen nicht aus der Rolle fallen, wir sollen im Spiel bleiben, uns in jeder Hinsicht der Figur anpassen, die das Drehbuch uns vorschreibt. Loyalität besteht darin, sein Leben in diesem Theater zu verbringen, ohne aus der Fiktion auszusteigen, nicht einmal dann, wenn der Whisky dir den Geist vernebelt und dich verführt, schreiend zu erklären, wer du bist und wer du nicht bist. Wehe dir – du wirst ein *unfair* für die Welt werden, einer, den man verflucht. Freud schrieb, erst wenn die Stadt schweigt, während der stillen Stunden, erlauben wir uns, uns einzugestehen, wer wir sind. Das ist der fantastische und schmerzhafte Schlüssel, der unsere Träume erklärt, und gerade wegen ihrer schockierenden Wahrheit zwingt er uns zu einer chiffrierten Sprache. Einem Code. Wie Spione ihn benutzen.

Unfairist [ʔanfeːˈʁɪst], *Subs.*, *der*, abgeleitet aus dem Beinamen von Donald Duart Maclean (1913–1983). Das Wort bezeichnet einen Menschen, der nicht mehr weiß, wer er ist, und sich eingezwängt sieht zwischen dem, was er sein möchte, und dem, was er sein sollte.

Antonym:

Nellistik [nɛˈlɪstɪk], *Subs.*, *die*, abgeleitet aus dem Namen von Nellie Bly (1864–1922). Bezeichnet die Kunst, mühelos mit doppelten Identitäten zu spielen, um einen Vorteil für sich zu gewinnen. Oder einfach nur, um die ehernen Identitäten anderer zu erforschen.

V

Villanismus
oder
Vecellismus

Warum Leonardo Törtchen liebt

Wer Battista de Villanis wirklich war, ist ein kleines großes Rätsel. Sogar beginnend bei seinem Geschlecht: Manche Historiker behaupten, er sei ein treu ergebener Diener gewesen, einer von denen, die über die unaussprechlichsten Geheimnisse ihres Herrn eisernes Schweigen bewahren; andere dagegen sehen in ihm ein weibliches Wesen, genauer, eine unermüdliche Königin am Kochherd. Sicher ist, dass diese(r) Battista in beiden Fällen im Dienst von Leonardo da Vinci stand und nach dem Tod des Genies 1519 eine beträchtliche Erbschaft erhielt. Was ungewöhnlich ist: Ein Mann aus dem Volk, vielleicht sogar Analphabet, wurde vom erlauchtesten Geist Europas so geehrt? In anderen Versionen der Geschichte hat Leonardo einen Teil seiner Besitztümer zwischen dem zuverlässigen Villanis und der Köchin Maturina aufgeteilt. Was mich betrifft, so erhebe ich keinerlei Anspruch darauf, zu den Philologen des

Testaments zu gehören, entscheide mich aber aus erzählerischem Instinkt, die beiden Personen zu einer einzigen zu verschmelzen, nämlich jener der Köchin. Warum also sollte Leonardo sich auf dem Totenbett ausgerechnet einer Dienerin entsinnen? Die Antwort auf diese Frage erklärt, warum unser Wörterbuch diesem Battista de Villanis ein Wort neuer Prägung widmet. Wie wir sehen werden, verspürte der Geist des großen Toskaners das dringliche Bedürfnis, sich in eine ganz eigene Sphäre zu flüchten, eine durch und durch praktische, ja, schmutzige, mit Gerüchen und Innereien durchsetzt, Sternenjahre entfernt von der vermeintlich über den Himmeln schwebenden Lichtgestalt des größten aller Künstler. Ja, man füge sich ins Offensichtliche – es gibt hieb- und stichfeste Beweise, dass Leonardo da Vinci geradezu besessen war von der Kochkunst, der er unzählige Stunden seines wertvollen Lebens widmete, angetan mit der sprichwörtlichen soßenbefleckten Schürze. Natürlich wird diese Seite seiner Persönlichkeit von der Geschichtsschreibung vollständig verschwiegen, als wäre es schon entehrend, zuzugeben, dass ein Geistesmensch dieses Kalibers Zeit und Mühe auf derart würdelose Tätigkeiten verwandte.

Auch darum sollten wir einen Abstecher in das Venetien kurz nach Leonardos Tod machen, bevor wir uns in seine ungewöhnliche gastrokulinarische Biografie vertiefen. Wir klopfen an das edle Tor der Vecellio, der Familie des berühmten Tizian. Stellt euch vor, wie stolz die Familie war, die sich rühmen konnte, einen so vortrefflichen Künstler, obendrein in fester Anstellung zum offiziellen Maler der Serenissima ernannt, im Geäst ihres Stammbaums unterbringen zu dürfen. Bleibt zu erwähnen, dass just in den Jahren, in denen Tizian triumphierte, in Pieve di Cadore – fast im selben Haus, in dem der König der Leinwand zur Welt gekommen war – ein anderer Vecellio, ein Cousin des Älteren, geboren und auf den Namen Cesare getauft wurde. Das Leben war nicht leicht für den Jungen, immer im Schatten des titanischen Verwandten, dessen Ruhm so angewachsen war, dass er vom Kaiser mit den Titeln Pfalzgraf des Lateran, Hofrat, Würdenträger des Konsistoriums, kaiserlicher Hofmaler und Ritter vom Goldenen Sporn geehrt wurde. Als hätte

man einen Nobelpreisträger in der Familie. An Reichtum und Ehren konnte es keiner mit ihm aufnehmen. Doch auch der kleine Cesare zeigte früh ein Talent zur Malerei und versuchte auf seine Weise, es fruchtbringend zu nutzen. Um die Mitte des 16. Jahrhunderts malte er viele Kirchen und Palazzi in Belluno mit Fresken aus und geriet dabei wer weiß wie oft in die Verlegenheit, erklären zu müssen, dass er zwar ein Vecellio war, aber nicht *der* Vecellio, sondern sein Cousin. Sicher, Reibungen zwischen Verwandten sind nichts Neues, man denke nur an Karl Marx, dessen Cousin der Kapitalist und Gründer der Firma Philips war. Lange Gesichter beim Weihnachtsessen sind eben kein Vorrecht gewöhnlicher Sterblicher. Doch nicht darum habe ich euch Vecellio junior vorgestellt. Wenn wir heute, im Abstand von fünf Jahrhunderten, über ihn sprechen, dann, weil er eine Leidenschaft hatte, die zumindest theoretisch noch weit erniedrigender war als Leonardos Passion fürs Kochen und ebenso gut verborgen werden musste.

Cesare Vecellio hatte nämlich schon immer eine manische Vorliebe für Bekleidung.

Hätte es damals schon Modezeitschriften gegeben, er hätte die Journale der halben Welt abonniert, um die Entwicklung modischer Strömungen in Echtzeit verfolgen zu können. Es gab kein Kleid, dessen Schneidergeheimnisse er nicht auf Anhieb erkannt hätte, ebenso wie ihm kein modisches Detail bei Hüten und Schuhen entging. All das übersetzte Cesare natürlich in eine fieberhafte zeichnerische Aktivität: Er zeichnete Modelle, die nicht nur von Kopf bis Fuß perfekt gekleidet waren, sondern immer auch Accessoires im Stil der allerneuesten Mode trugen. Die Nachricht von seiner besessenen Suche nach dem letzten Schrei verbreitete sich schnell, bald schon wurde er von hochstehenden Damen und Dandys aus Padua um eine gründliche Beratung in ästhetischen Fragen gebeten. Kurz, er avancierte zu einem einflussreichen Fashionblogger des 16. Jahrhunderts, und wer weiß, was er noch alles erreicht hätte, wenn es im Hause Vecellio weniger Wandteppiche, dafür aber jene Mindestvoraussetzung einer Internetverbindung gegeben hätte. Diesen bedauerlichen Mangel kompensierte Cesare durch einen ausgesprochen internationalen Geschmack: Er stattete seine Modelle mit ungewöhnlich exotischen Trachten aus, für die er gründliche Recherchen bei den Stoffen und Kostümierungen im wilden Afrika, in der Türkei des Sultans und sogar der Neuen Welt anstellte, obwohl die Karavellen von Kolumbus doch erst vor einem knappen Jahrhundert dort angekommen waren. Alles schön und gut, doch wie konnte unser Pionier sein meisterliches Talent mit der Menschheit teilen, ohne dem ruhmreichen Namen des anderen, des übermächtigen Vecellio, zu schaden? Kein geringes Problem, und wir stellen uns lieber nicht vor, in welch entsetzlichen Harnisch Tizian geriet, wenn er auf vornehmen Banketten zum Beispiel gefragt wurde: »Bitte verzeiht, Maestro, man hat meiner Frau geraten, sich an Euch zu wenden. Es geht um die Frage, wie weit der Saum gekürzt oder verlängert werden soll …« Oder gar: »Ich habe Euer *Martyrium des heiligen Laurentius* gesehen. Warum habt Ihr denn alle Figuren halb nackt gemalt? Ich halte mich immer an Eure Anweisungen in Sachen Garderobe. Bitte bekleidet doch beim nächsten Mal alle Personen, damit wir uns davon anregen lassen können.« Dann war es an Tizian, zu erklären, dass er nicht *der* Vecellio sei, sondern der Cousin.

Bekanntlich raffte 1576 eine Pestepidemie den großen Künstler dahin. Und für Cesare begann ein neues Kapitel. Endlich konnte er frei handeln und in Druck geben, was in jeder Hinsicht das erste moderne Handbuch der Mode darstellte. Kennt ihr die »Vogue«? Nun, die Nullnummer trug das Markenzeichen eines Vecellio. Sie heißt: *Degli habiti antichi et moderni di diverse parti del mondo* (Von den alten und neuen Kleidern aus verschiedenen Teilen der Welt) und bietet ein unnachahmliches Panorama der Vorgeschichte des Prêt-à-porter, das Ratschläge jeder Art erteilt, wie man sich sowohl bei den exquisitesten Gelegenheiten als auch im alltäglichen Leben kleiden sollte. Das Ganze natürlich von feinfühliger Malerhand illustriert und mit einer verschwenderischen Fülle an Details aufwartend. Das Werk war für die Zeit sensationell erfolgreich, es folgten mindestens zwei weitere Auflagen, genug, um

Cesare Vecellio zur größten Autorität auf diesem Gebiet und zum Schöpfer einer Herbst-Winter- und einer Frühling-Sommer-Kollektion zu machen, was als Regel zukunftsweisend werden sollte. Da ist es unwichtig, ob die Kanoniker der Kathedrale von Belluno erklären mussten, ihr (übrigens herrlicher) *Heiliger Sebastian* sei das Jugendwerk eines zukünftigen Versace.

Genau die gleiche Leidenschaft beseelte Leonardo da Vinci, mit dem einen Unterschied, dass er nicht in die Geschichte eingehen sollte, weil er eine Rezeptsammlung verfasst hatte. Doch machen wir einen Schritt zurück.

Alles begann, als seine Mutter in zweiter Ehe einen Konditor aus Vinci heiratete und diesen unübertrefflichen Magier des Marzipans zu Leonardos Stiefvater machte. In den zehn Jahren, die er bei ihnen lebte, lernte der Junge durch heimliches Beobachten sämtliche Geheimnisse von Torten und Cremespeisen, denn er verbrachte seine Kindheit in einer Hänsel-und-Gretel-Welt des Naschens. Es waren die entscheidenden Jahre, man weiß ja, die sind prägend. Und ob sie prägend waren – als Leonardos leiblicher Vater, Ser Pietro, ein Notar, ihn zu sich nach Florenz holte, sah er ein Dickerchen mit pausbackigem Gesicht in sein Haus kommen, das von morgens bis abends fast nur über Mürbeteig und Rosinenkuchen sprach. Um Himmels willen. Zum Glück stellte er sich beim Zeichnen recht geschickt an, und nur darum wurde der kleine Botero in die Werkstatt des Verrocchio aufgenommen, der größten Autorität seiner Zeit nicht nur als Maler und Bildhauer, sondern auch meisterhaft in der angewandten Ingenieurskunst. Alles schien also eine gute Wendung zu nehmen, ja sogar berechtigte Hoffnung auf einen baldigen Tageslohn zu erlauben.

Leicht gesagt.

Denn Leonardos lieblich verzuckerte Kindheit wollte partout nicht vergessen werden, vor allem weil der backende Stiefvater ihm aus Vinci jede Art glasierter Leckerei zu schicken beliebte. Meister Verrocchio ärgerte das sehr, zumal er pfundweise Krümel von den Staffeleien wischen musste, und er ging sich beim strengen Notar-Vater beklagen. Eine Krise drohte, und dann tat sich auch noch ein dramatischer Scheideweg auf: Leonardo wollte Küchenjunge im Dienst eines alten Konditors in Vinci werden, was bedeutete, dass wir fürderhin nichts mehr von ihm gehört hätten. Doch es kam anders. Die Quellen berichten uns beharrlich, dass der übergewichtige Jüngling für seine Schlemmerei immer wieder hart bestraft wurde, doch ihn rettete sein unbezweifelbares künstlerisches Talent. Das Engelchen, das er zu Verrocchios *Taufe Christi* beisteuerte, war der Beweis. Donnerwetter! Angesichts dieses Engelchens blieb einem vor Staunen der Mund offen stehen. Der Maestro und der Notar wechselten einen Blick und kamen zum Schluss, dass hier Konsequenz vonnöten war, glasierte Torten hin oder her. Gut, das Söhnchen mochte ein unbelehrbarer Fettwanst sein, aber mit Pinseln vollbrachte er wahre Wunder. Die Kochlöffel konnten da nicht mithalten.

Seine Anstellung als Lehrling war somit garantiert und bestätigt.

Seinerseits stellte der Schüler eine einzige Bedingung: Man sollte ihm erlauben, jeden Abend in der Taverne »Zu den drei Schnecken« im Herzen von Florenz als Bedienung zu arbeiten. Die Bitte wurde erhört, obwohl Meister und Vater das bitter bereuten, als eine geheimnisvolle Vergiftung alle drei Köche der Taverne aus dem Weg räumte und Leonardo freie Bahn hatte, sich selbst vom Kellner zum Küchenchef zu befördern.

O Gott. Es war ein Desaster.

Nicht nur, weil der Zwanzigjährige seine Stelle in der Werkstatt des Verrocchio prompt kündigte – und alle zur Weißglut brachte, die an ihn als Ass der Malkunst glaubten –, sondern vor allem, weil die Taverne »Zu den drei Schnecken« ein recht einfaches Wirtshaus war und berühmt nur für ihre schmackhafte Polenta mit Soße. Die aber strich Leonardo von der Speisekarte, um sie durch kulinarische Köstlichkeiten, gewagte Kombinationen und pittoreske farbliche Kompositionen zu ersetzen. Kein Monat verging, schon rebellierte die Kundschaft: Der Kochkünstler von Vinci wurde auf der Straße mit Pfannen und Töpfen beworfen, ein schmerzhafter Hagelschauer, vor dem er sich in die Arme des Verrocchio flüchtete.

Wir sehen ihn vor uns: verzweifelt, in Tränen aufgelöst schluchzend: »Darf ich zurückkommen, Maestro?«

Die Antwort war ja, unter der Bedingung, dass nie mehr ein Wort übers Kochen fiel, auch nicht versehentlich, nicht als Metapher, nicht einmal als Zitat.

Leonardo willigte ein und malte wieder.

Ein paar Jahre lang schien er wirklich geheilt. Er entwickelte keine Theorien mehr über Kochzeiten und Beilagen, sondern widmete sich der menschlichen Anatomie und dem Studium der Perspektiven. Er war sogar schlanker geworden. Verrocchio überwachte ihn mit der üblichen finsteren Miene, war aber doch sehr stolz, ihn unter seinem persönlichen Schutz aufblühen zu sehen, und 1478 bot er ihm voller Freude den entscheidenden Karriereschritt an: einen Altarflügel für die Hauskapelle des Palazzo Vecchio. Das würde die erste wirkliche Gelegenheit sein, allen zu zeigen, was er als Künstler wert war. »Freust du dich, Leonardo? Du verdienst das und mehr.«

»Ihr rührt mich, Maestro. Danke, danke, danke.«

Und sie umarmten sich, wie sie es nie getan hatten. Ja, das war ein schöner Moment. Nur schade, dass sich ausgerechnet in jenen Tagen noch eine weitere Gelegenheit bot: Die Taverne »Zu den drei Schnecken« war in Flammen aufgegangen, man konnte eine neue eröffnen und die Kundschaft behalten, allerdings nur, wenn man nicht wieder in die Fehler von damals verfiel. Der Lockruf des Kochherdes – Leonardo erkannte ihn sofort, und er war wie ein Schrei, der ihn zu seiner wahren Mission zurückführte. Wie widerstehen? Das Kochen war seine Qual und seine Wonne, also ließ er Verrocchio im Stich und entführte ihm obendrein den Schüler Sandro Botticelli, auch er ein Anhänger des Gottes Kochtopf. Um Geld zu sparen, malten die beiden das neue Ladenschild selbst (zugegeben, sie waren wirklich gut): »Zu den drei Fröschen – bei Sandro und Leonardo«, und boten eine Speisekarte mit den raffiniertesten Gerichten. Wenigstens ihrer Meinung nach. Sie glaubten wirklich dran.

Nichts zu machen, es funktionierte wieder nicht.

Ich weiß nicht, ob das Essen tatsächlich ungenießbar war, wie die zeitgenössischen Chroniken berichten. Vielleicht waren die Gaumen der Florentiner für dergleichen noch nicht bereit. Fest steht, dass die Kunden, als sie einen Strahlenkranz aus vier Karotten und einer Sardelle auf dem Teller vor sich hatten, nicht im Geringsten interessierte, ob die Geometrie perfekt war und alle Zutaten den gleichen Abstand zum Umfang des Tellers wahrten – sie bewarfen die Köche damit. Und so geschah es bei allen anderen köstlichen Kreationen.

Wenige Wochen später schlossen Sandro und Leonardo. Sie hatten haufenweise Schulden angesammelt und waren jetzt in der Stadt so verhasst, dass sie sogar einen doppelten Lynchmord riskierten, wenn man sie zusammen auf der Straße gesehen hätte: »Das sind beiden von der Taverne. Nimm einen Stock, ich hole Verstärkung. Die müssen ordentlich durchgeprügelt werden, sonst machen sie wieder auf.«

Jetzt wurde es wirklich schwierig. Denn bei Verrocchio anzuklopfen, wagten sie nun nicht mehr, und was Lorenzo de' Medici betrifft, den Stadtherrn von Florenz, so schien er nicht besonders überzeugt von den Marzipanküchlein, die Leonardo ihm in der vergeblichen Hoffnung auf seine Unterstützung schicken ließ. Erst 1482, Leonardo war gerade dreißig geworden, öffnete sich eine Tür zur Anerkennung seines Genies. Das war, als er am Hofe der Sforza in Mailand beim Herzog Ludovico Sforza vorstellig wurde, um ihm ein Vorstellungsschreiben zu präsentieren, das mir denkwürdig erscheint. Leonardo bezeichnet sich als vollkommenen Meister der Malerei und Bildhauerei, rühmt sich außergewöhnlicher Verdienste als ziviler und militärischer Baumeister und unterstreicht im Finale, dass »seine Torten ihresgleichen suchen«.

Ludovico Sforza, il Moro, stellte ihn ein.

Leonardo sollte die militärischen Bauvorhaben leiten und gleichzeitig die komplexe Maschinerie der höfischen Bankette überwachen, also seine innig geliebten Küchen führen. Für ihn war das die reinste Glückseligkeit, er stürzte sich mit großem Eifer in beide Aufgaben und konnte sogar das Nützliche mit dem Angenehmen verbinden, indem er für Ludovico Modelle der geplanten Festungsanlagen aus Zuckerguss und Marzipan anfertigte. Natürlich verbrachte er manche Tage auch mit Malen, doch sein Bestes gab er bei dem verrückten Versuch, die Mechanik im Reich der Bratspieße und Suppenschüsseln einzuführen. Im Codex Romanoff findet sich eine unglaubliche Fülle von Geräten, die Leonardo eigens für die Küchen der Sforza entwarf. Sie reichen vom pedalgetriebenen Trockner (um ihn in Gang zu setzen, wurden sechs kräftige Männer gebraucht, die von anderen Aufgaben abgezogen werden mussten) bis zum automatischen Röster, von der Geruchsbeseitigungs- bis zur Brotschneidemaschine mit Windkraftantrieb – nicht zu vergessen den automatischen Rindfleischhacker (in den das Tier lebend und um sich tretend hineingeschoben wird).

Anfangs spornte Ludovico il Moro den jungen Mann noch zu neuen Einfällen an, doch recht bald wurde ihm klar, dass das Phänomen besorgniserregende Dimensionen annahm. Leonardo betrachtete den Palazzo mittlerweile als Anhängsel der Küche und ging so weit, von der betagten Herzogin zu verlangen, ihre Gemächer zu räumen, damit er eine Schlachterei und einen Vorratsraum für Obst und Gemüse darin unterbringen konnte.

Die Sache geriet offensichtlich außer Kontrolle, und die Bestätigung ließ nicht lange auf sich warten. Als Leonardo strahlend beim Moro erschien, um ihm mitzuteilen, er habe eine Küche nach modernsten Maßstäben fertig eingerichtet, kam der Herzog auf die weise Idee, die Sache endgültig abzuschließen, indem er zur Eröffnung der Küche ein großes Festbankett mit den Spitzen der Gesellschaft – Edelleuten, adeligen Damen und Kardinälen – veranstaltete. Das war seine Art, der fortschreitenden Erweiterung der Diensträume ein Ende zu setzen. Denn die hatten sich in eine unheimliche Fabrik mit Apparaturen jeder Art aus Blasebälgen und Sägeblättern verwandelt. Leonardo stimmte begeistert zu und versprach, der Tag werde ein grandioser Erfolg werden. Er hielt es nicht für nötig, den Duca von den Vorwürfen in Kenntnis zu setzen, die das Dienstpersonal gegen ihn erhob. Die Atmosphäre in der Küche war vergiftet, diese schrecklichen Maschinen absorbierten alle Energie, verzögerten die Kochzeiten und waren eine ernsthafte Gefahr für Leib und Leben der Belegschaft. Aus übertriebener Vorsicht legten manche Köche für die Arbeit schon eine Rüstung an, um nicht zusammen mit dem Rinderschinken in Scheiben geschnitten zu werden. Die Putzkolonne sah sich einer riesigen Maschine für die Reinigung der Fußböden gegenüber: Leonardo hatte sie mit zwei Ochsen ausgestattet, die einen Pflug aus Wischlappen zogen.

Was genau schiefging, ist unklar.

Man weiß, dass die Tischgesellschaft auf dem Höhepunkt des Banketts einen monströsen Lärm aus den Küchen vernahm: gellende menschliche Schreie, das Winseln unbestimmbarer Tiere, dann wieder Explosionen, zerbrechendes Geschirr, ein höllisches Durcheinander aus Flüchen und Gebeten. Jede Ordnung war zusammengebrochen, so dass Leonardo verletzt und angesengt vor die Gäste treten musste, um zu verkünden, aufgrund unerwarteter Zwischenfälle würden die vorgesehenen Speisen durch einen Salat ersetzt.

Am nächsten Tag zählte man die Gefallenen.

Leonardos Küchenmaschinen mochten ja geniale Erfindungen sein, doch sie hatten ein Gemetzel angerichtet, das es mit der blutigsten Schlacht aufnehmen konnte. Man beschloss daher, die automatische Schneidemaschine mit drehbaren Schneidblättern direkt in den militärischen Bereich zu überführen, wo sie sich tatsächlich als eine fürchterliche Abschreckungswaffe erwies.

So viel, um anzudeuten, dass man dem Tag immerhin einen konstruktiven Sinn zu geben versuchte.

Aber leicht war das nicht. Wie denn auch, verflixt, wo die alten Damen das Bankett schockiert verlassen hatten, das Kochgeschirr blutbesudelt und die Speisekammern voller Leichen waren?

Ludovico il Moro schäumte vor Zorn, gelinde gesagt. Er belegte Leonardo mit einem absoluten Küchenverbot und stellte bewaffnete Wächter an den Türen auf. Von nun an würde Leonardo sich nur noch mit der Malerei beschäftigen, am besten weit weg vom Palazzo.

Der verlor darüber fast die Nerven und den Schlaf. Dann hatte er eine Erleuchtung: Sein größtes Kunstwerk würde ein Bankett sein, ein *Letztes Abendmahl*, das im Refektorium von Santa Maria delle Grazie entstehen sollte. Der Herzog war natürlich höchst erfreut darüber und gab Anweisungen, den großen Künstler bei den Ordensbrüdern unterzubringen. Wie hätte er sich denn vorstellen können, dass Leonardo auch dort sein kulinarisches Pandämonium entfesseln würde? Wie hätte er auf die Idee kommen sollen, dass der fette Aal oder die Rübencreme, die auf dem Gemälde vor den Jüngern auf dem Tisch standen, Leonardo als Vorwand dienten, in den Küchen des Klosters ein weiteres Chaos anzurichten? Anlässlich des Osterfestes 1496 schrieb der Prior von Santa Maria delle Grazie dem Herzog einen betrübten Brief: Leonardo da Vinci mag ja ein hervorragender Maler sein, aber die Mönche sterben vor Hunger. Daraus ist ein Krieg entstanden, der erst mit dem letzten Pinselstrich am Meisterwerk enden wird. Denn auf diesem Fresko verband Leonardo tatsächlich seine beiden verzehrenden Leidenschaften, die Malerei und die Kochkunst. Seine Persönlichkeit lässt sich unmöglich richtig einschätzen, wenn man eines seiner zwei Gesichter ausblendet. Er vereinigte beide, er fühlte sich gleichzeitig als Maler und als Koch. Und aus diesem Kompositum sollte er auch in den folgenden Jahren weder ausbrechen wollen noch können. Ob es uns nun gefällt oder nicht, das vollständige Porträt Leonardos ist darum jenes, das ihn im Jahre 1516 zeigt. Er ist nach Frankreich gegangen und steht vor dem König Franz I. Bei ihm ist die geliebte Battista de Villanis (die ihm seit Jahren am Kochherd assistiert), und als einzige Gepäckstücke führt er eine Leinwand und eine rechteckige Schachtel von beunruhigend dunkler Farbe bei sich. Das waren seine beiden unzertrennlichen Meisterwerke: die *Mona Lisa* und die von ihm perfektionierte Maschine, mit der sich Lasagne in »spaghi mangiabili«, essbare Fäden, verwandeln lässt.

Ja, die Spaghetti hat Leonardo erfunden.

Villanismus [viːl̥aːˈnɪsmʊs] oder auch **Vecellismus** [veːt͡ʃɛˈlɪsmʊs], *Subs.*, *der*, abgeleitet aus den Namen der Köchin Battista de Villanis (15. – 16. Jahrhundert) und des Modeschöpfers Cesare Vecellio (1521–1601). Sie bezeichnen die bewundernswerte Fähigkeit, unbeirrbar der eigenen Berufung zu folgen. Ob es der Welt nun gefällt oder nicht: Die Villanisten oder Vecellisten können nicht anders, als ihrer Neigung zu gehorchen, weil sie ein konstitutiver Teil ihrer Persönlichkeit ist.

Z

Zachariatisch und Zeissiteur

Von kleinem und großem Ruhm

Was sehen wir wirklich, wenn wir etwas sehen? Es gab einmal eine lang vergangene Zeit, in der die Augen alles entscheidend waren. Heute erscheint uns das abwegig, doch jahrtausendelang mussten die Menschen sich ausschließlich auf ihre Sehkraft verlassen, wie beeinträchtigt oder begrenzt sie auch war. Es gab nichts, was Kurzsichtigkeit, Altersweitsichtigkeit oder Farbenblindheit hätte korrigieren können. Ob man verschwommen sah oder Farben nicht richtig wahrnahm, zählte wenig, in jedem Fall wohnte man dem großen Schauspiel der Welt bei. Zu sehen hieß, sich in der Wirklichkeit zu befinden, und die Augen, Wächter über unsere Sinneswahrnehmungen, garantierten Objektivität, nahmen mithin eine vorrangige, fast tyrannische Stellung ein. Nicht zufällig heißt unser Gesicht auch *Visage*, vom Lateinischen *videre* (sehen), als hätten die Pupillen hochkarätige Gegner wie Mund und Nase (also den Atem und den Geruchssinn) sowie die Ohren (das Gehör) mühelos besiegt. Alles begann und endete mit dem Blick, daher entstanden haufenweise Wörter, die von dieser optischen Übermacht zeugen: von *Ausblick* und *Aussicht* bis zu *Vision*, von *voraussehen* bis zu *aussehen* oder *einsehen*. Als würden uns nur die Augen die richtige Erfahrung der Dinge vermitteln, ohne sie zu entstellen.

In unserer hochtechnisierten Gegenwart ist es mittlerweile absolut selbstverständlich, Proportionen zu korrigieren, indem man sie nach Belieben vergrößert oder verkleinert, was dazu geführt hat, dass die alte – wenn wir so wollen biologische – Erfahrung des einfachen *Sehens* höchstens noch der Nullgrad eines fortwährenden Zoomens ist. Schrieb nicht schon Plinius, dass Kaiser Nero sich mit Hilfe eines Smaragdsteins eine Art Fernrohreffekt für die Spiele der Gladiatoren verschafft hatte? Ja, aber das war erst der Anfang. Seither ist es ein ständiges Crescendo, und inzwischen genügen die Augen allein uns nicht mehr – wir erleben sie als beschämend restriktive Werkzeuge, dem grünen und grauen Star ausgesetzt, immerzu auf Unterstützung angewiesen – Sehhilfen sind wirklich notwendig –, um das Seherlebnis im Rundumblick von 360 Grad zu genießen. Kurz, wir begnügen uns nicht mehr damit, das Sehen als simplen physiologischen Vorgang zu erfahren, sondern fordern Kontrolle über das Gesichtsfeld, als säßen wir im Studio für die Videoregie. Und so vergrößern oder verkleinern wir mit zwei Fingerspitzen die Bilder auf unseren Smartphones, im Grunde eine Wiederholung en miniature dessen, was die Menschheit seit Jahrhunderten mit Teleskopen und Mikroskopen macht.

Davon soll in diesem letzten Kapitel unseres Wörterbuchs die Rede sein: von den großen, von den kleinen Dingen und von unserer Unfähigkeit, sie als solche zu erleben, weil wir uns zu sehr daran gewöhnt haben, ihre Dimensionen im Bedarfsfall zu verändern. Denn alles begann mit den Fernrohren. Oder besser, mit einem gnadenlosen Kampf aufs Blut, um sich das Patent zu sichern. Selten hat eine Erfindung einen solchen Wettstreit ausgelöst, und

das geschah etwa ein Jahr vor jenem August 1609, als der gute Galileo auf den Campanile von San Marco in Venedig stieg, um der Regierung der Serenissima sein astronomisches Teleskop vorzuführen. Doch Galileos entscheidender Beitrag bestand bekanntlich darin, wissenschaftlichen Nutzen aus etwas zu ziehen, was er mitnichten selbst, sondern gewisse holländische Brillenmacher erfunden hatten, gesellschaftlich geächtete Personen, weil sie ein Gewerbe betrieben, das die objektiven Umrisse der Dinge verzerrte. Für manche mag es eine bittere Enttäuschung sein, aber man sollte sich damit abfinden, dass Galileo das Teleskop nicht erfunden hat – wie man fast sicher weiß, ließ er sich ein Exemplar aus Middelburg kommen, und zwar wenige Monate bevor er am Canal Grande seine Version zu astronomischen Zwecken vorführte. Nun, ich glaube, es lohnt sich, die Geschichte dieser kleinen Schar holländischer Gewerbetreibender zu erzählen, und sei es nur deshalb, weil sie unsere Ausführungen über die Entstellung der Wirklichkeit so treffend illustriert.

Hans Lippershey war zu Beginn des 17. Jahrhunderts etwas über dreißig Jahre alt, ein Mensch mit offenem Blick und der Unschuld eines Kindes, das noch immer von jedem Gewittersturm des Lebens überrascht wird. Man könnte fast sagen, dass er nicht lebte, sondern mit dem Leben spielte, indem er dessen Elemente mit jener unbewussten Anmut zusammenstellte, mit der man als Dreijähriger versucht, Wasser anzuzünden. Mit ebenjener Unbefangenheit übte Lippershey in Middelburg die Tätigkeit eines Handwerkers auf dem verrufenen, von den argwöhnischen Behörden nur ungern geduldeten Gebiet der Linsenherstellung aus. Wir werden das noch verstehen, denken wir vorerst nur daran, dass Galileo Galilei etwa zur gleichen Zeit eine Anklage der Heiligen Inquisition riskierte, weil er gegen Bezahlung astrologische Horoskope ausgestellt hatte. Offenbar war er darin sehr gut (ein veritabler Meister, der heute mit Sendungen wie »Galileo liest für uns aus den Sternen« im Sonntagsnachmittagsfernsehen für Hausfrauen höchste Einschaltquoten erzielt hätte), aber ich würde es nicht als eine besonders ruhmreiche Phase in der Karriere eines Wissenschaftlers aus Padua bezeichnen. Was sollte dann erst die Inquisition davon halten! Im protestantischen Holland des beginnenden 17. Jahrhunderts schwebte zwar kein Damoklesschwert einer Anklage wegen Blasphemie über den Häuptern der Brillenmacher, trotzdem bewegten sie sich in einem klandestinen, anrüchigen Unterholz und standen im Ruf, Hexer zu sein. Ihr Handwerk hatte nichts Medizinisches, es wurde als eine Art Jahrmarktattraktion wahrgenommen, und tatsächlich bedeutet das englische Wort *spectacle* zwar Schauspiel, aber auch *Brille*. Es war dann auch der typische Exhibitionismus der Zirkusleute, der Lippershey eines schönen Morgens die Idee eingab, eine Gruppe Kinder zum Staunen zu bringen, die auf der Straße vor dem Haus saß, in dem er lebte und arbeitete. Um die ganze Wahrheit zu sagen: Manche behaupten, die schauspielerische Absicht sei ganz nebensächlich gewesen, denn Lippershey habe in erster Linie versucht, die kläglichen Einkünfte eines miesen Monats auf unredliche Weise zu vermehren. Fest steht: Unser Mann, dürr, das Gesicht eingefallen wie eine Trockenpflaume, ging pfeifend aus dem Haus, blieb einen Schritt vor dem aufs Murmelspiel konzentrierten Grüppchen stehen und warf ihm nonchalant seine Wette vor die Füße: »Seht ihr den eisernen Hahn, der sich da oben auf dem Dach im Wind dreht? Wer mir sagt, wie viele Kämme er auf dem Kopf trägt, dem zahle ich einen halben Gulden.«

Ohne die Murmeln loszulassen, hoben die Kleinen ihre schmutzigen Gesichtchen und blickten ihn an, als wäre er verrückt (was im Grunde niemanden verwundert hätte, wo Lippershey doch teuflische Werkzeuge herstellte, mit denen sich die Farben und Linien der Schöpfung verändern ließen).

»Das kann man nicht sehen, unmöglich, der ist viel zu weit weg!«, platzte der frechste der zehn Jungen heraus, Sohn des gewieftesten Eisenschmieds von Middelburg. Der Bengel wusste nicht, dass Lippershey sich genau diese Antwort erhofft hatte. »Stimmt! Also zahlt ihr mir zwei Gulden, wohlgemerkt, ihr an mich, wenn ich euch diesen sehr weit entfernten Hahn aus nächster Nähe zeigen kann.«

Nun steckten die Lümmel sich die Murmeln in die Tasche, plötzlich erschien es weitaus einträglicher, die Verrücktheit des Brillenmachers auszuloten. »Und was haben wir davon?«, fragte der von eben, ihr Anführer.

»Ich zahle euch zehn Gulden – einen Gulden für jeden –, wenn der Hahn nicht nah genug kommt, dass ihr seine Kämme zählen könnt.« Und er grinste, fast konnte man meinen, er wollte wie der Dorftrottel erscheinen, damit seine Wette nur ja angenommen wurde. Was ihm dann auch gelang. »Einverstanden, Meister Lippershey, aber den Hahn will ich einen Schritt hier vor mir sehen«, präzisierte der Sohn des Schmieds.

»Das ist noch gar nichts, ich bringe ihn euch direkt vor die Augen, keine Spanne von eurer Nase entfernt!«, rief der Brillenmacher, während er schon loslief, um aus seiner Abstellkammer eine hölzerne Röhre zu holen, in der Linsen steckten, die er durch irgendeinen komplizierten Mechanismus hineingeschoben hatte. Das waren die Spielzeuge, die Lippershey zwischen zwei Auftragsarbeiten eher zufällig zusammenbastelte, und es machte ihm einfach nur Freude, Linsen in die Apparaturen einzubauen, eine konkrete Absicht verfolgte er nicht. Wenn ihr wollt, könnten wir sagen, dass er sich über seine Augen lustig machte, indem er das Schauspiel der Wirklichkeit fortwährend durcheinanderbrachte. An diesem Tag aber war Lippershey, ohne es zu merken, im Begriff, eines seiner Spielzeuge zum ersten Mal mit dem Rest der Welt zu teilen …

Du lieber Himmel. Das darf ja nicht wahr sein. Unglaublich.

Der Hahn hatte drei Kämme, der mittlere war der größte und verrostet, wie um ihm in realistischer Malweise eine Rotfärbung zu verleihen. Für die Jungen war das natürlich eher eine Enttäuschung als eine wunderbare Entdeckung. Wenn sie das infernalische Ding einander weiterreichten, dann weniger, um den Hahn zu bewundern, als um den Verlust der zwei aus dem Fenster geworfenen Gulden definitiv bestätigt zu sehen. Was den Sohn des Schmiedes betrifft, so muss kaum erwähnt werden, dass er das Kapital, um das er die Bande gebracht hatte, mit einer gehörigen Tracht Prügel bezahlte.

Wirklich überraschend aber war an diesem Tag, wie die Passanten auf der Straße reagierten, eine wachsende Menge aus einfachen Leuten, erst nur von der Neugierde angezogen, doch dann ... Dann wollten sehr viele die aufregendste Erfahrung des Jahrhunderts teilen: einen winzigen Wetterhahn in ein kolossales gefiedertes Monument verwandelt zu sehen. Ist es nicht auch das, was fortwährend in unserem Geist geschieht? Wir vergrößern alles ins Riesenhafte, wir verwandeln unbedeutende Details in Grundsatzfragen, wir schreiben zeitlich begrenzten, zufälligen Situationen eine erschreckende Macht zu und verzerren so andauernd die wirkliche Beschaffenheit von Dingen und Ereignissen. Wir leben inmitten von Ängsten, und diese Ängste sind nichts anderes als weit entfernte, winzige Wetterhähne, deren Größenverhältnisse so oft vervielfacht wurden, bis wir sie als bedrohlich nah empfinden. Immerhin hatte Meister Lippershey diesen Fluch aus unserer Hülle herausholen und seinen Mechanismus auf jener staubigen Straße Middelburgs als reale Tatsache objektivieren können.

Was für eine außergewöhnliche Entdeckung!

Ja, so außergewöhnlich, dass Lippershey sich beeilte, sie im Jahr 1608 unter dem Namen »optische Röhre« als Patent anzumelden. Er konnte nicht wissen, dass es ein harter Kampf werden würde. Denn der Zufall wollte, dass ein anderer Erfinder, ein gewisser Jakob Metius, sich anschickte, mit derselben Hervorbringung vorstellig zu werden. Metius war ein übler Charakter, angriffslustig wie wenige und überzeugt von seinem unbezweifelbaren Vorrang. Kaum machte die Nachricht vom Streitfall beim Patentamt die Runde, geriet er über die Maßen in Rage, und obwohl er genau wusste, dass er das Patent drei Wochen nach Lippershey angemeldet hatte, ließ er zu Protokoll geben, dass er ein ganzes Lager voll der herrlichsten Patente habe, Neuerungen, die die gesamte undankbare Menschheit verstummen lassen würden – und im Falle seines Todes, verfügte er, sollte alles den Flammen übergeben werden, damit kein anderer sich die Urheberschaft anmaßen konnte. So viel, um euch den Tenor eines Streits zu beschreiben, der mit Fug und Recht der

Krieg der drei Patente genannt werden konnte. Ja, drei. Denn der arme Lippershey musste sich noch mit einem dritten und weit brachialeren Rivalen als Metius auseinandersetzen. In derselben Straße, in der er wohnte, hauste nämlich wenige Türen weiter eine unheimliche Figur, die alle als Zacharias kannten, einer, der sich immer mit Notbehelfen, um nicht zu sagen, mit regelrechten Betrügereien durchgeschlagen hatte. Zacharias stammte aus dem Süden Hollands, und von frühster Jugend an hatte er immer weiter nach oben gewollt. Andere übertreffen und sich selbst übertreffen, immer wieder, um jeden Preis. Sein Vater hatte im Hinterland eine Stadt nach der anderen als fliegender Händler abgeklappert. Zacharias aber wollte höher hinaus, das Maximum herausholen, seine Einkünfte vervielfachen, und um das zu erreichen, verkaufte er jede Art faulen Zauber, von wundertätigen Salben bis zu Heiltränken gegen die Gicht. Natürlich genügte ihm das nicht. Als er diesen Dorfmarktramsch satthatte, entschied er sich für einträglichere Geschäfte, wie das Fälschen von Münzen, darum wurde er mehrmals verhört und als Fälscher verurteilt. Man wird fragen: Wie kann ein solches Subjekt eine Rolle in der großartigen Geschichte der Teleskope gespielt haben? Ich sagte es schon: Zacharias wohnte ein paar Schritte von Meister Lippershey entfernt, und wenige Jahre nach der Episode mit dem Wetterhahn wurden zwei Kinder seiner Obhut anvertraut, Waisen eines gewissen Lowyssen, eines Linsenherstellers. Es ist ein keineswegs unwichtiges Detail, dass Zacharias zusammen mit den Sprösslingen auch in den Besitz der Werkstatt mitsamt Lager des verstorbenen Brillenmachers gelangte. Viele tausend Linsen. Was sollte er damit anfangen? Konnte einer wie er sich damit begnügen, Brillen zusammenzubauen? Natürlich nicht. Zacharias hatte sich nie begnügt, er litt an Großmannssucht, also begriff er augenblicklich, dass er einen wirklichen Coup landen konnte, wenn er Fernrohre herstellte, die Neuheit des Jahrhunderts, das Patent seines Nachbarn. Schließlich war es das Motto seiner ganzen Existenz, kleine Dinge als Riesensachen auszugeben, Wetterhähne mit Kamm waren nichts dagegen. Und so kam es, dass auch Zacharias im Patentamt erschien, wo er nicht nur die Urheberschaft an der Erfindung beanspruchte, sondern gleich auch eine ganze Truppe Zeugen aufmarschieren ließ – zwielichtiges Gesindel höchst zweifelhafter Reputation, natürlich gut bezahlt –, die bereit waren, zu erklären, dass Meister Lippershey die Erfindung nächtens aus der Werkstatt von Zacharias gestohlen hatte. Ein Ermittlungsverfahren wurde eröffnet: Wer von den beiden log?

Die Urteilsfindung dauerte Jahre. Sie endete erst in der Mitte des Jahrhunderts mit dem Sieg von Zacharias' Ziehsohn, der seine Methoden vom Vater geerbt hatte. Er fälschte sogar die Geburtsdaten, nur um seine Stellung zu legitimieren. Lippershey und Zacharias waren da schon längst tot, und auch Jakob Metius war knurrend verschieden – und mit ihm all seine geheimnisvollen, aufgrund testamentarischer Verfügung verbrannten Gerätschaften. Bleibt nur noch hinzuzufügen, dass Signor Galilei seinerzeit in Venedig eine Anstellung auf Lebenszeit (und einen verdoppelten Lohn) erhielt, nachdem er das von ihm verbesserte Teleskop als seine ureigene Erfindung präsentiert hatte.

Nichts zu machen: Die holländischen Behörden waren gezwungen, anzuerkennen, was allen unrechtmäßig erschien, nämlich dass der berüchtigte Zacharias – der so viel von optischen Linsen verstand wie Julius Cäsar von Informatik – das moderne Teleskop erfunden hatte. Eine offenkundige Verzerrung der Wirklichkeit, die uns umso mehr empört, wenn wir bedenken, dass sie sich ausgerechnet um dieses Patent herum abspielte: die technische Nutzung von konkaven und konvexen Linsen, um weit Entferntes nah erscheinen zu lassen. Eine wundersame optische Täuschung begleitete einen schamlosen moralischen Betrug, nämlich die Verwandlung eines kleinen Schwindlers in ein rühmenswertes Genie. Kurz, es ging um vermeintliche (falsche) Dimensionen. Doch auf diesen vermeintlichen (falschen) Dimensionen beruht unsere ganze moderne Zeit, die damals gerade schüchtern das Licht der Welt erblickte. Und vielleicht bin nicht nur ich der Meinung, dass diese Episode uns etwas über unsere Manie erzählt, uns unbedingt immer wieder übertreffen zu müssen, indem wir ständig auf das Beste, das Größte, den Rekord abzielen – das war die (letztlich erfolgreiche) Haltung von Zacharias.

Wie wäre es, wenn wir zum Abschluss einen anderen Weg versuchten?

Carl Zeiss zum Beispiel ist so ziemlich das Gegenteil von Zacharias. Dieses Mal sind wir im Deutschland des beginnenden 19. Jahrhunderts. Seit dem Krieg der holländischen Patente sind zwei Jahrhunderte vergangen, mittlerweile erforschen Teleskope den Himmel bis in die hintersten Ecken und helfen bei der Entdeckung von Nebelflecken, Kometen, Galaxien und Asteroiden. In Weimar wird ein Kind geboren, Sohn eines Spielzeugmachers. Diese Besonderheit in Zeiss' Leben hat mich immer fasziniert: Er verbrachte seine Kindheit mit vielen Brüdern und Schwestern in einer Welt aus hölzernen Miniaturzügen, Puppen, Kreiseln, Bleisoldaten, Häuschen aus Blech, Hampelmännern, Marionetten und was auch immer dergleichen, Hauptsache, es waren Spielkameraden in jener Lebensphase, in der alles auf deiner Handfläche Platz haben muss. Damit ist schon die Grundregel aller Spiele genannt: Sie reduzieren die Proportionen der Wirklichkeit, lassen sie schrumpfen und mildern ihre Gefahren, damit das Kind diese verkleinerte Wirklichkeit voll und ganz beherrschen kann. Kein Erwachsener wird je einen ganzen Eisenbahnzug in der Hand halten können, aber seinem Sohn ist es möglich, wie auch ein Mädchen die winzige Nachbildung einer vornehmen Dame im Kostüm an seine Brust drücken darf. Ist auch das eine Verzerrung? Ja, das ist es, und in jeder Hinsicht – die Begegnung mit einem Grizzlybären im Wald kann für den Menschen tödlich sein, doch das Kind schläft nicht ein, wenn es seinen Teddybären nicht bei sich hat. Nun, im Deutschland des Jahres 1820 stellte der Vater von Carl Zeiss just diese Gegenstände her: beruhigende Miniaturausgaben der Wirklichkeit, geschaffen, um die Illusion zu nähren, dass alles, was es dort draußen in der Welt gibt, prophylaktisch im verkleinerten Maßstab kennengelernt werden kann. Vielleicht ist das der Grund, warum alte Spielsachen heute nicht mehr in Mode sind, heute wird sofort Größe verlangt, ohne Staffelungen, ohne Zwischenstufen, weil wir überzeugt sind, dass rechtzeitige Entwöhnung von beruhigender Verkleinerung unsere einzige Waffe in dem Dschungel ist, der uns erwartet. Das Beispiel von Carl Zeiss lehrt uns dagegen etwas anderes. Nie verließ den Sprössling eines Spielzeugfabrikanten seine Liebe zu den kleinen Dingen, den verborgenen Geheimnissen, den im Schrein zu suchenden Schätzen und den Rätseln, die gelöst werden wollen. Er war noch nicht einmal dreißig, da stand sein Weg ihm klar vor Augen – er würde Mikroskope herstellen. Er würde seinen Blick nicht auf die ungeheuren, sternenweiten Entfernungen richten, wo mit Lichtgeschwindigkeit gemessen wird, nein, sein Augenmerk sollte der unendlichen Kleinheit, dem winzigen Gewebe der Materie gelten, wo der Daseinszweck der organischen Prozesse nistet. Während das Teleskop also versuchte, die drängende Frage zu beantworten, was uns umgibt, stellten die Mikroskope von Zeiss sich die umgekehrte Frage – was tragen wir in uns?

Wer weiß, vermutlich empfinde ich darum eine so tiefe Zuneigung zu diesem Erben eines Spielzeugmachers, der sich nie von der Gier nach den maximalen Größenordnungen, dem Unerforschlichen, dem unermesslich weiten Raum hat versuchen lassen. Während alle die Meilen im Universum zählten, widmete er seine ganze Kraft dem Studium des Millimeters und entwickelte daraus eine weltbekannte Marke. Und so wurde Zeiss – Ironie des Schicksals – dank seiner Leidenschaft für das unendlich Kleine groß. Mit unterschiedlichen Beobachtungspunkten ist bekanntlich unser ganzes Leben durchwoben.

Doch jeder Beobachtungspunkt ist die Geschichte einer Entscheidung.

Zachariatisch [t͡saxaːˈʁi̯aːtɪʃ], *Adj.*, abgeleitet aus dem Namen von Zacharias Jannsen (1585 – ca. 1632). Mit dem Adjektiv bezeichnet man das krampfhafte Verhalten des Menschen, der willens ist, für sein Ziel, das Beste, Größte, Höchste, jeden Preis zu zahlen.

Antonym:

Zeissiteur [t͡sai̯si:ˈtøɐ], *Subs.*, *der*, abgeleitet aus dem Namen des Optikers Carl Zeiss (1816–1888). Mit dem Begriff bezeichnet man einen Menschen, der freiwillig darauf verzichtet, unbedingt das Maximum erreichen zu wollen, und stattdessen der Frage nachgeht, welche Wahrheit sich im Allerkleinsten verbirgt.

Nachwort

Worte, die dir fehlen

Eigentlich begann alles mit der *Bastanz* oder der *Morosinität*. Sucht diese Wörter jetzt nicht im Wörterbuch, ihr werdet sie nicht finden, weil es sie schlicht und einfach nicht gibt – ich habe sie erfunden wie alle anderen Einträge in diesem Wörterbuch. Und das nicht freiwillig, sondern aus Not. Doch gehen wir einen Schritt zurück, zu der Geschichte, wie Francesco Morosini, ein venezianischer Kapitän aus dem 17. Jahrhundert, zu meinem Kandidaten für ein Substantiv wurde, das aus seinem Namen gebildet ist.

Das kam so. Ich ging durch einen jener Momente im Leben (es gibt sie glücklicherweise), in denen ein verantwortungsbewusster Teil unseres Ichs im Streit der Gedanken seine Stimme erhebt und versucht, wieder Ordnung zu schaffen. Das sind Momente absoluter Klarheit und manchmal sehr schmerzhaft, weil sie das System aus Selbstverständlichkeiten und kleinen Verschwiegenheiten, auf das wir uns gemeinhin stützen, ins Wanken bringen. In meinem Fall überflutete ein jähes Licht die erbitterten persönlichen Kämpfe, die ich tausendmal verflucht, gleichzeitig aber aus tiefster Seele benötigt hatte, als bestünden wir aus dem gleichen Stoff. Auf dieses Thema werden wir noch zurückkommen, vorerst soll genügen, dass ich mir die entscheidende Frage stellte: Lohnen diese Kämpfe wirklich die Mühe? Und ein Schauer lief mir über den Rücken.

Nicht nur weil ich – schlagartig, in allen Einzelheiten – erkannte, wie idiotisch mein Kämpfen war, das einen jämmerlichen Kleinkrieg schon vor Jahren in den Rang eines Kreuzzugs erhoben hatte. Kein Zweifel, ich hatte mich lange getäuscht: Das Gefühl, auf den Barrikaden zu stehen, hatte mich mit einer sonderbar stärkenden Lust erfüllt, und um mich an diesem Elixier zu laben, hatte ich den wahren Streitwert des Kampfes verdrängt. Noch stärker aber beunruhigte mich etwas nicht ganz so Offenkundiges, das ich um jeden Preis erforschen musste. Als würde ein Detektiv, obwohl er den Fall gelöst hat, im Dunkeln dann doch noch einen heimlichen Komplizen erblicken, der eine entscheidende Rolle gespielt hatte. Wer hatte sich gegen meinen klaren Verstand verschworen? Wer hatte zu dieser absurden Verschwendung von Kräften beigetragen?

Die Antwort schockierte mich: meine Sprache. Oder besser, jenes Rüstzeug aus Worten, mit denen wir gewöhnlich Empfindungen und Stimmungen bezeichnen, in der irrigen Annahme, sie könnten das gesamte Spektrum unserer Gefühlswelt abdecken und schlimmstenfalls seien wir diejenigen, die sie nicht richtig gebrauchen. Doch so ist es nicht. Durchaus nicht. Mein Wortschatz war alles andere als unschuldig an dem Verbrechen, zu dem ich mich zwang, ihm verdankte ich auch, dass ich mich jahrelang in einen zermürbenden Wettstreit verbissen hatte. Macht euch das mal bewusst: Im Grunde gibt es kein einziges Wort für die Tugend, angesichts nutzloser Kämpfe ein *Basta!* auszusprechen. Umgekehrt stehen zahlreiche Begriffe zur Verfügung, will man die Hartnäckigkeit des Kriegers loben: *Beharrlichkeit, Zähigkeit, Entschlossenheit, Unnachgiebigkeit* … Es schien ganz so, als riete mir eine ungeschriebene Regel davon ab, mich zu ergeben, und um mich zum Durchhalten zu zwingen, verweigerte sie mir sogar die Worte, die meine Kapitulation erträglich gemacht hätten.

Denn unsere Sprachen sind niemals neutral, sie enthalten ein Wertesystem und nutzen es tyrannisch, indem sie entscheiden, was bezeichnet werden kann und was namenlos bleiben muss. Wie ein maßgeschneidertes Kleid bildet jede Sprache das ab, was eine Kultur für richtig oder falsch hält. Angefangen bei den Stimmungen. Vielleicht sogar gerade denen.

Das Eskimovolk der Utku (wir begegnen ihnen in unserem Buch) gestattet sich zum Beispiel kein Wort, um die Wut zu bezeichnen. Mehr als alles andere fürchten sie den Zorn, darum hindern sie ihn daran, sich zu zeigen, indem sie ihm die Ehre einer Vokabel verwehren. Wie viele Gefühlslagen werden in Sprachen nicht berücksichtigt und wie viele andere seltsamerweise benannt! Die Koreaner benutzen das Substantiv *han*, um eine bestimmte melancholische Abwandlung der Hoffnung zu bezeichnen, wenn die Vorahnung eines besseren Morgen gegen die resignierte Kapitulation vor der schrecklichen Gegenwart ankämpft. Wir dagegen haben kein genaues Wort für diesen Zustand, denn unsere (erst antike, dann christliche) Moral orientiert uns immer auf die Zukunft hin und verbietet alles Zögern wie eine unbedingt zu bannende Gefahr. Die deutsche Sprache kennt ein so schönes Wort wie *Torschlusspanik*, mit dem man die Angst bezeichnet, die entscheidenden Termine im eigenen Leben zu verpassen, während einem die Zeit davonläuft. Der Russe wiederum erstaunt uns mit einem schlichten Klang, *toska*, dem Namen für ein kompliziertes Gefühl, nämlich jene Traurigkeit, die dich ohne einen bestimmten Grund überfällt und fast bis zum physischen Schmerz niederdrückt. Und weiter: Das japanische Wort *shoaganai* konzentriert in einem einzigen Substantiv die Notwendigkeit voranzugehen, ohne sich umzuschauen, und dabei zu akzeptieren, dass alles seinen Sinn haben kann, aber nicht unbedingt unserer Kontrolle unterliegt. Welch beeindruckende Synthese! Übertroffen wird sie nur noch von der indischen Weisheit, die ein Wort – *viraha* – kennt, um die Empfindung eines Menschen auszudrücken, der erst im Moment des Loslassens oder der inneren Abkehr die Stärke seines Gefühls voll und ganz erfasst. So könnte es noch lange weitergehen.

Und siehe da, eine neue Gemütslage taucht auf, eine Mischung aus Unbehagen und Erstaunen: Meine Sprache war gar keine Farbpalette, mit der ich alles und jedes malen konnte. Mitnichten. Sie war eine Art Käfig, in dem ich nicht stecken wollte. Aber sind Worte denn nicht vom Menschen geschaffene Werkzeuge, um Probleme zu lösen? Hinter jedem Wort steckt eine alte Strategie: die Dinge beim Namen nennen, um verstanden zu werden, Gedanken und Situationen ausdrücken, um Missverständnisse innerhalb unseres Stammesverbands zu vermeiden. Denn niemand spricht nur für sich selbst, die Worte schlagen eine Brücke zwischen uns und den anderen über den Fluss der Dinge hinweg. Also ging es darum, den wunderbaren Mechanismus wieder in Gang zu setzen, der seit Menschengedenken unsere Wörterbücher bereichert: Wenn ein Wort fehlte, würde ich es erschaffen. Oder wenigstens vorschlagen. Aber wie?

Zunächst einmal musste ich meinem Waffenstillstand in einem nutzlosen Krieg einen Namen geben. Das war der Moment, als mir die Begriffe einfielen, die von historischen Eigennamen abgeleitet wurden. Wir sagen im Italienischen *Stachanowisten* zu *Workaholics*, weil der russische Bergarbeiter Aleksej G. Stachanow sämtliche Rekorde in Arbeitseifer brach, als er in einer einzigen Schicht über hundert Tonnen Kohle förderte. Das Gegenteil nennen wir *Oblomowismus* bei Menschen, die es partout nicht schaffen, vom Sofa aufzustehen, und dieses Wort ist eine Hommage an Ilja Iljitsch Oblomow, den wunderbaren Helden des Romans von Gontscharow. Er entzog sich dem hektischen Treiben in seinem Büro, um sich in die Umarmung seines Sofas zu flüchten. Und ebenfalls aus der Arbeitswelt stammt der Begriff *Luddismus*, mit dem wir Menschen bezeichnen, die sich gegen den Verlust von Arbeitsplätzen durch die Technologie wehren. Ned Ludd war ein englischer Arbeiter, der als Erster eine dampfgetriebene Webmaschine zerstörte. Drei Wörter, die aus drei Geschichten, drei Porträts, drei Personen entstehen: Stachanow, Oblomow und Ludd. Sollten uns Zweifel am konkreten Ursprung der Worte kommen, die wir benutzen, könnten wir uns an diesen direkt aus Eigennamen gewonnenen Begriffen erfreuen. Denn hinter jedem Wort verbirgt sich eine Geschichte, und sie zu entdecken heißt, die Wurzel der Bedeutungen auszugraben. Welch ein endloser Schatz an Geschichten tut sich vor uns auf!

Um die Mitte des 19. Jahrhunderts ersann ein französischer Autor von Unterhaltungsromanen eine neue erfolgreiche Fortsetzungssaga. Du Terrail (so hieß er) war ein zerstreuter, oberflächlicher Schriftsteller, aber das hinderte ihn nicht, mit den hemdsärmeligen Abenteuern des Rocambole, eines Diebes und Mörders, der sich zum Wohltäter bekehrt, sehr berühmt zu werden. Du Terrails Werke fänden wir heute in keiner Buchhandlung mehr, dennoch gebraucht man in den romanischen Sprachen das Adjektiv *rocambolesque*, *rocambolesco* (haarsträubend, abenteuerlich), das von seiner Figur inspiriert ist. Ebenso beschwören wir ständig, ohne es zu wissen, den Geist des Finanzministers von König Ludwig XV., der um die Mitte des 18. Jahrhunderts alles, was nur nach ein bisschen Geld roch, von Wohnungseinrichtungen bis zu Häuserfassaden, mit unvorstellbar hohen Steuern belegte. Frankreich versank in einer Art Steuerrepressalien-Depression, und der Nachname des berüchtigten Politikers wurde zur Bezeichnung für alles, was leer, kahl und schmucklos ist. Er hieß Étienne de Silhouette. In ebenjenen Jahren machte ein gewisser Philibert, ein angesehener Naturforscher, eine lange Reise rund um den Globus, um die Flora und Fauna der südlichen Halbkugel zu verzeichnen. Anführer der Expedition war der berühmte Seefahrer Louis Antoine de Bougainville, von dem die Pflanze, die wir alle kennen, ihren Namen hat. Aber das war nicht die einzige Spezies, die dank dieser Reise getauft wurde. Zurück in der Heimat entflammte Philibert für eine Dame von anmutiger Gestalt, der er die schönste aller Blumen widmete, als er ihr ein kostbares Exemplar zeigte, welches er auf der anderen Seite der Welt gepflückt hatte. Die Frau hieß Hortense Barré, ihr verdanken wir den Namen der Hortensie, so wie wir dem Offizier Montgomery den Namen des bekannten Wettermantels und einer nicht näher bezeichneten Dame Jeanne die Form der bauchigen Flasche verdanken, die in Italien *damigiana*, Frankreich *dame-jeanne*, im Rheinhessischen

Demijohn und in Norddeutschland *Demion* genannt wird. Unser Sprechen ist oft ein Versteckspiel unbekannter Geschichten, die sich in dem, was im Klang von ihnen übrig bleibt, seit langer Zeit verewigt haben.

Natürlich hat manchmal auch die Ironie ihre Hand im Spiel, und ich wette, dass der tapfere Hauptmann, der das Heer der Valois befehligte, nicht glücklich gewesen wäre, seinen Namen mit einer komischen Episode verknüpft zu sehen, die ihn obendrein post mortem betraf: Die in seinen Grabstein gemeißelten Buchstaben verwitterten schnell, und nach wenigen Jahren verwandelte sich die Inschrift »*Ci-gît le Seigneur de La Palice: s'il n'était pas mort, il ferait encore envie*« (hier ruht Seigneur de La Palice, wenn er nicht tot wäre, würde er noch immer beneidet) in »*… s'il n'était pas mort, il serait encore en vie*« (… wenn er nicht tot wäre, wäre er noch am Leben). Daher rühren das dem Namen von La Palice entlehnte französische Nomen *lapalissade* und das italienische Adjektiv *lapalissiano* (Binsenweisheit, sattsam bekannt).

Wenn diese bunte Truppe aus Helden sich in ebenso viele Begriffe verwandeln konnte, warum mich dann nicht von derselben Methode inspirieren lassen? Ich würde mein eigenes Substantiv kreieren, indem ich von der passenden Geschichte ausging. Und sofort fiel mir Morosini ein.

1645 war er eine der größten Hoffnungen der Serenissima: sechsundzwanzig Jahre alt und ein gefahrenverachtendes Naturell mit jener gesunden Dosis Skrupellosigkeit, die bei einem Soldaten den Unterschied ausmacht. Doch der Zufall wollte, dass das erste Kriegsszenario, in dem Morosini kämpfte, auch dasjenige war, das ein bisschen zu lang dauerte. Oder eher entschieden zu lang.

Die venezianische Kolonie Kreta war zum großen Teil in die Hände der Osmanen gefallen, die nur noch den entscheidenden Angriff zur Eroberung der Hauptstadt Candia unternehmen mussten. Man rechnete mit wenigen Wochen Belagerung. Die Türken würden gegen die Stadtmauern drängen, die eingeschlossenen Venezianer Widerstand leisten. Kommandant der venezianischen Truppen war der junge unternehmungslustige Morosini. Und der, das darf nicht vergessen werden, befeuerte den Widerstandsgeist seiner Männer wie kein anderer. Die Truppen von Ibrahim I. und später von Mehmed IV. ließen der venezianischen Festung keine Ruhe, doch niemand dachte daran, aufzugeben, und das gute dreiundzwanzig Jahre lang. Was bedeutet, dass Morosini, der mit schwarzen Haaren nach Candia gekommen war, es als fast weißhaariger Mann wieder verließ. Ja, er verließ es. Denn 1669, nach endlosen Jahren unermüdlichen Widerstands, der auf beiden Seiten fast hundertvierzigtausend Menschenleben kostete, beschloss Francesco Morosini, dass der Moment gekommen war, das folgenschwere *Basta!* auszusprechen. Er führte eine Unterredung mit dem Sultan und erhielt einen würdigen Rückzug. Erschöpft und gezeichnet, aber stolz, nicht länger auf dem Durchhalten beharrt zu haben, segelte er zurück in die Heimat. Welch eine Befreiung. Wie klug. Zu wissen, wann man den Vorhang fallen lassen muss, und das, obwohl eine verzerrte Vorstellung von Tugend uns mit ihrem ewigen »Weiterkämpfen, immer weiter, trotz allem« verfolgt.

Morosini beweist das Gegenteil.

Und er beweist es nicht nur, seit heute verkörpert er es auch in gewisser Weise, denn ich habe beschlossen, ihm mein Wort zu widmen:

Morosinität (auch **Bastanz**, *die*), Subs., *die*. Das Wort bezeichnet die rühmenswerte Tapferkeit eines Menschen, der angesichts eines sinnlos gewordenen Kampfes den Mut hat, sich zurückzuziehen.

Ich höre sie schon, die entsetzten Reaktionen derjenigen, die uns auffordern werden, Paraphrasen zu benutzen, statt das sakrosankte Wörterbuch mit neuen, willkürlichen Bildungen zu überschwemmen. Aber ich weiß auch, dass die Sprache – diese fantastische Erfindung des Menschen – eine lavaartige Materie ist, in ständiger Bewegung. Wir drücken uns aus, weil wir Lebewesen sind, wir sprechen, um unser Leben zu verbessern. Man könnte sagen, dass unser Bedürfnis, uns mitzuteilen, genauso wichtig ist wie das, uns zu ernähren. Wir wären keine Menschen, wenn wir nicht erzählen würden. Was ist also falsch daran, wenn aus jeder Erzählung ein Wort entsteht? Ist das nicht im Grunde eine Form, uns zu erinnern, oder auch vergangene Erfahrungen in einer Mahnung für die Zukunft aufzubewahren? Ja, denn Stachanow, Silhouette, La Palice und all die anderen haben dazu beigetragen, den Menschen das Leben zu erleichtern, indem sie uns halfen, unsere komplexen Empfindungen, aber auch die elementarsten, genauer auszudrücken. Und weil ich wirklich glaube, dass jeder, der von sich erzählt, sich in gewisser Weise rettet, werde ich mich niemals schuldig fühlen, weil ich Morosini in Morosinität verwandelt habe.

Wer möchte, folge mir also durch diese Sammlung nicht existierender Wörter – ich habe bei ihrer Auswahl an all die Situationen gedacht, in denen man seufzt: »Ach, gäbe es doch ein Wort, um das auszudrücken!«

Ein letzter Gedanke: Meine Erfindungen werden erst dann wirklich Sinn bekommen, wenn ihr eure eigenen hinzufügt, ohne Scham, ohne Bedenken. Denn eine Sprache studiert man nicht nur, man erschafft sie, verändert sie, befreit sie, passt sie an, formt sie, verrät sie, erweitert sie, verflucht sie manchmal und umarmt sie dann wieder. Kurz: Man macht sie zur eigenen Sprache.

Was bedeutet, sie zu leben – endlich.

Stefano Massini, 1975 in Florenz geboren, ist ein italienischer Romanautor, Essayist und Dramatiker. Seine Werke, u.a. sein erfolgreiches Stück *Lehman Brothers. Aufstieg und Fall einer Dynastie*, wurden in zahlreiche Sprachen übersetzt und international von renommierten Regisseuren aufgeführt. Für seinen Roman *Qualcosa sui Lehman* (Mondadori 2016) wurde er mit dem Premio Selezione Campiello, dem Premio Super Mondello, dem Premio De Sica, dem Prix Médicis Essai sowie dem Prix Meilleur Livre Étranger ausgezeichnet.

Annette Kopetzki, 1954 geboren, übersetzte u.a. Pier Paolo Pasolini, Erri De Luca, Alessandro Baricco, Roberto Saviano und Valeria Parrella.

Magda Wel, 1974 in Warschau geboren, kam Ende der Achtzigerjahre nach Deutschland. Ihr Grafik-Design-Studium absolvierte sie in Potsdam. Heute lebt und arbeitet die freischaffende Illustratorin mit ihren zwei Kindern im Köln-Bonner-Raum. Seit 2009 ist sie als Dozentin am Kunstmuseum in Bonn tätig.